ラリーとダネーに捧げる
彼らのプールを殺人の舞台に使わせ
てもらったことへの謝意をこめて

ホロー荘の殺人

登場人物

ヘンリー・アンカテル卿……………………………行政官
ルーシー・アンカテル………………………………ヘンリーの妻
ミッジ・ハードカースル
ヘンリエッタ・サヴァナク
エドワード・アンカテル
デイヴィッド・アンカテル
ジョン・クリストウ
ガーダ・クリストウ
（以上6名）……………………………………………ホロー荘の客
エルシー・パターソン………………………………ガーダの姉
ヴェロニカ・クレイ…………………………………映画女優
ガジョン………………………………………………執事
シモンズ………………………………………………メイド
グレンジ………………………………………………警部
エルキュール・ポアロ………………………………私立探偵

1

金曜日の朝六時十三分、ルーシー・アンカテルの大きな青い眼が、新しい一日に向かって開いたと思うと、いつものように彼女はすぐにすっかり目をさまし、驚くほどよく働く頭に浮かんだ問題にさっそく取り組みはじめた。いますぐにでもだれかと相談し話しあわねばならないような気がして、その相手に昨夜ホロー荘に着いたばかりの従妹、ミッジ・ハードカースルを選ぶと、急いでベッドを出て、まだ優美さの失われていない肩にガウンをひっかけ、廊下を通ってミッジの部屋に行った。アンカテル夫人は目まぐるしいほど先の先を考える女なので、いつものように豊かな想像力でミッジの返事をおぎないながら、心のなかで会話をはじめた。

アンカテル夫人がミッジの部屋のドアを勢いよく開けたときには、その会話はまだ進行ちゅうであった。

「――だから、あなただってきっと同じ意見だと思うけど、この週末は面倒なことになりそうなんですよ！」

「え？　はあ！」満ちたりた深い眠りからだしぬけに起こされたミッジは、言葉にならない声を出した。

アンカテル夫人は窓のほうへ行くと、きびきびした動作で戸をあけ、ブラインドをさっとあげて、九月の射しそめたばかりの淡い光をいれた。

「小鳥がいるわ！」と彼女は心やさしい嬉しさを隠しきれない様子でガラス越しに外を見ながら言った。「まあ、かわいい」

「なんですって？」

「まあ、いずれにしても、天気のほうは面倒なことにならずにすみそうだわ。晴れるのはまちがいないようだし。これは大事なことよ。だって、てんでんばらばらの気性の人たちが家のなかに閉じこめられることにでもなったら、きっとあなたも同じ意見だと思うけど、十倍もまずいことになるもの。またゲームでもすることになるでしょうけど、そうなれば去年と同じように、ガーダのことで、わたし、一生涯自分が許せなくなりますよ。わたし、あとでヘンリーに言ったんですよ、わたしが考えなしだったたって――もちろん、ガーダを呼ばないわけにはいかないでしょう、だって、ジョンだけ招待するなんて失礼ですもの。でも、ガーダを呼ぶといろいろ面倒なことが起こるんですよ――それに、いちばん困るのはガーダがとってもいい人だっていうことなの――ガーダのようにいい人が、知性のかけらも持っていないなんて、ほんとに変な話だという気がするし、もしそれが世間でよくいう代償の法則によるものだとすると、こんな不公平なことはないと思いますよ」

「いったい、なんの話ですの、ルーシー？」

「週末のことですよ。明日、来る人たちのことですよ。一晩じゅうそのことばかり考えて、すっかり頭を抱えていたんですよ。だから、あなたが相談にのってくれると、ほんとに助かるんですけどね、ミッジ。昔からあなたは分別があって、実際的な頭があるんだから」

「ルーシー」とミッジは厳しい口調で言った。「いま何時だと思っていらっしゃるの！」

「さあ、何時かしら？　時間なんて気にしたことがないんですもの」

「六時十五分ですよ」

「そうだわね」とアンカテル夫人は言ったが、悪かったと思っている気配もみせなかった。

ミッジはじっと彼女をにらみつけた。ルーシーったら、なんて腹のたつ、しようのない人だろう！　ほんとに、なんでまたこんな人と我慢してつきあわなければならないのかしら、とミッジは思った。

こんなことを心のなかで呟きながらも、ミッジにはその答えがわかっていた。ルーシー・アンカテルはほほえみを浮かべていて、その姿を見ていると、ミッジはあふれるばかりの魅力を感じた。それはルーシーがこれまでに惜しみなく発散し、六十歳をすぎたいまもなお失わずにいる魅力であった。外国の重要人物、軍の高級将校、政府高官といった人々が、不快さや迷惑や困惑を我慢してきたのも、この魅力のためだった。怒る気も悪口を言う気もなくなるのは、彼女の子供のような天真爛漫さのためだった。ルーシーが大きな青い眼を見ひらいて、その華奢《きゃしゃ》な手をさしのべ、「まあ！　ごめんなさい……」と言いさえすれば、たちまち憤《いきどお》りは雲散霧消《うんさんむしょう》するのだった。

「まあ、ごめんなさい」とアンカテル夫人は言った。「はやく言ってくれればよかったのに！」

「だからそう言ってるところなのよ——でも、もう遅すぎますわ！　すっかり目がさめてしまったんですもの」

「まあ、どうしましょう！　でも、知恵は貸してくれるわね？」

「週末のこと？　どうして？　なにか都合のわるいことでもあるんですか？」

アンカテル夫人はベッドの端に腰をかけた。ほかの人が腰をかけるのとはどこかちがう、とミッジは思った。妖精がちょっと羽をやすめているとでもいうように、なんとなく現実ばなれがしているのだ。

アンカテル夫人はかわいい、頼りなげな仕草で羽をはばたくように白い手をさしのべた。

「まずい人たちが来るんですよ――一緒になっちゃまずい人たちが、いえ――ひとりひとりならそうじゃないの。みんないい人ばかりなんですよ、ほんとに」

「どんな人が来るんですか？」

ミッジはがっしりした小麦色の腕で、針金のような黒い髪を、かくばった額からかきあげた。彼女には現実ばなれしたところも妖精のようなところもなかった。

「まず、ジョンとガーダ。それだけならちっともかまわないんですよ。ええ、ジョンは気持のいい――とってもすてきな人だし。それに、ガーダは――そりゃ、ええ、みんなで面倒みてあげなくちゃね。ほんとにやさしく」

なんとなく弁護してやらずにはいられない気持にかられてミッジは言った。

「まあ、あの方、そんなにひどくはありませんわ」

「でもね、あの人を見てると気の毒になってくるんですよ。あの眼。それに、人の話が一言もわからないみたいじゃないの」

「そりゃわかりゃしませんよ、あなたの言うことなんか――でも、あたし、あの方のせいばかりだとは思いませんわ。あなたの頭はね、ルーシー、回転がはやすぎて、それについていくため、話が突拍子もない方向へ跳んでいくんですもの。脈絡もなにもおかまいなしに」

「まるでお猿さんみたいにね」とアンカテル夫人はわかったようなわからないようなことを言った。

「でも、クリストウ夫婦のほかにどなたがいらっしゃいますの？　ヘンリエッタもでしょう？」

アンカテル夫人の顔が明るくなった。

「ええ――あの娘《こ》はきっと頼りになると思ってるの。いつだってそう。ヘンリエッタはほんとに気がやさしくって――それもうわべだけじゃなくて、心の底からなんですよ。きっとガーダの力になってくれるわ。去年なんかとっても気をつかってくれてね。みんなで詩を作るんだったか、クロスワードだったか、引用句の当てっこだったか――なんでもそんなゲームをしているときだったけど、みんなできてしまって読みあげているとき、ふと気がつくと、ガーダはまだ一行も書いていないのよ。どんなゲームなのか、よくわかってもいないんですよ。ひどいじゃない、ミッジ？」

「アンカテル家に泊りに来る人の気がしれないわ、ほんとに」とミッジが言った。「よけいな頭をつかったり、ゲームをしたり、それに、あなたの途方もない話し方とくるんですものね、ルーシー」

「そこなんですよ、わたしたちもつらいし——ガーダだっておもしろくないに決まっていますよ。わたし、よく思うんだけど、ちょっとでも気性のある人だったら、はじめから来やしませんよ——でも、そんなふうだもんだから、ガーダは途方にくれて——ええ——とっても気持を傷つけられた様子なの。ジョンはひどくいらいらしているようだし。わたしはどうしてその場をとりつくろっていいやらわからなくて——そのときなのよ、ヘンリエッタのことをほんとにありがたいと思ったのは。ガーダのほうを向くと、着ているセーターのことをきいたのよ——しおれかかったレタスのような緑の、そりゃひどいものなの——陰気で、バザーの古着売場ででも売っていそうなものでね——ところが、ガーダはみるみるうちに陽気になってね、どうやら自分で編んだものらしくて、ヘンリエッタが模様のことをきくと、ガーダはとても嬉しそうで、得意げな様子なの。ヘンリエッタってそんな娘《こ》なのよ。いつでもそんなことのできる娘なんですよ。なにかこつみたいなものがあるのね」

「いろいろと気をつかってるんですわ」とミッジはゆっくりした口調で言った。

「そうなの、それに、その場その場で、なんと言えばいいか心得ているんですよ」

「そうですよ。でも、それは口先だけじゃないのよ。ねえ、ルーシー、ヘンリエッタがほんとに自分でも同じセーターを編んだのを知ってらっしゃる？」

「まあ」アンカテル夫人は真面目な顔になった。「それで、それを着たの？」

「ええ、着たんですよ。ヘンリエッタはなんでも中途半端なことはしない人ですもの」

「それもやっぱりひどいものだった？」

「いいえ、ヘンリエッタが着ると、とてもすてきにみえましたわ」

「ええ、もちろん、そうでしょうね。そこがヘンリエッタとガーダの違いなのよ。ヘンリエッタならなんでもちゃんとやるし、それがまた、することなすことうまくいくのよ。自分に向いていることなら当り前だけど、たいていのことなら上手に捌《さば》くのよ。言っておきますけどね、ミッジ、この週末をだれかのおかげで無事に切り抜けられるとしたら、ヘンリエッタをおいてほかにいませんよ。ガーダにはよくしてくれるでしょうし、ヘンリーには退屈させないでしょう、ジョンもヘンリエッタがいれば機嫌がいいでしょうし、第一、デイヴィッドにはいちばんいい相談相手になってくれますよ」

「デイヴィッド・アンカテルのこと？」

「ええ。オックスフォードを出たばかりなの――それとも、ケンブリッジだったかしら。あの年頃の男の子って扱いにくくてね――ことに頭のいい子は。デイヴィッドはとくに頭がいいわ。頭がよくなるのは、もうすこし大人になってからでいいじゃないかって、だれでも思うんじゃないかしら。ところが、あのとおり、ああいう男の子たちは、いつも相手をにらみつけて、爪を噛んでいたり、にきびだらけの顔をして、喉仏《のどぼとけ》まで出ていたりするのよ。そして、まるで口をきかないか、でなければ大声で人に逆らったりするかなの。それでも、わたし、ヘンリエッタに任せることにしているの。あの娘《こ》なら如才がなくて、その場その場で適当な質問をするし、なにしろ彫刻家だから、あの年頃の子は尊敬するわ。とくに、ヘンリエッタは動物とか子供の頭なんかじゃなくて、前衛的とかいうものを作るんですものね。ほら、去年のニュー・アーティスト展に出品した、金属と石膏のへんてこなものをね。なんだかヒース・ロビンソンが描いた脚立《きやたつ》みたいだったけど。《上昇する思考》とか――そんな題がついてたわ。あんなのがデイヴィッドのような子に感銘を与えるのよ……わたしにはばかばかしいだけなんだけど」

「まあ、ルーシー！」

「でも、ヘンリエッタの作品のなかにも、ほんとにすばらしいと思うものもありますよ。あの《泣きぬれるトネリコの樹》なんかはね」

「ヘンリエッタにはほんとの天才的な閃きがありますわ。それに人柄だってとってもやさしいし、ひとにいやな思いをさせないんですものね」

アンカテル夫人は立ちあがって、また窓際にいった。そして、ぼんやりとブラインドの紐をいじっていた。

「なぜ樫《かし》の実なんでしょうね？」と夫人が呟いた。

「樫の実？」

「ブラインドの紐の先についてるのよ。門柱のパイナップルみたいに。つまり、これにはきっとわけがあるはずよ。だって、樅《もみ》の実だって、梨の種だっていいはずなのに、きまって樫の実なのよ。クロスワードではドングリでもいいのね——ほら、豚の餌にする。いつでも、とても不思議だなって思うのよ」

「話を脱線させないでよ、ルーシー。週末のことでいらしたんでしょう、それなのに、樫の実のことをそんなに気にするなんて、わけがわかりませんわ。なんとかゲームはやらないようにして、ガーダと話をするときには、ちゃんと筋の通るようにして、頭のいいデイヴィッドを手なずけるのはヘンリエッタに任しておけば、なにも厄介なことはないじゃありませんか?」

「でもね。たった一つ、エドワードが来るんですよ」

「まあ、エドワードが」ミッジはその名を口にしたあと、しばらく黙っていた。

やがて彼女は静かな口調できいた。

「この週末に、いったい、なぜエドワードなんかを呼ぶ気になったの?」

「わたしが呼んだんじゃありませんよ、ミッジ。そうなんですよ。あの人が自分のほうから言ってきたんですよ。行ってもいいかって電報をよこしたの。エドワードがどんな人か知ってるでしょう。とても感じやすい人なのよ。お断りの返事を出せば、たぶん、二度と自分から頼んできたりはしませんよ。そんな人なのよ、あの人は」

ミッジはゆっくりうなずいた。

そうだ、エドワードはそんな人なのだ、と彼女は思った。一瞬、彼の顔、心から愛したあの顔がはっきり眼の前に浮かんだ。ルーシーと同じような、どこかこの世離れした魅力を持った顔、やさしくて、内気で、皮肉なところがあって……

「エドワードって、ほんとにいい人」とルーシーはミッジの気持をそのままあらわすように言った。

それから彼女はもどかしそうにつづけた。

「ヘンリエッタが結婚する気になってくれさえしたらねえ。ほんとはエドワードが好きなのよ。わたしにはちゃんとわかってるの。あの二人がクリストウ夫婦が来ないときに、ここでいつか週末を過ごせたらね……でも、こんなふうじゃ、エドワードはジョン・クリストウのおかげで、いつもずいぶん損をしているのよ。わたしの言う意味、わかってくださると思うけど、ジョンはますます引きたつし、エドワードはその分だけ見劣りするというわけ。わかる?」

こんどもまたミッジはうなずいた。

「でも、こんどの週末のことはずっと前に決めたんだから、いまさらクリストウ夫婦を断るわけにいかないし、ねえ、ミッジ、なんだか厄介なことが起こりそうな気がするのよ。デイヴィッドはしかめっ面をして爪を噛んでいるでしょうし、ガーダは仲間はずれにならないように気をつかわなくちゃならないし、ジョンは引きたって、エドワードの影はうすくなるし——」

「どんなプディングができるか、その材料では望み薄ね」とミッジが呟くように言った。

ルーシーがミッジにほほえみかけた。

「ときによってはね」と彼女はひどく哲学的な口調で言った。「案外、ものごとって自然と簡単に運ぶことだってあるし。日曜日のお昼《ひる》食に警察の方を招待してあるの。気晴らしになると思って、そう思わない？」

「警察の人？」

「卵みたいな顔の人。バグダッドでなにか事件を解決したことがあるのよ。ヘンリーが高等弁務官をしていたとき。それとも、そのあとだったかしら？　政府関係の方たちと一緒に、昼食にご招待したことがあるの。白い木綿の服を着て、ボタン・ホールにピンクの花をさして、黒のエナメル靴をはいていたのを覚えているわ。事件のことはよく覚えていないけど、だって、だれがだれを殺したかなんて、たいしておもしろい話だとは思わないんですもの。どうせ死んでしまったんだから、なぜ殺されたかなんて、どうだってかまわないし、そんなことで大騒ぎするなんてばかばかしくて……」

「でも、ここでなにか事件があったんですか、ルーシー？」

「まあ、とんでもない。ただ、新しくできた、あのへんてこな別荘に来ているのよ——ほら、頭をぶっつけそうな梁《はり》や、鉛管がたくさんついていて、趣味のわるい庭のついてる家よ。ロンドンの人たちは、あんなものが好きなのね。もう一軒には、たしか女優さんがいると思うけど。わたしたちのように、ずっと住んでるわけじゃないの。それでも」と言いながら、アンカテル夫人はなんとなく窓際を離れた。「たぶん、それであの人たちは満足なんでしょうね。ミッジ、おかげでほんとに助かったわ」

「それほどお役にたったとは思いませんけど」

「あら、そうかしら?」ルーシー・アンカテルは意外そうな顔をした。「じゃ、もういちどよくおやすみなさいな、朝ごはんには起きてこないでいいんですよ、そして、起きてきても、したい放題にしていいのよ」

「したい放題って?」ミッジは、怪訝《けげん》そうな顔をした。「どうしてですの? ああ、わかったわ!」彼女は笑った。「なんでもお見とおしなのね、ルーシー。たぶん、お言葉にあまえさせていただくわ」

アンカテル夫人はほほえむと、部屋を出ていった。ドアが開けはなしになったバス・ルームの前を通りかかり、ヤカンとガスこんろが目につくと、ある考えが浮かんだ。

だれだって、お茶は好きなのだ——どうせしばらくはミッジを起こしに来るものはいないだろう。わたしがミッジにお茶をいれてあげよう。夫人はヤカンをガスにかけ、そのまま廊下を歩いて行った。

夫人は夫の部屋の前で足をとめると、ドアの把手をまわした。しかし、有能なる行政官たるヘンリー・アンカテル卿は、妻のルーシーのことをよく知っていた。妻を心から愛してはいたが、朝の眠りを妨げられるのは好まなかった。ドアには鍵がかけてあった。

アンカテル夫人はそのまま自分の部屋に行った。夫に相談したかったのだが、それはあとでもいい。彼女は開けはなした窓際に立って、ちょっと外を見ていたが、すぐにあくびをした。そして、ベッドに入り、枕に頭をつけたと思うと、二分とたたないうちに、子供のように眠りこんでしまった。

バス・ルームではヤカンが煮たち、なおも煮たちつづけていた……

「また一つヤカンがだめになりましたよ、ガジョンさん」とメイドのシモンズが言った。執事のガジョンは白髪頭を振った。

彼は焼けてだめになったヤカンをシモンズから受けとると、食器室へ行き、食器棚の下の引き出しからヤカンを一つとり出した。そこにはいつも五つや六つはストックしてあるのだった。

「ほら、シモンズ。奥さまには言うんじゃないよ」

「奥さまはしょっちゅうこんなことをなさるんですか？」とシモンズがきいた。

ガジョンは溜め息をついた。

「奥さまは心のやさしい方なんだが、いっぽうではとても忘れっぽいんだよ、こんなことを言っちゃなんだがね。だから、このお屋敷では、奥さまにご迷惑やご心配をかけないように、わたしができるだけ気をつかっているんだよ」

2

ヘンリエッタ・サヴァナクは粘土を小さく丸めると、軽くたたいてくっつけた。彼女は手ばやい馴れた手つきで、少女の頭像を作っているところであった。

彼女の耳には、ほんの頭のはじっこのほうを通りすぎていくだけだが、あまり品のない細い声が聞こえていた。

「だって、あたし、そう思うのよ、ミス・サヴァナク、あたしの言ったことは正しいって！　あたし、言ってやったの。『へえ、あんた、そんなつもりだったの！』って。だって、あたし、こう思うのよ、ミス・サヴァナク、女性はこういうことに対してきっぱり言ってやるべきだと――あたしの言う意味、わかってくださるかしら。言ってやったわよ。『そんなこと、男の人からあまり言われたことがありませんし、あなたってずいぶんいやらしいことを考える人だなって思うだけですわ！』って。だれだって言いにくいことはあるもんですけど、あたし、そう思うのよ。自分の態度をはっきりさせておいたのは正しかったたって。そうじゃないかしら、ミス・サヴァナク？」

「そりゃそうよ」とヘンリエッタはいかにも本気そうな口調で言ったが、彼女を知っているものなら、それほど身をいれて聞いているのではないのではないか、という疑いを抱いたかもしれない。

「そして、こう言ってやったの。『奥さんがそんなことを言ったからって、あたしにはどうしようもないじゃないの！』って。どうしてだかわからないけど、ミス・サヴァナク、あたし、どこへ行っても、面倒を起こすみたいなの、でも、そりゃあたしのせいじゃないわ。つまり、男って惚れっぽいのね、そうじゃない？」モデルはコケティシュにくすくす笑った。

「そりゃひどいもんよ」とヘンリエッタは、眼をなかば閉じて言った。

「きれいだ」と彼女は心では考えていた。「瞼《まぶた》のすぐ下の面《めん》のきれいなこと――そして、もうひとつの面が下からきて交わっている。顎のあたりの角度はこれじゃいけないわ……削りとってやりなおさなくちゃ。ほんのちょっとしたところなんだけど」

ヘンリエッタは心のこもった、思いやりのある声で言った。

「あなたにしてみれば、まったくやりきれないわね」

「やきもちをやくなんて、だいたいが見当はずれですわね、ミス・サヴァナク、それに、けちなのよ、根性が。あたしの言う意味、わかってくださるかしら。こんなこと言っちゃなんだけど、人が自分よりきれいで若いからって、そんなの、ねたみというもんですわね」

ヘンリエッタは顎の部分にとりかかりながら、うわの空で言った。「ええ、そりゃそうですとも」

彼女はずっと昔から、自分の心をぴったりと閉じこめるこつを学んでいた。仕事に向かう本質的な精神のほんのひとかけらも使わずに、ブリッジをしたり、知的な会話をかわしたり、首尾のととのった手紙を書くことができた。いまこうして自分の指で作りあげられていくナウシカア（ギリシャ神話。パイアーケス人の王アルキノオスの娘。難船したオデッセウスを発見し、父の王宮へ案内して救った）の頭像を見ることだけにまったく心を奪われていると、このかわいい子供っぽい唇からとめどなく流れ出る、浅薄でへどの出るようなお喋りも、心の奥までは入りこんでこなかった。彼女はたいして骨も折らず会話をつづけた。話をしたがるモデルには慣れていた。職業的なモデルはそれほどではなかった——素人は身動きもゆるされないぎごちなさを、お喋りでまぎらそうとするのだ。そんなふうで、ヘンリエッタのなかの隠れたもう一人の自分が、話を聞いたり答えたりしていて、ほんとのヘンリエッタは、遠く、はるかに離れたところで批判をしていた。「下品で、なんの取りえもなくて、へどの出そうな女——でも、なんという眼をしているのだろう……きれいな、きれいな、きれいな眼……」

眼の部分にかかっているあいだは、勝手にしゃべらせておいた。口のところまでくると、黙っているように頼んだ。これほど非のうちどころのない曲線から、あんな浅薄な悪態が流れ出るとは、考えるとおかしな気がする。

「ああ、だめだわ」とヘンリエッタは思った。突然、癇癪《かんしゃく》が起こってきたのだ。「あの眉の曲線が、これじゃ台なしだわ……どうしたというんでしょう。骨格を強調しすぎてるんだわ――もっと彫りをふかく、ぼってりさせないで……」

彼女は眉を寄せながら、また後ろにさがって、粘土からモデル台の生身の女へと視線をうつした。

ドリス・サンダーズはまたしゃべり出した。

「あたし、言ってやったの。『あんたの亭主が好きでプレゼントしてくれたんですもの。もらってどこがいけないの、あんたからそんな当てこすりを言われるいわれはないわよ』って。でも、それがすごくすてきなブレスレットなの、ミス・サヴァナク。そりゃほんとにきれいなのよ――たぶん、そうとうむりして買ってくれたんでしょう。とてもいい人だとは思うけど、だからといって、あたし、返す気なんか毛頭《もうとう》ないわよ！」

「そうよ、そうよ」とヘンリエッタは小さな声で言った。

「あたしたちのあいだになにかあったみたいだけど——いやらしい関係って意味なんだけど——そんなことはまるでなかったのよ」

「そうでしょうね。あたしもきっとそうだと思うわ」

ヘンリエッタの顔が明るくなった。それからの三十分間、無我夢中で仕事にうちこんだ。額は粘土で汚れ、いらだたしげに手でかきあげるので、髪にまで粘土がくっついていた。眼は、やみくもな、はげしい、狂暴ともいえる光でぎらぎら光っている。もうそこまできている……手がとどきかけているのだ……

ここまでくれば、まもなくこの苦しみから——この十日間、日ごとにつのっていたこの苦しみから解放されるのだ。

ナウシカア——彼女はナウシカアになりきっていた。ナウシカアとともに起き、ナウシカアとともに朝食をとり、ナウシカアとともに外出した。さだかに見ることはできないが、心の眼のすぐ前の、どこかにいるはずの美しい盲目の顔のみを求めて、彼女はいらいらした、ともすれば昂ぶってくる、落ちつかない心を抱いて、あてどもなく街を歩きまわった。何人かのモデルにも会い、ギリシャ・タイプのモデルに心が動いたが、やはり満足できなかった……

彼女はなにかが欲しかった——なにかきっかけになるものが——すでに部分的には心

のなかで実体化している像《すがた》に、血を通わせてくれるものが欲しかったのだ。彼女はながいあいだ歩き、肉体的にも疲れきり、しかも、そのことがかえってありがたかった。心せきながらも、飽くことなく抱きつづけてきた希望——いつかは見つかるという希望に駆りたてられ、苛《さいな》まれながら——

歩いていても、彼女自身の眼が盲目《めしい》になったようだった。周囲のものはなにも眼に入らなかった。緊張のしつづけだった——いつ、どこでもあの顔に一歩でも近づこうと緊張して……心は病み衰え、みじめに打ちひしがれた気持になって……

ところが、突然、はっきりとものが見えるようになり、行く当てもなく、うわの空で乗ったバスの向こう側の席から、正常な人間にもどった彼女の眼に飛びこんできたのだ——ついに見つかった——そうだ、ナウシカアが！　彫りの深い、子供っぽい顔、なかば開いた唇、そして、眼——きれいで、虚《うつ》ろで、ものみえぬ眼。

その若い女はベルを鳴らすとバスを降りた。ヘンリエッタはあとを追った。

彼女はもうすっかり落ちつき、実務的な態度にたちかえっていた。求めていたものを、ついに手に入れたのだ——いくどか挫折を重ねた探索の苦しみも終ったのだ。

「だしぬけでごめんなさい。じつは、わたし、彫刻家なんですけど、率直に言いますと、あなたのような顔を探していたんですよ」

ヘンリエッタはなにか欲しいものがあるとき、どうすればいいか心得ていたので、相手をひきつけずにおかない、魅力的な、親しみをこめた、しかも、いささか押しつけがましい口調で話しかけた。

ドリス・サンダーズは不審と警戒と、それでいて気をよくした喜びの表情をうかべた。

「あら、どうしましょう。でも、顔だけなら。そりゃ、あたし、そんなことするの、はじめてなんだけど」

ほどよくためらい、ドリスは遠まわしに金銭的な質問にふれてきた。

「もちろん、本職のモデルなみの報酬はとっていただかなければ」

こうしてナウシカアは、いまここでモデル台にいるのであった。自分の魅力が不朽のものになるという嬉しさと（もっとも、アトリエで見たヘンリエッタの作品は、あまり気に入らなかったが）、申し分のない同情と心づかいを示してくれる聞き手に、打ち明け話ができることをおおいに堪能しているのであった。

ドリスのそばのテーブルには眼鏡が置いてあった——彼女の話では、ひどい近眼のため眼鏡をかけないと、一ヤード先も見えないということだったが、見栄から、できるだけかけないようにし、盲目にちかい状態ででも手探りで歩いているということだった。

ヘンリエッタはうなずいた。これであの虚《うつ》ろな美しいまなざしの肉体的な理由がわかった。

時がすぎた。ヘンリエッタは、とつぜん彫刻用の道具を置くと、大きく腕をのばした。

「もういいわ。できあがったのよ。疲れたでしょう？」

「いえ、たいして、ミス・サヴァナク。とてもおもしろかったわ。それで、ほんとにできたんですか――こんなに早く！」

ヘンリエッタは笑った。

「いえ、ほんとにできあがったわけじゃないのよ。まだまだ手をいれなくてはならないわ。でも、あなたのほうはこれで終ったの。欲しいと思っていたものは手に入れたわ――顔の面《めん》だけは仕上がったんだから」

ドリスはゆっくりとモデル台から降りてきた。そして、眼鏡をかけたが、そのとたん、あの盲《めくら》しいたあどけなさや、あの漠然としたあけっぴろげな顔の魅力は消えうせた。残っているのは、しまりのない、安っぽい美しさだけであった。

彼女はヘンリエッタのそばに立つと、粘土の彫像を見た。

「あら」と彼女は曖昧な調子で言ったが、その声には失望がこもっていた。「あたしにはあまり似ていないわね？」

ヘンリエッタはほほえんだ。

「そうよ。これは肖像じゃないんだから」

実際、似ているところはほとんどなかった。眼の位置——頬骨の線——ヘンリエッタが心に描いていたナウシカアの本質的な主調として見ていたものはそれだったのである。これはドリス・サンダーズではない、一篇の詩からのみ産み出されうる盲目の少女なのである。唇はドリスの唇が開いているように開いてはいるが、ドリスの唇ではない。別の言葉を話し、別の心を語る唇なのである——

目鼻だちもはっきりしてはいなかった。それは記憶のなかにあるナウシカアであり、眼で見たナウシカアではない……

「そうね」とドリスは曖昧に言った。「もうちょっと手を加えれば、もっとよくなると思うんだけど……ほんとに、あたしはもういいの？」

「ええ、ご苦労さま」とヘンリエッタは言った。(『もう相手させられないで助かったわ！』と彼女は心のなかで呟いた)「すばらしかったわ、あなたは。ほんとにありがとう」

彼女は如才なくドリスを追いはらうと、引き返してブラック・コーヒーをいれた。疲れていた——ぐったりするほど疲れていた。だが、しあわせだった——しあわせで、満ちたりた気持だった。

「ありがたいことに、これでやっとまた人間にもどれるわ」と彼女は思った。

そして、すぐに心はジョンのほうへひきよせられていった。

「ジョン」と彼女は考えた。温かいものが頬にのぼってくると思うと、たちまち、胸がはずんだ。心は宙に舞いあがるようだった。

「明日はホロー荘へ行く……ジョンに会える……」

彼女は長椅子にながながと寝そべり、熱く濃いコーヒーを飲みながら、じっとしていた。コーヒーを三杯飲んだ。活力がまたよみがえってくるのを覚えた。

また人間に——あんなまるでほかのものでなく——もどれるなんて、ほんとにいい気分だ。いらいらと、みじめで、いつも何かに追いかけられている気持にならずにすむというのは、なんといい気分だろう。満たされぬ心を抱いて街々を歩きまわり、なにものかを求め、求めているものが自分でもわからぬがために、焦燥にさいなまれずにすむということは！ これで、ありがたいことに、残っているのははげしい労働だけだ——はげしい労働なんかものの数ではない。

彼女は空のカップを置くと、ナウシカアのほうへゆっくりと歩いて行った。そして、しばらく見ていたが、やがて、眉のあいだに小さな皺がよってきた。

ちがう——何かがちがう——

どこがいけないんだろう？……

視力を失った眼だ。

視力を失った眼は、見える眼よりもっと美しい……見えないがゆえに、盲目は人の心をうつのだ……それが表現できているのだろうか、できていないのだろうか？できている。たしかに——だが、それと一緒にほかのものが入りこんでいる。彼女が自分では意図しなかったもの、考えてもいなかったものが……構成はまちがっていない——それは問題ない。だが、どこからそんなものが入りこんできたのだろう——あのひそかに忍びこんできたものは……

どことなく卑しい、不快な心だ。

彼女はドリスのおしゃべりなど聞いてはいなかった。声は聞こえても耳を貸してはいなかったのだ。それなのに、どうしてだか、耳をとおり指先に出て、粘土へと入りこんだのだ。

そして、それをとり除くことはできない、彼女にはそのことがわかっている……

ヘンリエッタは思いきって彫像から離れた。たぶん、気のせいだろう。そうだ、気のせいにちがいない。明日の朝になれば、またまるでちがった感じをうけるはずだ。彼女はがっかりした気持で考えた。

「どうにもならない代物《しろもの》だわ……」

ヘンリエッタは眉を寄せたまま、アトリエの奥へ歩いて行った。そして、《祈る人》と名づけた彫像の前で足をとめた。

これなら文句のつけようはない——うまく木目《もくめ》を出した梨の木の美しい作品だ。彼女はこの素材をながいあいだ温め、大切にしまってきたのだった。

彼女は冷静な眼で見た。たしかに悪い作品ではない。それは疑問の余地はない。ながい彫刻家としての経歴のうちでも最高の作品だ——これは国際グループ展に出品したものだった。たしかに人前に出しても恥しくない作品だ。

彼女はそれを完全に自分のものにしていた。慎しみ深さ、首筋の筋肉のたくましさ、前屈みにした肩、こころもちあげた顔——特徴のない顔、礼拝は個性をうばってしまうものだからだ。

そうだ。服従と崇拝——この世のものではなく、盲目的崇拝を超えた、献身の極致だ……

ヘンリエッタは溜め息をついた。あのとき、ジョンがあんなに怒りさえしなければよかったのに。

ジョンの怒り方に彼女はびっくりした。ジョンが自分では気づいていないらしい一面を、その怒りによって彼女は知った。

彼はつっぱねるように言ったものだった。「あれは出品しちゃいけないよ!」

彼女もやはりつっぱねるように言った。「出品するわ、どうしても」

彼女はゆっくりとまたナウシカアのほうへ行った。いまさら手を加えられるところはない、と彼女は思った。霧を吹きかけると、湿った布でくるんだ。月曜日か火曜日までこのままにしておけばいい。あわてることはない。急を要する仕事は終ったのだ——本質的な面《めん》はできている。必要なのは辛抱することだけなのだ。

目の前にはルーシー、ヘンリー、ミッジとともに過ごす楽しい三日間が待っている——

——そして、ジョンと!

彼女はあくびをし、一つ一つの筋肉を伸ばせるだけ伸ばし、気持よさそうに、気ままに、猫のようにからだを伸ばした。そして、急にひどく疲れていることに気づいた。

熱い風呂に入ってベッドにもぐりこんだ。仰向けになって、天窓からのぞいている一つ二つの星を見つめた。やがて、いつもつけっぱなしの電灯に視線がうつった。彼女がごく初期に製作したガラスの面《マスク》を照らしている小さな電球だった。きざな作品だ、と彼女は思った。からっきし月並みだ。

さいわいなことに、人間はだんだん成長していく……

さあ、もう眠ろう！　さっき飲んだ強くて濃いコーヒーも、起きていようと思わないかぎり、あとをひいて目が冴えるということはなかった。ずっと昔から、彼女はなんでも好きなときに忘れることのできる、主調リズムを自得しているのだった。

心のなかにある考えからいくつかを選び出し、それにはこだわらず、心の指のあいだからこぼす。それにしがみついたり、こだわったり、思いつめたりしない……おだやかに通りすぎていくがままにしておくのだ。

ミューズ街で車がエンジンをふかしている——どこからかしゃがれた叫び声や笑い声が聞こえてくる。彼女はそういう物音を眠りかけた意識のなかにとりいれた。

車は、彼女の心のなかでは、一頭の咆哮《ほうこう》する虎であった……黄と黒の……縞模様のある木の葉のような——木の葉と影——熱いジャングル……やがて河をくだる——広い熱帯の河だ……海へ、そして出帆しようとする巨船へ……しゃがれた声がさよならと叫んでいる——甲板には彼女のそばにジョンがいる……彼女とジョンは出発しようとしているのだ——碧《あお》い海へ、そして、食堂へと——テーブル越しに彼にほほえみかける——メゾン・ドレーでの晩餐のように——おかしなジョン、あんなに怒るなんて！……夜の空気のなかに出る——そして、車、ギアをいれる感触——苦もなく、なめらかに、すべるようにロンドンから離れていく……ショヴェル草原を越える……樹と……樹木崇拝……

ホロー荘……ルーシー……ジョン……ジョン……リッジウェイ病……愛するジョン……

いつのまにか意識がうすれ、このうえもない幸せな気分へと入りかけていた。

ふいになにか心をえぐるような不快感と、こびりついて離れない罪の意識に、夢うつつの世界からひきもどされた。なにかしなければならないことが残っている。わかっていながら避けていることがある。

ナウシカア？

ゆっくりと、心はすすまないながら彼女はベッドを出た。電灯をつけ、彫刻台へ行って布をとった。

大きく息を吸いこんだ。

ナウシカアじゃない——ドリス・サンダーズだ！

ヘンリエッタの心を苦痛がつらぬいた。彼女は自分に訴えかけた。「きっとなおせる——きっとなおせる……」

「ばかばかしい」と彼女は心のなかで呟いた。「しなければならないことは、わかっているじゃないの」

いますぐとりかからなかったら——明日はもうその勇気が出ないだろう。自分の生身を裂くような気持だった。苦しい、痛い——そうだ、身も心も痛い。

手におえない仔猫を親猫は殺すというが、いまのヘンリエッタはその親猫のような気持なのだ、と彼女は思った。

さっと一息、深く息を吸いこむなり、彼女は粘土の塑像《そぞう》をつかみ、支柱からねじりとり、大きな重い粘土の塊を粘土箱へ持っていって投げこんだ。

大きく肩で息をしながら、肉体的にも精神的にも、まだ苦しみを感じながら、粘土で汚れた手を見つめていた。それから、そろそろと手から粘土をこすりおとした。

彼女は妙な虚しさと、それでいて心の平穏を覚えながらベッドにもどった。

ナウシカアは二度と訪れてはこないだろう、と彼女は悲しい気持で考えた。ナウシカアは生れ、汚され、そして死んでしまったのだ。

「おかしなものだ」とヘンリエッタは思った。「知らないうちに、いつのまにか心のなかに入りこんでくるなんて」

耳を貸してはいなかった——ほんとに耳を貸してはいなかったのだ——それなのに、ドリスの安っぽい卑しい心が、ヘンリエッタの心にしみこんできて、無意識のうちに彼女の手に伝わってしまった。

そして、さっきまでナウシカア——ドリス——であったもの——それはもうただの粘土にすぎない——やがてはほかのものの形に変えられる材料にすぎないのだ。

ヘンリエッタはうとうとしながら考えた。「では、あれが死というものなのだろうか？　われわれが個性と称しているものは、ただそれを形にしただけのもの――だれかの思想の刻印にすぎないものだろうか？　だれの思想か？　神の？」

それはペール・ギュントの考えではなかったか？　『ボタン職人』の柄杓《ひしゃく》の詩を思いかえしてみよう。

『完全な人間、真実の人間なる私自身はどこにいるのだ！　額に神の印《しるし》をおされた私はどこにいるのだ？』

ジョンはこんなふうな気持になったのだろうか？　このあいだの晩、ジョンはひどく疲れていた――ひどく気を滅入らせていた。リッジウェイ病……リッジウェイなる人物が何者であるか、教えてくれる本がないなんて！　ばかばかしい話だが、ヘンリエッタは知りたいと思った……リッジウェイ病。

3

ジョン・クリストウは診察室で、この日午前の最後から二番目の患者を診ていた。患者がくどくどと病状を述べ——説明しているあいだ、彼の眼は同情と激励をこめて相手を見まもっていた。ときどき、いかにも如才なさそうにうなずいてみせた。それから質問をし、指示を与えた。患者の顔におだやかな喜びの光がひろがった。クリストウ先生はほんとにすばらしい方だ！　こんなに親身になって——心から心配してくださる。お話をするだけで元気が出る。

ジョン・クリストウは用紙を引きよせると書きはじめた。下剤でも処方しておけばいいだろう、と彼は思った。あのアメリカ製の特許薬——きちんとセロファンにくるんで、変ったサーモン・ピンク色のきれいなコーティングがしてあるやつだ。とても高価で、しかも、なかなか手に入らない——そんじょそこらの薬屋では持っていない薬だ。たぶん、この女もウォーダー街の例の小さな店に行くより仕方がないだろう。それならそれで、こっちも儲かるというものだ――たぶん、一ヵ月や二ヵ月は文句なく元気でいるだろう。そのあとはまたほかの手当を考えてやればいい。方法がないのだ。このからだではどうしようもない。医者としてこれ以上仕方がないのだ。クラブトリーばあさんとはわけがちがうのだから……

うんざりするような午前だった。金《かね》にはなった――だが、それだけのことだ。くたびれていた！　陰気くさい女どもや病気はもうたくさんだ。毒にも薬にもならない一時しのぎの治療――それよりほかに処置はないのだ。こんなことでいいのだろうか、と思うときがあった。だが、そんなときはいつも聖クリストファー病院や、マーガレット・ラッセル病棟のずらりと並んだ長いベッドの列や、歯のない口でにっこりほほえみかけてくるクラブトリーばあさんのことを思い出すのだった。

彼と彼女は理解しあっていた！　彼女は隣のベッドのぐにゃぐにゃしたなめくじのような女とちがって気魄があった。彼と同じように生きることを願っていた――もっとも、貧民街に住んで、飲んだくれの亭主と、多勢の手におえない子供を抱え、明けても暮れても気の遠くなるほど多くの事務所の床を、いつ終るとも知れず洗っていなければならない暮らしのことを考えれば、その理由はわからないが。絶えまない苦労ばかりで、楽しみとてない生活！　それでも彼女は生きることを願っていた――生きることを享楽していた――彼、ジョン・クリストウが生きることを享楽しているのと同じように！　彼らが享楽しているのは生活の環境ではなかった、生きていくことそのもの――存在への情熱であった。奇妙なものだ――だれにも説明できないものなのだ。このことをぜひヘンリエッタに話さなければ、と彼は思った。

彼は立ちあがってドアまで患者を送っていった。そして、親しみをこめ、元気づけるように温かく手を握ってやった。声にも心づかいと思いやりがこもっていて、元気が出てくる。その女は生きかえったように、ほとんど幸福といってもいいほどの様子で帰っていった。クリストウ先生はこんなにも気をつかってくださる！

彼女が出ていってドアが閉まると、ジョン・クリストウは彼女のことなど忘れてしまった。彼女が部屋にいたときすら、その存在など念頭になかった。ただ商売をしただけなのだった。すべて機械的に。心の表面にさざ波ひとつ立たなかったとはいえ、それでも体力は消耗した。医者としての役目を機械的に演じただけではあったが、精力をつかいはたした疲労をおぼえた。

「ああ、くたびれたな」と彼は思った。

もう一人診れば、週末のまる二日間暇になる。彼の心はほっとしてそのことばかり考えていた。赤や褐色に色づいた木々の葉、やわらかい、しっとりとした秋の匂い――森のなかの道――焚火《たきび》。とても個性的ですばらしいルーシー――妙にとらえどころのない、人を戸惑わせるような心の持主。イギリスじゅうでヘンリーやルーシーほどの主人役はいないだろう。それにホロー荘は彼が知っているかぎりでは、これ以上はないと思うほど楽しい家であった。日曜日にはヘンリエッタと森を散歩しよう――丘の頂上までのぼって尾根を歩く。ヘンリエッタと歩いていると、この世に病人がいることなど忘れてしまう。ありがたいことに、ヘンリエッタとは問題になるようなことはないのだ。

そんなことを考えているうちに、ふと急に気分が変った。

「彼女なら、たとえなにかあっても表に出すことはあるまい」

もう一人患者が残っている。机の上のベルを押さなくてはいけない。だが、どういうわけかその気にならなかった。それでなくてさえ遅くなっているのだ。二階の食堂には昼食の支度ができているだろう。ガーダと子供たちも待ちかねているだろう。仕事をつづけなければ。

そうは思いながらも、そのまま動きもせずにじっとしていた。疲れていた――ひどく疲れていた。

この疲労は、最近だんだんひどくなっていた。それはもともと、気づいていながら、抑えることができず、募《つの》るにまかせている焦燥が原因だった。気の毒なガーダ、ずいぶん我慢しているのだ。あれがこんなに従順でさえなければ――おれのほうが悪いときが半分はあるのに、なにかうまくいかないと、すぐ自分のせいにするのだ！　ガーダのすることなすことすべて気に障《さわ》ることばかりという日があるし、しかも、気に障ることは、おもにあれの美点なのだ、と彼は思うと悲しい気持がした。彼の気に障るのは、彼女の我慢づよさ、非利己的なところ、彼の求めることに自分の意志を従わせるところにあった。彼が癇癪を起こしても怒りもせず、彼の意見を押しのけて自分の意見に固執したり、自分の意見を出したりすることはなかった。

（だからこそ、あれと結婚したのではないか、と彼は考えた。なんで文句をいう筋合いがあるのだ？　サン・ミゲルであの夏をすごしたあと……）

考えてみるとおかしな話だが、いつもいらいらさせられているガーダのその気質を、彼はヘンリエッタにひたすら求めているのだった。ヘンリエッタに感じる焦立《いらだ》ち（いや、この表現はあたらない――彼女が起こさせるのは焦立ちではなく、腹立たしさだ）――彼の癇《かん》に障るのは、彼に関するかぎり、つねにかわらぬヘンリエッタの厳直な態度であった。これは世間一般に対する彼女の態度とまるで矛盾していた。かつて彼は彼女に言ったことがあった。

「きみほどの大嘘つきはいないと思うな」

「そうかもしれないわ」

「きみは人が喜びさえすれば、いつだってどんなことでも平気で言うんだね」

「だって、そのほうが大事だと、いつも思うんですもの」

「ほんとのことを言うより大事だって？」

「ずっとずっと大事だわ」

「じゃ、どうしてぼくに向かって、もうすこし嘘が言えないんだい？」

「そうしてもらいたいの？」

「そうだよ」

「ごめんなさい、ジョン、でも、あたしにはできないのよ」

「きみに言ってもらいたいと、ぼくがしょっちゅう思っていることが、わかっているはずなのに――」

だめだ、ヘンリエッタのことなんか考えている場合じゃない。今日の午後になれば会えるというのに。いまは仕事を片づけることだけを考えなくてはならない。ベルを鳴らし、最後の患者を診るのだ。どうしようもない女をもう一人！　もともとほんとうの病気は十分の一で、十分の九は憂鬱症《ヒポコンデリ》なのだ！　だが、病気に金をかけたいのなら、勝手に病気を楽しませておけばいいじゃないか？　それで同じこの世に生きているクラブトリーばあさんとの埋め合わせがつこうというものだ。

だが、それでもまだ彼は動こうとしなかった。

疲れている——ひどく疲れている。この疲れはずいぶん昔からのような気がした。なにか自分には求めているものがある——心の底から求めているものが。

すると、とつぜん、その考えが心に飛びこんできた。「家《うち》に帰りたい」

彼は愕然とした。こんな考えがどこから浮かんできたのだろう？　どういう意味だろう？　家庭？　彼は家庭というものを持ったことがなかった。両親がインドに住んでいたため、休暇ごとに叔母から叔父へとたらいまわしにされて育てられてきた。家庭といえるものを持ったのは、ハーリー街のこの家だったような気がする。

この家を自分は家庭として考えているだろうか？　彼は首を振った。そう思っていないことが自分にはわかっていた。

だが、もちまえの医学的好奇心が頭をもたげてきた。とつぜん心に浮かんだあの言葉で、自分はいったい何を言おうとしていたのだろう？

「家《うち》に帰りたい」

なにかあるはずだ——なにかのイメージが。

彼はなかば眼をとじた——なにか背景があるにちがいない。

すると、心の眼の前に、紺碧の地中海、棕櫚《しゅろ》の樹、さまざまな種類のサボテンが鮮やかに浮かんできた。彼は灼けつくような夏の大地の匂いをかぎ、陽光をあびて海辺に寝そべったあとの、冷たい水の感触を思い出した。サン・ミゲル！

彼ははっとした——ちょっと心がかき乱された。もうながいあいだ、サン・ミゲルのことなど思い出しもしなかった。もういちど行きたいと思っていないことは確かである。すべては過ぎ去った彼の人生の一齣《ひとこま》にすぎない。

あれから十二年——十四年——いや、十五年になる。彼のしたことは正しかったのだ！　彼の判断は絶対に正しかった！　彼はヴェロニカにすっかり夢中になっていたが、しょせん、それはみのらぬ恋だった。ヴェロニカは彼の身も心も呑みこんでしまったことだろう。彼女はあらゆる点でエゴイストであり、しかも、それを自認してはばからなかった！　ヴェロニカは欲するものをほとんど手に入れたが、彼だけは手に入れることができなかった！　彼は逃げ出した。世間なみの見方からすれば、ひどい仕打ちをしたことになるのだろう。平たく言えば、彼女を棄《す》てたのだ！　しかし、彼が自分なりの人生を送りたいと思っているのに、ヴェロニカはそれを許そうとしないというのが真相だった。彼女は自分の好きなように人生を送り、ジョンをお伴につれて行きたかったのだ。

ジョンがハリウッドについて行くのを断ったとき、彼女は仰天した。

そして、蔑《さげす》むように言ったものだった。

「あなたがほんとにお医者になりたいのだったら、向こうでだって学位はとれると思うけど、そんな必要はまるでないのよ。暮らせるだけのものはあるし、あたし、いくらでも稼げるようになるわ」

彼は激しい調子で答えた。

「だが、ぼくはいまの仕事をつづけたいんだ。ラドレイと一緒に研究をしたいんだ」

彼の声――若々しく情熱に燃えた声――それは人の心を打つほど厳しかった。

ヴェロニカは鼻の先でせせら笑った。

「あの変なうす汚ないおじいさんと？」

「あの変なうす汚ないおじいさんはな」とジョンはかっとなって言ったものだった。

「プラット病で立派な研究成果をあげていて――」

彼女は遮った。「プラット病がどうしたっていうの？　カリフォルニアはとっても気候がいいのよ。それに世の中を知るってことはおもしろいものよ。それでも、あなたと一緒でなきゃ、あたしは、いや。あなたが欲しいのよ――必要なの」

ところが、彼は、ハリウッドからの招聘を断って、自分と結婚し、ロンドンで家庭を持ってくれという、ヴェロニカにとってはまさに耳を疑うばかりの申し出をした。

彼女はおもしろがるだけで、心は変らなかった。ハリウッドには行く、ジョンを愛している、だから、結婚して一緒に来なければならないというのだ。彼女は自分の美貌と力にいささかの疑いも持っていなかった。

彼は自分として行くべき道はただ一つしかないことを知り、その道を選んだ。婚約の解消を書き送ったのだった。

彼は苦しみぬいたが、自分が賢明な道を選んだことは疑わなかった。そして、ロンドンに帰り、ラドレイとともに研究生活に入り、一年後にはガーダと結婚した。あらゆる点でヴェロニカとはまるで正反対の女と……

ドアが開いて、秘書のベリル・コリンズが入ってきた。

「フォレスター夫人がまだ残っていますけど」

彼は不機嫌そうに言った。「わかってるよ」

「お忘れではないかと思ったものですから」

彼女は奥のドアから出ていった。クリストウは彼女がなにごともなかったように立ち去るのを眼で追った。地味な女だが、仕事にかけては非のうちどころがなかった。もう六年も使っている。失敗したこともないし、あわてたり、気にやんだり、急ぐこともなかった。髪は黒く、顔色は冴えないが、意志の強そうな顎をしている。度の強い眼鏡ごしに、澄んだ灰色の眼が、彼のことも、ほかの宇宙全体のことも同じように冷静に注意ぶかく観察していた。

彼は突飛なところのない地味な秘書を求めて、突飛なところのない地味な秘書を雇うことができた。ところが、矛盾した話だが、ジョン・クリストウは、ときどき物足りなさを覚えることがあった！ 芝居や小説の筋書のように、雇主に対して身も世もあらず献身的であって然るべきである。だが、自分がベリルにそんな気を起こさせるだけの力がないことは、はじめからわかっていた。献身も自己犠牲もない――ベリルは彼のことを欠点だらけの人間だと見なしているのだ。彼の人柄にひかれることもないし、魅力に動ずることもない。彼に好意を持っているかどうかさえ疑うことがあった。

いつだったか、電話で友だちに話しているのを聞いたことがある。

「そうじゃないの。あの人が前よりずっとわがままになったとは思わないわ。気がつかないというか、思いやりがなくなったのね」

自分のことを言っている、と彼にはわかった。そして、まる一日というもの、彼女の言葉が離れなかった。

ガーダの手放しの忠実さにもいらだたしさを覚えるが、ベリルの冷やかな評価にもいらだたしさを覚えた。この頃は、なにもかもやたらといらだたしい……

なにかがいけないのだ。過労か？　かもしれない。いや、それは逃げ口上だ。このひどくなるいっぽうの焦燥感、このいらだたしい疲労感。これにはなにか深い意味がある。彼は考えた。「これではいけない。こんなふうなことがつづけば、おれは駄目になる。どうしたというのだろう？　逃げ出すことさえできれば……」

堂々めぐりだ――この盲目的な考えは、たちまち逃げ出すというお定まりの考えと一体になってしまう。

家《うち》に帰りたい……

ばかな、ハーリー街四〇四番地がおれの家ではないか！

フォレスター夫人が待合室で待っている。退屈な女、ありあまる金と暇とをもてあまして、自分の病気のことを考える以外に能のない女。

以前、だれかに言われたことがある。「年がら年じゅう自分を病気だと思いこんでいる金持の患者に、きみはうんざりしてるんだよ。貧乏人を相手にすればそんなことはないさ。連中はほんとに具合の悪いときでなければ来やしないからね！」彼は苦笑したものだった。おかしなことに、貧乏人といえばなにか特別の人種のように考えている。ピアストックばあさんを見るがいい、毎週、五つもの診療所にあらわれて、水薬や、背中に塗る膏薬、咳止めのシロップ、下剤、消化剤を持って帰るのだ。「もう十四年もこの茶色のお薬を飲んでいましてね、先生、わたしにはこれしか効かないんですよ。前の週のあの若い先生は白いお薬をくださったんですけどね。あれはまるで効きゃしませんでしたよ。わけがあるんでしょうね、これには、ねえ先生？　だって、もう十四年も茶色のお薬を飲んでるんだし、パラフィン液と茶色のお薬をやめたら……」

いまでもあの哀れげな声が聞こえるような気がする――釣鐘みたいな頑丈なからだをしていて――どれだけ薬を飲もうと、あれならなんの害もない！

トットナムに住んでいるピアストックばあさんも、パーク・レイン・コートの邸宅に住んでいるフォレスター夫人も、一枚皮をはげば同じ女なのだ。話を聞いてやって、厚い高価な紙か、病院のカルテの違いだけで、いずれにせよ、処方箋を書いて……

ああ、なにもかもうんざりする……

碧い海、ほのかに甘いミモザの香り、灼けつく大地……

十五年前。すべては終り、片はついた――そうだ、ありがたいことに片はついた。あのことから縁を切るだけの勇気が、おれにはあったのだ。

勇気だって？　とどこかで小鬼がささやいた。あれを、おまえは勇気というのか？

だが、分別のある行動をとったじゃないか？　辛かった。地獄の苦しみだった！　だが、なんとかそこを乗り越え、しがらみを断ちきり、イギリスに帰って、ガーダと結婚したのだ。

彼はめだたない女を秘書にし、めだたない女を妻に迎えた。それが望みではなかったのか？　美しい女はもうたくさんだったのではなかったのか？　ヴェロニカのような女が自分の美貌を武器にどんなことをするか、彼はまざまざと見せつけられてきた――女の美貌というものが、手のとどくかぎりの男にどんな効果を与えるものか、彼にはわかったのだ。ヴェロニカと別れたあとの彼は平穏さを求めた。平穏無事と心のやすらぎと献身と、静かな安定した生活のもろもろのことを求めた。事実、ガーダが必要だった！　彼の人生観をそのまま自分のものとし、彼の判断をそのまま受けいれ、一瞬たりとも自分だけの考えなど持たぬ女が必要だった……

人生の真の悲劇は、求めるものを手に入れることである、と言ったのはだれだったろう？

むしゃくしゃした気持で、彼は卓上のブザーを押した。

フォレスター夫人を片づけるのだ。

片づけるのに十五分かかった。またしてもお手軽な金儲け。またしても話を聞いてやり、あれこれと質問し、安心させ、同情し、治療への独特の熱意のごときものを吹きこむ。そして、こんどもまた高価な特許薬を処方してやる。

入ってくるときはおぼつかなげで、生気のない神経症だった女が、やがて頬には血の気がさし、やはり人生は生きる甲斐があるのではないかと思いながら、足どりも確かに帰って行った。

ジョン・クリストウはぐったりと椅子の背に身をもたせた。これでやっと解放された――ガーダと子供たちが待っている二階にあがっていける――これで週末じゅう、病気や苦患の妄想から解放されるのだ。

だが、やはり不思議と動く気になれず、いままでになかった、妙な心のけだるさを覚えた。

疲れている――疲れはてているのだ。

4

診察室の上の階の食堂では、ガーダ・クリストウがマトンの骨つき肉を穴のあくほど見つめていた。

冷めないように、もういちど台所に持っていかせようか、それともこのままにしておこうか？

ジョンがあまり遅くなるようだと冷めて――固くなってしまうし、そんなことにでもなったら大変だ。

だが、またいっぽう、最後の患者も帰ったのだから、ジョンはすぐにも来るだろうし、もし台所にもどしたら暇《ひま》がかかる――ジョンはひどくせっかちなのだ。「すぐあがってくることはわかっているじゃないか……」ジョンの声には彼女がいつもびくびくしている、あの癇癪をおさえた口調がこもっているにちがいない。それに火が通りすぎて、肉がかちかちになっていることだろう――ジョンは火の通りすぎた肉は嫌いなのだ。

だが、それかといって、彼は冷たくなった料理もさらに輪をかけて嫌いだった。いずれにしろ、いまここにある料理は熱くておいしそうなのだ。彼女の心は振子のように揺れ動き、惨めさと不安が次第につよくなった。全世界が、皿の上でだんだん冷めていくマトンの脚に凝縮していった。

テーブルの向かい側から十二歳になる息子のテレンスが言った。

「ホウ酸塩は燃えると緑の炎が出るし、ナトリウム塩の炎は黄色いんだよ」

テーブル越しに、ガーダは息子の角ばった、そばかすだらけの顔をまごまごした様子で見た。なんのことを言っているのか、まるでわからなかったのだ。

「知っていた、母さん？」

「知っていたかって、なんのことを？」

「塩《えん》のことさ」

ガーダの視線がまたまごまごと食塩入れのほうへいった。塩と胡椒はちゃんとテーブルに出ている。大丈夫だ。先週はリュイスが出すのを忘れて、ジョンが不機嫌になったっけ。いつもなにか起こるんだから……

「化学実験の一つなんだ」とテレンスはうっとりした声で言った。「すごくおもしろいんだよ」

九歳になる、かわいい、とりとめのない顔をしたジーナが鼻声で言った。

「おなかがすいたよ。先に食べちゃいけない、お母さん！」

「もうすぐよ、お父さまを待ってなくちゃ」

「先に食べたってかまわないさ」とテレンスが言った。「お父さんはなんとも思やしないよ。食べるのがすごくはやいんだから」

ガーダは首を振った。

マトンを切り分けようかしら？　だが、どっちからナイフを入れればいいのか、どうしても思い出せなかった。もちろん、リュイスが間違いないように皿に置いているとは思うけど——でも、ときどき間違えることがあるんだから——それに、間違った切り方をすると、いつもジョンは不機嫌になる。おまけに、自分が切るといつも間違えると思うと、ガーダは絶望的な気持になった。まあ、どうしよう、肉汁がどんどん冷めていく——上に膜がはってきた——温めなおさなくちゃ——でも、いますぐにもジョンが来たら——きっとすぐ来るにちがいないのだ。

彼女の心はどうしようもなく堂々めぐりするだけだった……罠にかかった獣のように。

診察室の椅子に深く腰をおろし、片手で前の机を軽くたたきながら、ジョン・クリストウは二階では昼食の支度ができていることがわかってはいても、どうにも立ちあがる気になれなかった。

サン・ミゲル……碧い海……ミモザの香り……緑の葉を背にして真っ直ぐに伸びたトリトマの真紅の花……灼けつく太陽……埃っぽい大地……恋の絶望と苦悩……

「もうごめんだ。二度とあんなことは！　それももう過ぎた昔のことだ……」

とつぜん、彼は思った、ヴェロニカと知り合わなければ、ガーダと結婚しなければ、ヘンリエッタと巡りあわなければよかったのに……

クラブトリーばあさんは彼女たちをひとからげにしたぐらいの値打ちがある、と彼は思っていた。あれは先週のある日の午後のことだったが、まったくひどい日だった。それまで彼は彼女の反応にはきわめて満足していた。いまでは〇・〇〇五にも耐えられるようになっていたからだ。ところが、危険な中毒症状を起こし、D・L反応は陽性どころか陰性に変った。

年老いた顔を枕につけ、蒼ざめ、苦しげに喘《あえ》ぎながら――敵意と、あくまで生きようとする不屈の意欲をこめた眼で彼を見あげて。

「あたしをモルモットがわりにしてるんですね、先生？　実験台に――まあ、そんなもんでしょうね、あたしなんか」

「あんたを治《なお》したいと思ってるんだよ」と彼はほほえみかけながら言った。

「あんな小細工までしてかね！」彼女は急ににやにや笑った。「あたしはかまいませんよ。やってくださいな、先生。だれかが最初にやらなくちゃならないんだから、ね？　子供のとき、パーマをかけたことがありましてね。ひどい目にあいましたよ。黒人みたいになってしまってね。櫛《くし》も通らない始末でしたよ。でもね——あたしはそれがおもしろかったんですよ。先生もあたしを実験台にして、うんとお楽しみなさい。なあに大丈夫、がんばってみせますよ」

「すこし苦しそうだね？」彼は脈をとるために手首に触った。彼からベッドで喘いでいる老女へと生命力が伝わっていった。

「すこしどころか、ひどいものですよ。先生のが間違ってるんじゃありません。ただ思いどおりにならなかった——それだけのことでしょう？　気にすることはありませんよ。がっかりしないで、あたしはいくらでもがんばれますからね！」

ジョン・クリストウは感謝の気持をこめて言った。

「りっぱだよ。患者さんがみんなあんたみたいだといいんだがね」

「あたしはよくなりたいんですよ——だからですよ！　あたしはよくなりたい。おふくろは八十八まで生きていたし——ばあさまが死んだのは九十でした。うちは長生きの血筋なんですよ」

彼は疑惑と不安にさいなまれ、惨めな気持で病室を出た。自分の処置に誤りはないと固く信じていた。どこが悪かったのだろう？　どうやって毒性を減らし、ホルモンの量を保ち、同時にパントラティンを中和するかだ……いままでもあらゆる障害を乗り越えてきたが、彼はそれを当然のことと考えていた。

だしぬけに激しい、倦怠感におそわれたのは、聖クリストファー病院の表階段に立ったときだった——遅々として進まぬ、いつはてるともしれない、うんざりするような臨床という仕事への憎悪。ふとヘンリエッタのことが心に浮かんだ。彼女そのものというより、彼女の美貌や新鮮さや健康さや惜しみなく発散される生命力、そして、彼女の髪にただよっている、そこはかとないプリムローズの香りが、とつぜん心に浮かんだのだった。

自宅には急用ができたとだけ電話しておいて、彼はそのままヘンリエッタのところへ行った。そして、彼女のアトリエに入っていくと、ヘンリエッタを力いっぱい抱きしめた。こんなことはいままでの二人の交友関係でははじめてのことであった。

彼女の眼に、一瞬はっとして、意外そうな表情がひらめいた。だが、彼の腕をふりほどいて、コーヒーをいれた。そして、アトリエを歩きまわりながら、とりとめのない質問をした。病院からまっすぐ来たの？　と彼女はきいた。

彼は病院の話はしたくなかった。ヘンリエッタを抱き、病院のことも、クラブトリーばあさんのことも、リッジウェイ病のことも、その他一切合財を忘れたかったのだ。だが、はじめのうちこそその気になれなかったが、そのうち、すらすらと彼女の質問に答えるようになった。そして、やがて大股に部屋を行ったり来たりしながら、専門的な説明や推測を滔々《とうとう》と述べはじめた。そして一、二度、話のあいだで言葉を切った――わかりやすく説明するために。

「そこでだね、反応というものが――」

ヘンリエッタがすぐ引きとって言った。

「ええ、D・L反応は陽性でなくちゃいけない。それぐらいわかるわ。さあ、先をつづけて」

彼は鋭い口調で言った。「どうしてD・L反応のことを知ってるんだい？」

「本を読んで――」

「どんな本だい？　だれの？」

彼女は読書用の小さなテーブルを指さした。彼は軽蔑するように言った。

「スコーベルか？　スコーベルは駄目だよ。基本的に間違っている。いいかい、本を読みたいなら――けっして――」

彼女は彼の話をさえぎった。

「あたしはただあなたが使う専門用語を理解したいと思っているだけなの――あなたが一つ一つ説明せずに、おしまいまでお話をつづけられるように、理解できればそれでいいのよ。さあ、先をつづけて。ちゃんとお話についていけるんだから」

「では、つづけるがね」と彼は疑わしそうに言った。「スコーベルが信用できないことを忘れちゃいけないよ」彼は話しつづけた。二時間半も話した。ぶり返した症状を検討し、可能性を分析し、考えられるかぎりの理論のおよそを説明した。彼はもうヘンリエッタの存在などほとんど意識していなかった。しかも、再三にわたって、彼がためらいを見せると、彼のほうは気づかないうちに、彼がなぜ話を進めるのをためらっているか見てとり、彼女はすばやく頭を働かせて、話のつづきを引き出すのだった。いまでは彼は夢中になっていて、自分に対する確信が次第にもどってきた。自分は間違っていないのだ――基本的にこの考えは正しいのだ――あの中毒症状と闘う方法はあるはずだ、それも一つや二つにかぎらず。

話しているうちに、突然、ひどい疲労をおぼえた。もうなにもかもはっきりわかった。明日の朝、早速とりかかろう。ニールに電話をかけて、二つの薬を混ぜて試してみるように言おう。そうだ、やってみるのだ。ここでみすみす負けて引っこんでいられるものか！

「疲れたよ」と彼はだしぬけに言った。「ほんとに疲れた」

そして、そのまま身を投げ出すなり、眠ってしまった――死んだように。

眼がさめてみると、ヘンリエッタが朝の光のなかでほほえみかけ、お茶をいれてくれた。彼もほほえみかえした。

「こんなつもりじゃなかったのに」と彼は言った。

「それがどうかして？」

「いや、なんでもないよ。きみはいい人だね、ヘンリエッタ」彼の視線が本箱へ移った。

「きみがこんなものに興味があるのなら、ちゃんとした本をあげるよ」

「あたし、こんなものに興味があるんじゃないの。あなたに興味があるのよ、ジョン」

「スコーベルなんか読んじゃいけないよ」彼は不愉快そうにその本をとりあげた。「この男は大ぼら吹きの、いんちき医者だよ」

すると、彼女が声をたてて笑った。スコーベルをけなすことが、どうしてそんなにおもしろいのか、彼にはわからなかった。

だが、ときおり彼がはっとするのは、ヘンリエッタのこういうところであった。自分が彼女にとっては笑いの種になるということを、思わぬときに見せつけられて、彼はとまどいを覚えることがあった。

彼は笑われることに慣れていなかった。ガーダは彼の言うことするることを生真面目に受けとった。ヴェロニカは自分のこと以外は考えない女だった。ところがヘンリエッタには、顔をうしろにひいて、なかば閉じた眼で彼を見ながら、あたかも「このジョンというおかしな人をよく見せて……ずっと離れて、よく見せて……」とでもいうように、突然、やさしい、半ばからかうような微笑を浮かべる癖があるのだった。

眼を細めて自分の作品——あるいは絵を見るときとそっくりだ、と彼は思った。それは——じつにいまいましいことだが——一歩離れてものを見る態度だった。彼はそんな態度でいてもらいたくなかった。ヘンリエッタには彼のことだけを考え、心を彼から離れてほかへ逸《そ》らしてもらいたくなかった。

(『現実には、ガーダのそんなところに、おまえは不満を持っているのじゃないか』とまたしても心のなかの小鬼がひょいと顔を出して言った)

事実、彼が考えていることはまるで筋が通っていなかった。なにを求めているのか、自分でもわからなかった。

(『家《うち》に帰りたい』なんというばかばかしい、滑稽な言葉だろう。なんの意味もありゃしない)

いずれにしろ、あと一時間もすれば、ロンドンから離れているはずだ――なんとなく不快で〝間違い〟の臭いのする病人たちのことは忘れて……焚火の煙や、松や、しっとりと湿った落葉の香りを嗅ぎながら……車の動揺すら心を安らげさせてくれるだろう……なめらかに、なんの苦もなく増していくそのスピード。

だが、そうはうまくいかないだろう、と彼は急に思いかえした。少し手首を痛めているので、車はガーダが運転することになるだろうが、ガーダときたらまともに車を運転できたためしがないのだ！　ギアを変えるたびに、彼はなんとか口を出さないようにと、歯ぎしりしながら黙っていなければならない。というのは、過去の苦い経験から、自分がなにか口出しすると、たちまちガーダが前よりひどいへまをすることがわかっているからだった。不思議なことに、これまでガーダにギアの変え方を教えることに成功したものは一人もいなかった――ヘンリエッタでさえも。自分は気がみじかいから、それよりもヘンリエッタの熱意をこめた教え方のほうがうまくいくだろうと考えて、ヘンリエッタにまかせたのだった。

ヘンリエッタは車を愛していた。ほかの人が春とか初雪とかに与えるような叙情的な熱烈な表現で車のことを話すのだった。

「彼、すてきじゃない、ジョン？　彼、ずいぶん満足そうに走ってるじゃない？」（ヘンリエッタの車はつねに男性に決まっていた）「彼ならベイル・ヒルだって三速で平気なのよ——オーヴァ・ヒートなんかしないで——楽なもんよ。ほら聞いて、このなめらかなエンジン音」

おしまいには彼が癇癪を起こして食ってかかるまでそれはつづくのだった。

「ヘンリエッタ、すこしはぼくのことを考えて、ちょっとのあいだぐらい車のことは忘れられないのかい？」

いつも彼はこうした感情の激発を恥しいと思っていた。

だが、いつそれが爆発するか、自分でも予測がつかないのだ。

彼女の作品についても同じことが言える。彼女の作品がすぐれたものであることは彼も認めていた。尊敬していたのだ——しかも、憎んでもいた——同時に。

これまで二人のあいだで起こった最も激しい口論も、作品のことが原因であった。

ある日、ガーダが言った。

「ヘンリエッタからモデルになってくれと頼まれましたのよ」

「なんだって？」彼の驚きには、たとえ、ここでお世辞の一つぐらいはと思いついたにしても、そんなものは籠《こも》っていなかった。「おまえに？」

「ええ、明日アトリエに行くことになっていますの」

「いったい、なんでまたおまえなんかをモデルにするんだろう？」

彼の態度は、たしかに礼儀にかなっているとは言えなかった。しかし、ガーダはいい按配にそれには気がつかなかった。彼女はしごく満足げだった。ヘンリエッタが例のように心にもない優しさを見せたのではないか、と彼は疑った――たぶん、ガーダがモデルになりたそうなことを言ったのだろう。どうせそんなところに決まっている。

それから十日ばかりあと、ガーダが誇らしげに小さな石膏像を見せた。

かわいい彫像だった――ヘンリエッタのすべての作品と同様、テクニックはたいしたものだった。それはガーダを理想化していて――ガーダ自身はそのことを明らかに喜んでいた。

「よくできてると、わたし、ほんとに思いますわ、ジョン」

「これがヘンリエッタの作品なのか？　なんの内容もない――まるっきりだ。こんなものを作るなんて気が知れないよ」

「そりゃ、あの人の抽象的な作品とは違いますわ――でも、よくできてると思いますわ、ほんとに」

それ以上彼はなにも言わなかった――いずれにしろ、せっかくガーダが喜んでいるのに水をさしたくはなかったのだ。しかし、その後最初の機会をとらえて、このことでヘンリエッタと言い争った。

「なんだってまた、あんなガーダの彫像なんて愚にもつかぬものを作る気になったんだい？　あんなものを作ったってきみの名誉にはならないよ。とにかく、ふだんきみはちゃんとしたものを制作しているじゃないか」

ヘンリエッタはゆっくりした口調で言った。

「わるい出来じゃないと思うんだけど。なんだって喜ぶよ。ガーダだってとっても満足そうだったわ」

「ガーダは喜んでいるさ。なにしろガーダはカラー写真と芸術の違いがわからないんだからね」

「芸術にしたって、わるい出来じゃないわ。ただの肖像彫像なのよ、あれは——すなおな、まるで気どったところのない」

「いつもは、あんなものに時間を浪費したりは——」

彼は急に言葉を切って、高さ五フィートぐらいの木像を見つめた。

「おや、これはなんだい？」

「国際グループ展に出品するのよ。梨の木。《祈る人》」

彼女は彼の様子をうかがっていた。彼はじっと眼をこらして見ていたが、やがて——

突然、首筋のあたりがふくらんだと思うと、憤然として彼女のほうに向きなおった。

「ガーダが必要だったのは、このためだったんだね？　よくもまあこんなことが」

「わかるかしらと思ってたんだけど……」

「わかる？　わからないはずはないじゃないか。ここんとこだ」彼は幅ひろい、くっきり浮き出た首の筋肉に指をあてた。

ヘンリエッタはうなずいた。

「ええ、あたしが求めていたのはこの首と肩だったの——それに、あの重々しい傾き——服従——反抗のかけらもない姿。すばらしいわ！」

「すばらしい？　いいかい、ヘンリエッタ。こんなことは許せない。ガーダはそっとしておいてもらいたいんだ」

「ガーダにはわからないわ。だれにもわかりはしないわ。ガーダはこれに自分の姿が刻みこまれているなんて気がつきはしないし——だれだってそうよ。それに、これはガーダじゃないんですもの。だれでもないのよ」

「ぼくにはわかったじゃないか？」

「あなたは別よ、ジョン。あなたは——ありもしないものを見てるの」

「厚かましいにもほどがある！　ぼくには許せないよ、ヘンリエッタ。どうしても許すわけにはいかない。これがどんなにひどいことなのか、きみにはわからないのか？」

「そうかしら？」

「それがわからないのか？　感じないのか？　きみのいつもの繊細な感情は、どこへやったんだ？」

ヘンリエッタはゆっくりした口調で言った。

「あなたにはわかっていないのよ、ジョン。わかってもらえるとは思わないけど……なにかを求めるっていうことがどんなものか、あなたにはわからないのよ――毎日毎日これを見て――あの首筋の線――あの筋肉――うなだれた首の角度――顎のあたりの重量感。ずっと前からそういったものを見ていたの、求めていたのよ――ガーダを見るたびに……そして、とうとう手に入れずにはいられなくなったの！」

「無茶だ！」

「ええ、そうでしょうね。でも、なにかが欲しくなれば――そんなふうによ――手に入れずにはいられなくなるのよ」

「他人のことはどうだっていいと言うのかい？　ガーダのことなんか気にもしないで――」

「ばかなことを言わないでよ、ジョン。だからこそ、あの彫像を作ったんじゃないの。ガーダを喜ばせ、しあわせな気持にしてあげるために。あたしだってひとでなしじゃないわ！」

「まさにひとでなしだよ、きみは」

「あなた、どう思う？――正直にいって――ガーダはこの木彫を見て、自分がモデルだと気がつくかしら？」

ジョンは気がすすまない様子でその像を見た。はじめて怒りや恨みが興味の前に影をひそめた。妙に従順な姿、見えない聖なるものに祈りを捧げている姿――顔をあげて――ただ盲目的に、無言のまま、ひたむきに――心を戦わせるほど強く、狂信的に……彼は言った。

「この作品を見ていると、なんだかぞっとしてくるよ」

「そうね――自分でも考えるの、だって……」

ジョンが鋭い調子で言った。

「この女はなにを見ているんだ――だれなのだ？　眼の前にいるのは？」

ヘンリエッタはためらった。やがて、口を開いたが、その声には妙な調子がこもっていた。

「あたしにもわからないの。でも、たぶん――あなたを見てるんじゃないかと思うのよ、ジョン」

5

食堂ではテレンスがまたほかの科学的知識を披露していた。

「鉛塩はお湯より水のほうが溶けやすい。沃化カリウムを加えると、沃化鉛の黄色い沈澱物ができる」

彼は期待をこめて母を見たが、実際に希望を持っているわけではなかった。テレンスの意見によると、親というものは、さびしいことながら、いつも期待を裏切る代物なのだった。

「いまのこと、知ってた、母さん？」

「お母さんは化学のことなど、なんにも知りませんよ」

「本に書いてあるんだから、読めばいいんだよ」

それは単に事実を述べただけではあったが、その裏には頼りない母への失望感がありありとしていた。

ガーダの耳にはその失望感は通じていなかった。自分の惨めさにすっかり心を奪われているのだった。ただいつはてるともない堂々めぐりだ。今朝、目をさまし、アンカテル家で過ごす、長い不安な週末が、ついに訪れたことに気がついて以来、ずっと惨めな気持を持ちつづけていた。ホロー荘に滞在することは、彼女にとってつねに悪夢だった。いつも途方にくれ、孤独さを味わうばかりだった。ルーシー・アンカテルのとどまるところを知らぬお喋り、めまぐるしく変る話題、はためにもわかるほどの親切な心づかいなど、ガーダが最も怖れているものであった。しかし、ほかの人たちもルーシーよりましだというわけではなかった。ガーダにしてみれば、それは殉難の二日間だった——だが、ジョンのために耐えなければならない。

というのは、ジョンが今朝伸《の》びをしながら、心から楽しそうな口調で言ったからだった。

「週末は田舎にいけるなんて、考えるだけでもいい気分だな。おまえのためにもきっといいよ、ガーダ、これはおまえにも必要なんだ」

機械的に彼女はほほえむと、自分の気持は極力おさえて言ったものだった。「さぞ楽しいことでしょうね」

彼女はものうい気持で寝室を見まわした。衣裳簞笥のすぐそばに黒い汚点《しみ》のついたクリーム色の壁紙、前に傾きすぎている鏡のついたマホガニーの化粧台、明るいブルーの絨毯、湖水地方の水彩画。すべていままで見なれてきたものばかりだったが、こういったものとも月曜日までお別れなのだ。

明日はふだん入らない寝室にメイドがせかせかと入ってきて、ベッドのそばに小さくて上品な朝のお茶のトレイを置き、ブラインドをあげ、それからガーダが着ていたものを整理したり、たたんだりするのだ――そんなことをされると、ガーダはいてもたってもいられない気持になる。惨めな気持で横になったまま、「もう一日だけだ」と考えてみずから慰め、こうしたことにじっと耐えるしかない。ちょうど寄宿学校にいて、帰る日を指折り数えていた頃のように。

学校でもガーダは幸せではなかった。学校にいると、ほかのところにいるよりもっと心が落ちつかなかった。家《うち》のほうがまだましだった。だが家にいてさえそれほど居心地がよかったわけではない。というのは、いうまでもないことだが、家のものはみんな彼女よりてきぱきして、気がきいていたからだった。彼らの非難がましい言葉は、かならずしも不親切ではなかったが、せかせかとじれったそうで、彼女の耳に霰《あられ》のように降りかかるのだった。「ほら、さっさとやってよ、ガーダ」「ぶきっちょね、こっちによこしなさい！」「だめよ、そんなことガーダにやらせちゃ、いつまでかかるかわかりゃしない」「ガーダはなんにも頭に入りゃしないんだから……」

そのためガーダがますます愚図でへまばかりするようになることに、彼らはみんな気づかなかったのだろうか？　彼女はますます駄目になって、指はさらに無器用になり、さらに気がきかなくなり、なにか言いつけられても、ますますぼんやりと見つめるだけになってしまうのだった。

ところが、あるとき突然、彼女は逃げ道を発見した。ほとんどまったく偶然に、自分をまもる武器を発見したのである。

それ以来、彼女の動作はいよいよ鈍くなり、途方にくれたような眼はますます虚《うつ》ろになった。しかし、家族のものからじれったそうに、「まあ、ガーダ、なんて頭がわるいの、こんなことがわからないなんて」と言われようとも、彼女はぼんやりした表情の背後で、自分しか知らない秘密をひそかに楽しむようになっていた……というのは、みんなが考えているほど彼女は頭が鈍くはなかった。しばしば、わからないふりをしているときがあったが、実際はわかっていたのだ。またしばしば、仕事をするとき、わざとぐずぐずして、だれかがじれったくなってその仕事をとりあげたときなど、内心ほくそえんだものだった。

というのは、自分が優位に立っていることを知っているのは自分だけだと考えることは、まことに刺激的で愉快なものだったからだ。彼女は、ちょくちょく、ちょっとそのことを楽しんでみるようになった。たしかに、みんなが考えている以上に知っているということは楽しいものであった。実際はできるのに、ほかの人にはそのことを知らせないでおくということが。

そのうえ、それにはしばしば人が自分の代りに仕事をしてくれるという利点があることに、とつぜん気がついた。そうなれば、もちろん、こちらの手が省ける。そして、結局、人が自分の代りにやってくれる習慣がつけば、自分はまるで仕事をしなくてすむようになり、しかも、自分が無器用だということも忘れてしまう。そして、とりあえずは、世間全体と対等でいられる。

(だが、このやり方はアンカテル家では通用しないのではないか、とガーダは心配した。前からアンカテル家の人たちは、彼女よりはるかに上手《うわて》で、とても勝負になる相手ではなかった。彼女はアンカテル家の人たちが嫌いだった! ジョンには性が合っている——ジョンはあそこが気に入っているのだ。帰ってきたときにもふだんより疲れていないし——ときには、ふだんの苛立ちがやわらいでいることがある)

いとしいジョン、と彼女は考えた。ジョンはすばらしい。世間の人はみんなそう思っている。とても腕のたしかな医者で、患者にはとても親切だ。わが身をすりへらすほど働いて——それに、聖クリストファー病院の患者たちに対する熱意——あそこでの勤務は経済的にはあいはしない。ジョンはそれほど無欲なのだ——ほんとに気高い人だ。ガーダは昔から、いや、はじめて会ったときから、ジョンが才能にすぐれ、最高の地位まで達する人物だということを信じていた。しかも、自分なんかよりはるかに頭のいい女とでも結婚できたのに、自分を選んでくれたのだ。ジョンは彼女が愚図なことも、すこし頭が鈍いことも、あまりきれいでないことも気にしなかった。「ぼくが面倒をみてやるからね」と彼は言ったものだった。やさしく、いささか威厳をこめて。「なにも心配することはないさ、ガーダ、ぼくが世話をしてやるよ」

男ならかくあるべきだ。ジョンが自分を選んでくれたことを考えると、ほんとにすばらしい気がした。

彼は、あるとき、突然、とても抗いがたい、半ば訴えるような微笑を浮かべて言ったことがあった。「ぼくは自分のやり方でいきたいんだよ、ガーダ」

それはちっともかまわなかった。いままでも、なにごとにつけ彼の意志に従うように努めてきた。最近のように、彼が気むずかしく、いらいらしているときでさえ——なにをしても気に入ってもらえないように思えるときでも。どうしたものか、自分のすることなすことが、すべて失敗ばかりのときでも。だが、彼がわるいのではない。ジョンは忙しすぎるし、自分のことなど考えもしないで――

ああ、マトンをどうしよう！　台所にもどしておけばよかった。ジョンはまだ来そうにもない。どうしてこうてきぱきと決められないのだろう。またしても、あの暗い絶望感が波のように押しよせてきた。あのマトン！　アンカテル家で過ごすぞっとするような週末。両方のこめかみにきりきりするような痛みをおぼえた。ああ、またいつもの頭痛が襲ってきそうだ。しかも、頭痛がするというと、ジョンは不機嫌になるのだ。医者なのだからなんでもないはずなのに、ジョンは薬をくれようとはしなかった。そして、いつもこう言うだけだった。「頭痛のことなんか考えないようにするんだね。薬を飲んだって害になるばかりなんだから。ちょっと散歩でもしてみるといいよ」

マトン！　じっと見つめながら、ガーダはずきずきする頭のなかで、その言葉ばかり繰り返しているのに気づいた。「マトン、マトン、マトン……」

自分が哀れになって、涙があふれ出た。「どうしてなにをしても思いどおりにならないのだろう？」

テレンスは、テーブル越しに母親を見て、それから皿の肉を見た。彼は考えているのだった。「どうしてぼくたちだけで食べてはいけないんだろう？　大人ってばかだなあ。まるで道理がわからないんだから！」

それから、注意しいしい声に出して言った。

「ぼく、ニコルソン・マイナーと、あいつのお父さんちの植込みでニトログリセリンを作ろうと思ってるんだよ。ストレタムに住んでいるんだ」

「そう？　そりゃいいわね」とガーダは言った。

まだ時間はある。ベルを鳴らして、リュイスにすぐ肉を持っていくように言えば――テレンスはちょっと好奇心にかられて母親を見やった。ニトログリセリンを作るということは、両親が奨励してくれるような仕事でないことを、彼は本能的に感じていた。下心《したごころ》を持って機をうかがい、自分の言うことを鵜呑みにしてもらえそうな絶好の機会、それがかなり確実だと思える瞬間を選んだのだ。彼の判断に誤りはなかった。たとえ、なにかのきっかけで騒ぎが起こっても――つまり、ニトログリセリン特有の性質がはっきり現われた場合でも、むっとした声で「お母さんにはちゃんと話しておいたよ」と言えるのだ。

だが、それでも彼はなんとなく物足りなさをおぼえた。

「いくらお母さんだって、ニトログリセリンのことぐらい知っていなくちゃ」と彼は思った。

彼は溜め息をついた。子供だけが感じる、あの強い孤独感に襲われた。父はいらいらしていて、ろくに耳を貸してくれないし、母はいつもうわの空で聞いている。ジーナはまだものもわからない子供だ。

読めば読むほど興味の湧いてくる化学実験の本。それなのに、だれが関心を持っているだろう？　だれも持っていやしない！

ばたん！　ガーダははっとした。あれはジョンの診察室のドアだ。ジョンが階段を駆けあがってくる。

ジョン・クリストウが独特の強い活気にみちた雰囲気とともに、勢いよく部屋に入ってきた。上機嫌で、腹をすかし、せかせかしていた。

「まったく、病人ってやつにはほとほといやになるね」と彼は席につくなり、切分け用ナイフを勢いよくスチール棒で磨《と》ぎながら言った。

「まあ、ジョン」ガーダがすぐにとがめた。「そんなことを口にしないでくださいな。子供たちは本気だと思いますよ」

彼女は子供たちのほうに軽く首を振ってみせた。

「ぼくは本気で言ってるんだよ」とジョンは言った。「だれだって病気になんかなっちゃいけないんだ」

「お父さまは冗談を言ってらっしゃるのよ」とガーダは急いでテレンスに言った。

テレンスはなにごとに対してもそうなのだが、いまも熱意のなさそうな様子で父親を見た。

「ぼくは冗談だとは思わないな」

「もし病人が嫌いなら、あなた、お医者になんかならなかったはずですわ」とガーダはやさしく笑いながら言った。

「嫌いだからこそ医者になったのさ」とジョンは言った。「医者で病気の好きなやつなんかいないよ。なんだ、この肉は、石みたいに冷たいぞ。なんで台所に持っていって、温かくさせておかなかったんだい？」

「それが、その、どうしようかと思って。あなたがすぐおいでになるとばっかり思ってたもんですから——」

ジョン・クリストウはベルを押した、長く、いらいらしながら。リュイスがすぐに来た。

「これを持っていって、コックに温めなおすように言ってくれ」

彼の言葉はぶっきらぼうだった。

「かしこまりました」小生意気なところのあるリュイスは、この当り障りのない一語で、食卓について肉が冷めていくのをただ見ていた女主人に対する自分の意見を、正確に伝えた。

ガーダがいささか支離滅裂な調子で言った。

「ごめんなさい、みんなわたしがいけなかったんです、でも、はじめはね、わたし、あなたがすぐいらっしゃると思ってたもんですから、それだと、もし台所に返したら……」

ジョンがいらだたしそうに遮った。

「いや、そんなことはどうだっていいさ。たいした問題じゃないからね。なにも騒ぎたてるほどのことじゃないよ」

それから、彼はたずねた。

「車は来ているかい？」

「と思いますわ。コリーが頼んでいましたから」

「じゃ、食事がすみ次第、すぐ出かけよう」

アルバート橋を渡ってクラパム・コモンを抜ける、と彼は考えた――それからクリスタル・パレスのそばの近道を通り――クロイドン――パーリー街道、それから幹線道路を避けて――二叉路を右にとってメザリー・ヒルをのぼり――ハヴァストン尾根伝いにいって――ロンドン郊外地帯の右に出て、コマートンを過ぎ、ショヴェル草原をのぼる

——黄金色に紅葉した樹々——眼下はいたるところ森林——ほのかな秋の香り、そして、丘の頂きを越えておりる。

ルーシーとヘンリー……ヘンリエッタ……。

ヘンリエッタには四日間も会っていなかった。最後に会ったとき、彼は腹をたてた。彼女が例の眼をしていたのだ。うわの空というのでもなければ、無愛想というのでもない——なんと言ったらいいか——なにかを見つめているまなざし——なにかそこにはないもの——なにか（そして、そこがどうにもわからないのだが）ジョン・クリストウではないものを見つめているのだ！

彼は心のうちで呟いた。「ヘンリエッタが彫刻家なのは知っている。いい仕事をしていることも知っている。だが、いったい、たまにはそのことを忘れることはできないのだろうか？ たまにはおれのことを考えることはできないのだろうか——ほかのことはなんにも考えずに？」

それは自分勝手というものだ。彼は自分でもそのことはわかっていた。ヘンリエッタはほとんど仕事のことは話題にしない——彼が知っているほかの芸術家ほど、仕事に憑《つ》かれてはいないことも事実だった。内なるイメージに心を奪われ、彼だけに関心を持つことを阻まれることも、ほんの稀れにしかなかった。だが、そういうことがあると、彼はいつも猛然と怒った。

あるとき、彼は強い思いつめた声で言ったことがあった。「もしぼくが頼んだら、こんなものはなにもかも棄ててくれるかい?」

「なにもかもって――なにを?」彼女のおだやかな声には意外そうな驚きがこもっていた。

「こんなものを――なにもかもさ」彼は手を振ってアトリエじゅうをさした。

そして、そう言うなりすぐに思った。「ばか! なんでそんなことをきくんだ?」だが、また思いなおした。「どうしても言わせるんだ『もちろんよ』って。嘘をつかせるんだ! 『もちろん、棄てるわ』と言ってさえくれれば、それが本心だろうとなかろうと、そんなことはどうだっていいのだ! だが、どうしても言わせなくちゃ。このままでは、おれは心の安らぎが得られないのだ」

だが、彼女はしばらくのあいだ、なにも言わなかった。眼は夢みるように、どこか宙を見ている。かすかに眉をよせていた。

やがて、彼女はゆっくりした口調で言った。

「だと思うわ。それがどうしても必要なら」

「必要? 必要ってどういう意味だい?」

「どういう意味で言ってるのか、ほんとはあたしにもわからないのよ、ジョン。必要ね、切断手術が必要だというような意味じゃないかしら」

「事実、外科手術よりほかに方法はないかもしれないね！」

「怒ってるのね、あなた。あたしにどんなことを言わせたいの？」

「よくわかっているくせに。一言でいい。『ええ』と。どうしてその一言が言えないんだ？　きみはほかの人たちを喜ばせるためには、どんなことでも言っているじゃないか、それがほんとかどうかおかまいなしにだ。それなら、なぜぼくには言ってくれない？いったい、なぜぼくにだけは言ってくれないんだ？」

それでも、やはり彼女はゆっくりした口調で答えた。

「わからないのよ……ほんとうに自分でもわからないの、ジョン。あたしには言えない——ただそれだけ。あたしには言えないの」

彼はしばらく部屋を行ったり来たりしていたが、やがて言った。

「きみのおかげで気が狂いそうだ、ヘンリエッタ。ぼくにはきみを動かす力がまるでないような気がする」

「どうしてそうでなくちゃいけないの？」

「わからん。いや、わかってる」

彼はどっかりと椅子に腰をおろした。

「ぼくはきみのいちばん大切なものになりたいんだよ」

「だって、そうなのよ、ジョン」

「そうじゃない。もしぼくが死んだら、きみは涙を流しながら、なにをおいても、喪に服する女とか、悲しみに沈んでいる彫像を作りはじめるよ」

「そうかしら。きっと——ええ、たぶん、そうするわ。ひどい話ね」

彼女は座ったまま、困惑した眼で彼をじっと見ていた。


プディングは焦げていた。それを見てジョンが眉をあげると、ガーダはすぐに詫びた。

「ごめんなさい。どうしてこんなことになったんでしょう。わたしのせいですわ。わたしが上のほうをとりますから、あなたは下のほうを召しあがって」

プディングが焦げたのは、おれが診察がすんだあと、ヘンリエッタのことや、クラブトリーばあさんのことを考えたり、サン・ミゲルの愚にもつかない郷愁にふけったりして、十五分も余計に診察室にいたからなのだ。おれのせいなのだ。ガーダがすべて自分のせいにしようとするなんてばかげている、焦げたところを自分が食べようとするなんて、とてもまともには考えられない。なぜガーダはいつも自分を殉難者に仕立てあげなくてはいられないのだろう？　なぜテレンスはあんなにゆっくりと、興味ぶかげにおれを見つめているのだろう？　なぜ、ああ、なぜジーナはあんなにひっきりなしに鼻をすっているのだろう？　なぜみんなこんなにいらいらさせるのだろう？

雷がジーナの上に落ちた。

「なぜ鼻をかまないんだ？」

「この子、ちょっと風邪気味なんだと思いますわ」

「いや、風邪なんかひいちゃいないよ。おまえはなんでもかんでも子供たちが風邪をひいていると思うんだ！　この子は病気じゃないよ」

ガーダは溜め息をついた。いつも他人の病気の治療ばかりしている医者が、どうして自分の家族の健康にこうも無関心でいられるのか、彼女にはどうしても理解できなかった。病気だなんて言っても、彼はまともに受けとってくれたことがないのだ。

「あたし、お昼ごはんの前に八度もくしゃみしたのよ」とジーナがもったいぶって言った。

「暑すぎるからだ！」

「暑すぎやしないよ」とテレンスが言った。「ホールの寒暖計は十三度だもん」

ジョンは立ちあがった。「みんなもうすんだかい？　よし、じゃ出かけよう。支度はできてるかい、ガーダ?」

「すぐできるわ、ジョン。あと二つ三つ入れるものがあるの」

「もうできてると思っていたのに。午前中、いったいなにをしてたんだ?」

ジョンはどなりながら食堂を出ていった。ガーダは急いで寝室へ行った。早くしようと焦れば焦るほど、かえって手間どることだろう。だが、なぜ支度ができなかったのだろう? ジョンのスーツケースはちゃんと詰めて、ホールに出してあるというのに。いったい、なぜ——

ジーナがすこしべたべたしたカードを持って、父親のほうへ寄ってきた。

「運勢を占ってあげましょうか、パパ? やり方を知ってるのよ。ママのも、テレンスのも、リュイスのも、ジェーンのも、コックのも見てあげたの」

「じゃ、見ておくれ」

ガーダはどれぐらいかかるんだろう。ジョンはこのぞっとするような家から、このぞっとするような街から、苦しんだり、鼻をぐずぐずいわせたりしている病人だらけのこの都会から逃げ出したかった。森や湿った草の葉のあるところへ——そして、いつも肉体すら持っていないような印象を与える、優雅でこの世のものとも思えぬルーシー・アンカテルのところへ行きたかった。

ジーナはもったいぶってカードを並べていた。

「この真ん中のがパパよ、ハートのキング。運勢を見てもらう人は、いつでもハートのキングなの。それから、ほかのカードを裏返しにして並べるの。パパの左側に二枚、右側に二枚、上の一枚——これはパパに対して力を持ってるの、そして下の一枚——これにはパパが力を持っているの。それから、これは——パパの運勢が決まるのよ。さあ、これでいいわ」ジーナは大きく息を吸いこんだ。「カードをみんな開いてみるのよ。パパの右側はダイヤのクイーンだわ——とっても仲のいい人」

「ヘンリエッタだ」と彼は思ったが、ジーナのしかつめらしい態度に、ちょっと気がまぎれたし、おもしろくもあった。

「その隣はクラブのジャック——これはおとなしい若い男の人。左側はスペードの八——これはだれかわからない敵。パパにはわからない敵がいる?」

「さあ、思いあたらないな」

「それから、その隣がスペードのクイーン——これはうんと年上の女の人」

「アンカテルのおばさんだよ」と彼は言った。

「こんどはこれなんだけど、パパの上にあって、パパに力を持っているの——ハートのクイーンよ」

「ヴェロニカだ」と彼は考えた。「ヴェロニカ！」だが、すぐに「なんてばかなんだ、おれは！　もうおれにとってはなんでもない女じゃないか」

「それから、これはパパの下にあって、この人にはパパのほうが強いの——クラブのクイーンよ」

　ガーダが急ぎ足で部屋に入ってきた。

「支度ができましたわ、ジョン」

「あら、ママ、ちょっと待って。あたし、いまパパの運勢を占ってるところなのよ。最後の一枚よ、パパ——いちばん大事なカードなの。これでパパの運勢が決まるのよ」

　ジーナは小さな、べたつく手でカードをひっくり返した。そして、はっと息をのんだ。

「ああ——スペードのエースだわ！　普通ならこれは死ぬことなんだけど——でも——」

「お母さんが車を運転してロンドンを離れる途中で、だれかを轢《ひ》くんだよ」とジョンは言った。「さあ、出かけよう、ガーダ。では、行ってくるからね、二人ともおとなくしてるんだよ」

6

ミッジ・ハードカースルは、土曜日の朝、十一時ごろ階下へおりてきた。朝食をベッドでとり、本を読み、しばらくうとうとして、それから起きたのだった。こんなふうにのんびり過ごすのはいい気持だった。いまは休暇だ！　マダム・アルフリージにいらいらさせられることもない。

彼女は玄関から強い秋の陽射しのなかに出た。ヘンリー・アンカテル卿は丸木づくりの椅子に腰をおろして《ザ・タイムズ》を読んでいた。卿は顔をあげてほほえんだ。ミッジのことが好きだったのだ。

「おはよう」

「朝寝しすぎましたかしら？」

「昼食《ひる》には間にあうさ」とヘンリー卿は笑いながら言った。

ミッジはそばに腰をおろし、溜め息まじりに言った。

「ここに来ると気がやすまりますわ」

「すこし痩せたようだね」

「あら、元気ですわ。ここにいると楽しいんですの、だって、ずっと小さいサイズの服に、むりやりからだを押しこもうとする肥った女がいないんですもの！」

「さぞうんざりすることだろうな！」ヘンリー卿はちょっと言葉を切ったが、それから腕時計にちらと眼をやって言った。「エドワードが十二時十五分に来ることになってるんだよ」

「そうですの？」とミッジは言ったが、ちょっと間《ま》を置いてつづけた。「エドワードにはずいぶんながいこと会っていませんわ」

「相変らずだよ。エインズウィックからはほとんど出てこないんだから」

「エインズウィック」とミッジは思った。「エインズウィック！」胸が痛んだ。エインズウィックであの楽しかった日々。何カ月も前から訪れる日を、どれほど待ちこがれていたことだったろう！「エインズウィックに行くんだわ」そのことを考えて寝つかれない夜がよくあったものだ。そして、ついに——その日になる！小さな田舎の駅だったが、汽車は——大きなロンドン行き急行——前もって車掌に言っておけば停めてくれるのだ！駅の外ではダイムラーが待っている。それからドライヴ——最後の角を曲がって門を通り、森を突っきって丘をあがると、やがて広々としたところに出て、そこに家がある——大きい、白い、手をひろげて迎えてくれる家が。つぎはぎのツイードのコートを着た、年とったジョフリーおじさま。

「さあ、若いものは——せいぜい楽しむことだ」そして、彼らは楽しく日々を過ごしたものだった。ヘンリエッタはアイルランドから。エドワードはイートンから。そしてミッジは北部の陰鬱な工場町から。エインズウィックがなんと天国のように思えたことか。

だが、心はいつもエドワード。でも、もちろん、あたしにはあまり注意をはらってくれなかった、親切なエドワード。エドワードにばかりひかれていた。背が高くて、優しくて、内気で、ヘンリエッタがいたから。

エドワードはいつも遠慮がちで、まるで招かれてきた客のようだったので、ある日、庭師頭《がしら》のトレムレットの言葉を聞いたとき、彼女はびっくりしたものだった。

「このお屋敷は、いつかはエドワードさまのものになるんですよ」

「でも、どうして、トレムレット？　エドワードはジョフリーおじさまの子供じゃないじゃないの」

「エドワードさまは相続人なんですよ、ミス・ミッジ。限嗣《げんし》相続者とか言いましてね。ミス・ルーシーはジョフリーさまの一人娘ですが、女だから相続できないし、ミス・ルーシーと結婚なさったヘンリーさまは、またいとこですからね。エドワードさまのほうが近いんですよ」

そしていま、エドワードはエインズウィックに住んでいる。一人で暮らし、ほとんど出かけることもない。ルーシーは気にかけているのだろうが、彼女はどんなことにでも気にかけたりはしないように見えるのだ。

それにしても、エインズウィックはルーシーが生れ育った家だし、エドワードはいとこの子だし、二十歳以上も彼女より若い。彼女の父のジョフリー・アンカテルはその地方の〝名望家〟であった。かなり裕福で、財産の大半はルーシーに遺され、エドワードは屋敷を維持していくには困らなかったが、あとはいくらも残らず、比較的貧しい暮らしをしていた。

なにもエドワードに贅沢な趣味があったわけではない。しばらく外交官として勤務していたが、エインズウィックを相続すると退職し、財産だけで暮らすようになった。書物好きで、初版本を集めたり、あまり人に知られていない雑誌に、ときたま、遠慮がちに皮肉な小文を書いたりしていた。いままでに、またいとこのヘンリエッタ・サヴァナクに三度結婚を申し込んだことがあった。

ミッジは秋の陽射しを浴びながらこんなことを考えていた。これからエドワードと会うのを喜んでいるのかどうか、自分でもよくわからなかった。自分が、よく言われるように「それを乗り越えて」いるようには思えなかった。だれでもエドワードのような人は、そう簡単に乗り越えられるものではない。エインズウィックで暮らしているエドワードは、彼女にとって、ロンドンのレストランのテーブルから立ちあがって声をかけるエドワードと同じように現実の人物であった。彼女は物心ついて以来、ずっとエドワードを愛していたのだ……。

ヘンリー卿の声で彼女はわれにかえった。

「ルーシーの様子をどう思うかね？」

「とても元気そうですわ。いままでと同じように」ミッジはちょっとほほえんだ。「いままで以上ですわ」

「そうだな」ヘンリー卿はふかぶかとパイプを吸った。そして、だしぬけに言った。「ときどきだがね、ミッジ、わたしはルーシーのことが心配になるんだよ」

「心配って？」ミッジは意外そうな面持ちで彼を見た。「なぜですの？」

ヘンリー卿は首を振った。

「ルーシーには、していいことといけないことのけじめがつかないのだよ」

ミッジは眼をまるくしていた。卿はつづけた。

「ルーシーはなんでも結局はうまいことやりおおせる。昔からそうなのだ」卿はほほえんだ。「ルーシーは総督官邸の伝統を侮辱したことがあるんだよ――晩餐会で自分が先にたっていたずらをしたのだ（これはね、ミッジ、しきたりに反するひどいことなのだよ！）ルーシーは晩餐の席で、ふだんから反目しあっている人同士をとなり合わせにして、人種問題で大喧嘩をさせたのだ！　それでいて、取り返しのつかない騒ぎを起こさせたり、みんなを反目させたりして、英国統治の面目をまるつぶれにはしないで――そこもなんとか切り抜けたのが、わたしには不思議でしようがないよ！　例のルーシーがよくやる手さ――人々に、にこやかにほほえみかけ、まるで自分にはどうしようもなかったとでもいうように、涼しい顔をしているのさ！　召使たちも同じことだ――さんざん面倒をかけているというのに、あの連中はルーシーを尊敬しているんだからね」

「よくわかりますわ」とミッジは言った。「ほかの人がしたことだったらとても我慢できないことでも、ルーシーだととがめる気にならない。なんでしょうね、それは？　魅力？　それとも磁力のたぐいかしら？」

ヘンリー卿は肩をすくめた。

「ルーシーは子供のときから、あんなふうだったよ――ただ、ますますそれがひどくなっているような気がするのだ。つまり、ものには限度があるということに、あれは気がつかないのだ。わたしは本気で考えることがあるんだがね、ミッジ」とヘンリー卿はいたずらっぽそうに言った。「ルーシーは、自分なら人殺しをしても、つかまらずにうまく逃げおおせると思っているんじゃないかとね！」

ヘンリエッタはミューズ街のガレージから〈デラージュ〉を出し、〈デラージュ〉の整備をまかしてある友だちのアルバートと、技術的な会話を交わしただけで、車をスタートさせた。

「すばらしい調子ですぜ」とアルバートは言った。

ヘンリエッタはほほえんだ。彼女はひとりで車で出かけるとき、いつも決まって覚える喜びを味わいながら、ミューズ街を矢のように走り抜けた。車を走らせるのは、ひとりきりのほうが好きだった。車を走らせるという喜びを、心ゆくまで楽しむことができるからだった。

彼女は自分の運転技術に満足し、ロンドンから郊外へと抜ける新しい近道を見つけては得意になった。ロンドン市内でも自分だけが使う道を持っていたし、ロンドンの街々ならどんなタクシー運転手にも負けないほどよく知っていた。

いまもヘンリエッタは新しく見つけた道を南西へと向かい、郊外の迷路のように入りくんだ道を縫うように走っていた。

やっとショヴェル草原の長い尾根まで来たのは十二時半だった。ヘンリエッタはこの場所からの眺望が昔から好きだった。道が下りにさしかかるところでちょっとひと息いれた。周囲も眼下も樹々におおわれ、その樹々の葉は金色から褐色に変りかけていた。それは強い秋の陽光を浴びた、華麗な金色の世界であった。

「あたしは秋が好き。春より何倍も豊かだから」と彼女は思った。

だしぬけに、あの胸もはちきれそうな幸福の瞬間が訪れた――この世がすばらしく思える気持――そういうこの世界に対する彼女だけが持つ強烈な喜び。

「いまのあたしほど幸福な気持には二度となれないわ……二度と」

しばらくそこに佇《たたず》み、それ自身のなかへと揺れながら溶けこみ、それ自身の美しさとともにかすんでいくかと思える、その黄金の世界をじっと見つめていた。

やがて彼女は丘の頂上を越え、森を抜け、ながい険しい坂道をホロー荘へと降りていった。

ヘンリエッタが車を乗りいれると、ミッジがテラスの低い塀に腰をかけていて、陽気に手を振った。ヘンリエッタはミッジの姿を見て嬉しかった。ミッジが好きだったのだ。

アンカテル夫人が家から出てきて言った。

「ああ、やっと着いたのね、ヘンリエッタ。車を厩《うまや》にいれて、飼料《かいば》をやっているうちに、お昼の支度ができていますよ」

「ルーシーもそうとう辛辣なことを言うわね」ヘンリエッタはミッジをステップに乗せたまま車を家の裏にまわしながら言った。「あたし、自分のアイルランドの祖先の馬好きの血をひいてないことを、内心誇りにしていたのよ。馬のこと以外話題のない人たちのあいだで育ったら、馬なんかに興味を持たないと、かえって自分がえらいみたいな気がするものよ。ところが、いまルーシーはあたしが車を馬のように扱っていることを、はっきりと見せつけたわ。ほんとうなんですものね。あたし、馬みたいに思ってるんですもの」

「わかるわ」とミッジは言った。「ルーシーはめちゃくちゃな人よ。今朝だって、あの人、ここにいるあいだは、好きなだけ勝手放題にしていろなんて言うんですものね」

ヘンリエッタはちょっとその意味を考えていたが、すぐにうなずいた。

「もちろん、お店のことよ」

「ええ、そうなの。だれでも一生を毎日いやな箱のなかで、いばりくさった女にぺこぺこ頭をさげたり、奥さまなんて呼んだり、ドレスをぬがせてやったり、どんな勝手なことを言われても、笑顔でその厚かましさをぐっと我慢していなくてはならないとなると――ええ、だれだって悪態の一つもつきたくなるものよ！　ねえ、ヘンリエッタ、あたしね、どうして人間は〝奉公〟にあがることを恥しいことだと思い、お店で働くことをえらくて独立心に富んでいるなんて考えるのか、いつも不思議に思っているの。ガジョンとかシモンズとか、ちゃんとした奉公人より、お店で働いている人のほうがよっぽど傲慢な人たちを我慢しているものよ」

「ずいぶんいやな思いをしているんでしょうね。あなたも自分で食べていくことを誇りに思ったり意地をはったりしなければいいのに」

「ともかく、ルーシーは天使ね。この週末は、あたし、相手かまわず、思いっきり勝手放題にするわ」

「こんどはだれが来るの？」とヘンリエッタは車から降りながら言った。

「クリストウ夫婦が来ることになってるの」ミッジはそう言ってからちょっと言葉を切ったが、すぐにつづけた。「エドワードがたったいま着いたところよ」

「エドワード？　嬉しいわ。エドワードにはもうずいぶん会わないんですもの。ほかには？」

「デイヴィッド・アンカテル。ルーシーの言うところでは、ここであなたに働いてもらうんだそうよ。デイヴィッドが爪を噛む癖を、あなたがやめさせることになってるの」

「あたしにはとてもできそうにないことだわね。あたし、人のことに干渉するのは嫌いだし、人の癖をなおそうなんて夢にも思わないわ。ほんとうは、ルーシーはなんて言ったの？」

「そのとおりに言ったのよ、だいたいのところ！　それに、デイヴィッドは喉仏まで出てきたんですって！」

「まさかそんなことをやらせるつもりじゃないでしょうね？」とヘンリエッタは大恐慌のていで言った。

「それから、あなたはガーダに気をつかってやることになってるの」

「あたしがガーダだったら、きっとルーシーが大嫌いになってるわね！」

「それから、犯罪を解決するのが商売の人が、明日のお昼食《ひる》に来ることになってるわ」

「まさか殺人ゲームでもするんじゃないでしょうね？」

「そうじゃないようだわ。ただのご近所づきあいだと思うけど」

ミッジの声がちょっと変った。

「あら、エドワードがあたしたちを迎えに出てきたわ」

「なつかしいエドワード」と思うと、とつぜん、ヘンリエッタの胸にあたたかい愛情が湧いてきた。

エドワード・アンカテルはとても背が高くて、痩せぎすだった。彼はにこにこしながら若い女性たちのほうへ近寄ってきた。

「やあ、ヘンリエッタ、もう一年以上も会わないね」

「こんにちは、エドワード」

なんとすてきな人だろう！　あの優しい笑顔、眼尻の小さな皺。それに、すばらしい頑丈そうな骨格。「あたしが好きなのは、きっとあの骨格なんだわ」とヘンリエッタは思った。エドワードに対してほのぼのとした愛情を抱いている自分に、彼女ははっとした。エドワードが好きだったことをすっかり忘れていたのだった。

昼食後、エドワードが言った。「散歩にいかないか、ヘンリエッタ」

それはエドワード流の散歩——そぞろ歩きだった。

二人は家の裏手の樹々のあいだを縫うようにして、ジグザグな道を登っていった。エインズウィックの森に似ている、とヘンリエッタは思った。なつかしいエインズウィック、なんと楽しかったことか！　彼女はエインズウィックのことをエドワードに話しはじめた。二人の心に昔の思い出がよみがえってきた。

「ねえ、あたしたちの栗鼠《りす》のこと、覚えている？　ほら、前足の折れた栗鼠。檻《おり》にいれて飼っていて、そのうちに足が治ったじゃない？」

「覚えているとも。なにかおかしな名前をつけてたね——なんていったっけ？」

「チョムリー＝マージョリバンクスよ！」

「ああ、そうだったね」

　二人は声をそろえて笑った。

「それから、あの家政婦のミセス・ボンディ——あの女、いつも言ってたね、この栗鼠はいまに煙突を登るようになりますよって」

「あたしたち、ずいぶん怒ったわね」

「ところが、ほんとに登っちゃった」

「あの女が登らせたのよ」とヘンリエッタがためらいもせずに言った。「登るようにって、栗鼠の頭に吹きこんだんだわ」

　彼女はつづけて言った。

「昔とおんなじ、エドワード？　それとも、変った？　あたし、同じだろうって、いつも想像してるのよ」

「見にきたらいいじゃないか、ヘンリエッタ？　来たのはずいぶん昔のことだよ」

「ええ、そうね」

どうしてこんなにながく月日が流れるままにしていたのだろう、と彼女は考えた。忙しかったり——いろんなことにかかわりあったり——他人とのごたごたに巻きこまれたり……

「きみなら、いつでも大歓迎だよ」

「やさしいのね、エドワード！」

なつかしいエドワード、それにあんな見事な骨格を持っていて、と彼女は思った。

しばらくしてエドワードが言った。

「きみがエインズウィックが好きなので、ぼくも嬉しいよ、ヘンリエッタ」

彼女は夢見るように言った。

「エインズウィックは世界一すてきなところなんですもの」

茶色の髪をたてがみのようにぼさぼさにした、脚の長い女の子……人生がどんなことを待ちうけているか、まるで考えもしていなかった幸福な少女……樹々を愛する少女……

あんなに幸せで、しかもそのことに気づきもしなかったなんて！「ああ、昔にかえれたら」と彼女は思った。

「イグドラシルはまだあのままあって？」

「雷にやられたよ」

「まあ、あのイグドラシルが！」

悲しかった。イグドラシル――それは大きな樫の木に彼女が自分でつけた名前だった。もし神さまがイグドラシルを打ち倒したのだったら、安全なものなんかありやしない！あそこへ近寄らないほうがいい。

「きみが自分で考え出したサイン、イグドラシルのサインを覚えているかい？」

「あたしがいつも紙きれやなんかに描いていた、木のような木でないような、おかしな絵でしょう？　いまでも描いてるのよ、エドワード！　吸い取り紙や、電話帳や、ブリッジの得点表に。しょっちゅういたずら描きするの。鉛筆を貸して」

鉛筆とノートブックを渡すと、ヘンリエッタは笑いながらおかしな木の絵を描いた。

「それだよ」とエドワードが言った。「イグドラシルだ」

二人は小道のいちばん上まで来ていた。ヘンリエッタは倒れた木の幹に腰をおろした。エドワードもそばに座った。

彼女は樹々のあいだから見おろした。

「ここはどこかエインズウィックに似ているわ——エインズウィックのポケット版というところね。あたし、ときどき考えることがあるんだけど——ルーシーとヘンリーがここに来たのはそのためじゃないかしら、エドワード？」

「そうかもしれないね」

「ルーシーがなにを考えているのかだれにもわかりゃしないわ」とヘンリエッタはゆっくりした口調で言ったが、ちょっと間を置いて聞いた。「ねえ、エドワード、最後に会ってからあと、どんなことをしていたの？」

「なんにもしてなかったよ、ヘンリエッタ」

「とても穏やかな生活のようね」

「昔からぼくは苦手なんだよ——なにかをするということが」

彼女はちらと彼を見やった。彼の声の調子にはなにかがこもっていた。だが、黙ってほほえみかけているだけだった。

またしても、あの底しれぬ愛情が、急に湧いてくるのを彼女はおぼえた。

「たぶん、あなたのほうが賢明なんでしょうね」

「賢明？」

「なにもしないということは」

エドワードはゆっくりした口調で言った。「そんなことを言うなんて、きみらしくないな、ヘンリエッタ。あれほど立派な仕事をして、有名になっているのに」

「あたしのことを有名だと思っている？　変ね」

「だって、そうじゃないか。きみは芸術家だ。自分に対して誇りを持っているにちがいないよ。また、持たざるを得ないはずだ」

「わかってるわ。みんなが同じことを言うの。その人たちにはわからないのよ――いちばん大切なことがわかっていないのよ。あなただってそうよ、エドワード。彫刻なんて、ただ、とりかかればうまくできるってものじゃないの。それは彫刻家に襲いかかり、苦しめ悩ませ――しかも、心に憑いて離れない――だから、おそかれはやかれ、いつかはそれと妥協しなければならない。そうすれば、ちょっとのあいだは心の平和はつづく――でも、結局ははじめから同じことの繰り返しなのよ」

「穏やかな生活がしたいのかい、ヘンリエッタ？」

「そりゃあたしだって、なによりも穏やかな生活がしたいと思うことがあるわ」

「エインズウィックでなら、それができないことはないよ。あそこでなら、きみは幸せになれると思うな。たとえ——たとえ、ぼくと一緒に住むことは我慢しなければならないにしてもだ。どうだい、ヘンリエッタ？　エインズウィックに来て、落ちつかないか？　エインズウィックは昔からきみを待ってるんだよ」

ヘンリエッタはゆっくり振りかえると、低い声で言った。「あなたのことがこんなに好きでなかったらよかったのにね、エドワード。いつまでも『ノー』と言うのが、だんだん辛くなってくるわ」

「じゃ、『ノー』なんだね？」

「ごめんなさい」

「きみは前にも『ノー』と言ったね——だが、こんどは——ちがうんじゃないかと思っていたんだ。今日の午後はずっと幸せそうだったよ、ヘンリエッタ。自分でもそう思うだろう？」

「とても幸せだったわ」

「顔だって——今朝より若やいでいたよ」

「わかってるわ」

「ぼくたちは幸せだった。二人でエインズウィックのことを話し、エインズウィックのことを考えて、それがどういう意味かわからないのかい、ヘンリエッタ?」

「それがわからないのは、あなたのほうよ、エドワード! あたしたち、今日の午後はずっと過去に生きていたのよ」

「過去というものは、生きていくのに、ときにはとてもいいところだよ」

「人は過去に帰ることはできないわ。人にできないただ一つのこと——それは過去に帰ることよ」

彼はしばらく黙っていたが、やがて、静かな、いたずらっぽそうな、まるで感情をこめない声で言った。

「きみがほんとに言いたいのは、ジョン・クリストウがいるので、ぼくと結婚しないということなんだろう?」

ヘンリエッタが答えなかったので、エドワードはつづけた。

「そうなんだね? この世の中にジョン・クリストウという男がいなかったら、ぼくと結婚してくれたんだ」

ヘンリエッタは思いつめた調子で言った。「ジョン・クリストウがいない世界なんて、あたしには考えられないわ! これだけはわかって」

「そういうことなら、どうしてあの男は奥さんと離婚しないんだ。そうすれば、きみと結婚できるじゃないか？」

「ジョンは離婚なんかしたくないのよ。それに、たとえ離婚しても、あたしのほうがジョンと結婚したいのかどうか、自分でもわからない。そんなんじゃないの——すくなくとも、あなたが考えているようなんじゃないのよ」

エドワードはじっと考えこんだ様子で言った。

「ジョン・クリストウか。世間にはジョン・クリストウが多すぎるよ」

「それはあなたの間違いよ。世間にはジョンのような人は、めったにいるものじゃないわ」

「もしそうだとすれば——まだ望みがないわけじゃない！　すくなくとも、ぼくはそう思ってるよ！」

彼は立ちあがった。「もう帰ったほうがいいようだね」

7

二人が車に乗りこみ、リュイスがハーリー街の家の玄関のドアを閉めると、ガーダは島流しになったような心の痛みが全身を突きぬけるのを覚えた。あのドアの閉まる音は、まさに決定的だった。閉め出されたのだ——このぞっとするような週末が重く彼女の上にのしかかってきた。それに、家を出る前に片づけておかなくてはならないことが山ほどあったのだ。浴室の蛇口はしめたかしら？ それから、クリーニング屋に渡すメモは——たしかに置いてきたのだが——どこに置いてきたかしら？ 子供たちはマドモアゼルとうまくやっていくかしら？ たとえばテレンスだけど、マドモアゼルの言うことをきくかしら？ フランス人の家庭教師はちっとも権威がないようだから。

彼女は運転席につき、惨めな気持で相変らずうなだれたまま、おずおずとスターターを踏んだ。なんどもなんども踏んだ。ジョンが言った。「車というものはね、ガーダ、エンジンをかけさえすれば、もっとうまくスタートするものだよ」

「あら、わたし、どうしてこんなにばかなんでしょう」彼女はうろたえてちらと彼のほうを見た。もしジョンがいらいらしはじめたら――だが、彼が笑顔をみせていたので彼女はほっとした。

「きっとアンカテル家に行くのが嬉しいからだわ」とガーダはいつもこんなときに閃く直感でそう思った。

気の毒に、働きすぎだわ！　ジョンの生活は、自分のことは考えず、他人のことでいっぱいなのだ。このながい週末を楽しみにしているのも無理はない。昼食のときの会話を思い出していたので、彼女は急にクラッチをいれ、縁石から車を飛び出させながら言った。

「ねえ、ジョン、病人が嫌いだなんて冗談は言わないでくださいな。ご自分の仕事をわざと軽くみせようとなさるのは素晴らしいことだし、わたしにはあなたの気持もわかりますわ。でも、子供たちはちがいます。ことにテレンスなんか、人の言葉を真《ま》にうける性質ですからね」

「テレンスはもう大人じゃないかと思うときがよくあるがね――ジーナとはちがって」とジョンは言った。「いったい女の子というのは、いつまであんなふうに気取ってばかりいるものかね」

ガーダは低くしとやかに笑った。ジョンはわたしのことをからかっているのだ。彼女はまた自分の話題を持ち出した。一つのことにこだわる性質なのだ。

「わたし、ほんとに思ってるのよ、ジョン、お医者の生活がどんなに自分を犠牲にし、献身的なものか、子供たちに教えてやるのはいいことですよ」

「おやおや、たいへんなことになったものだな！」

ガーダの注意がちょっとほかのことにそれた。近づいている信号機がずっと前から青だった。着くまでにはきっと変るだろう、と彼女は思った。彼女は車の速度を落しはじめた。まだ青だった。

ジョンはガーダの運転には口を出すまいと心に決めたことを忘れて言った。「どうして停めようとするんだ？」

「信号が変るんじゃないかと思って――」

彼女がアクセルを踏むと、車はすこしだけ進み、信号をちょっと越えたところまで行ったと思うと、エンジンがとまった。信号が変った。

交差した道を両方から来る車が腹だたしそうに警笛をならした。

ジョンはおとなしく、気をわるくした様子もなく言った。

「おまえほど下手な運転手は世界にいないね、ガーダ！」

「わたし、前から信号が苦手ですの。いつ変るかわからないんですもの」

ジョンはガーダの不安そうな、しょげきった顔をちらと横目で見た。

「なにもかもがガーダには悩みの種なのだ」と彼は考え、そういう状態で生きるのは、どういう気持だろうと想像してみた。だが、彼はあまり想像力の豊かなほうではなかったので、まるで見当がつかなかった。

「ですからね」ガーダはさっきの話にまだこだわっていた。「わたし、つねづね子供たちに、医者の生活がどういうものか教えてやっているのよ――自己犠牲、他人の苦痛をたすけてやるために自分を献げること――他人に奉仕したいという願い。とても気高い生活ですわ――わたし、誇りに思っていますよ、時間と精力のありったけを他人のために使って、自分のことなど考えないあなたの生き方を――」

ジョンが口をはさんだ。

「ぼくは医者が好きなんだよ、そんなことがわからなかったのかい――犠牲なんかじゃなくて、楽しみなんだ！――とても興味があるからだということが、おまえにはわからないのかい！」

いや、だめだ、と彼は思った、ガーダにはそんなことはわかりっこないのだ！　たとえクラブトリーばあさんのことやマーガレット・ラッセル病棟のことを話してやっても、おれのことを天使のような貧民救済者と思うだけだろう。

「蜜のなかに溺れきっているのだ」と彼は小さな声で言った。

「え？」ガーダが彼のほうへ身をよせた。

彼は首を振った。

かりに、おれは〝癌の治療法を発見しよう〟と努力しているのだと話したら、おそらくガーダは反応を示すだろう――平易な、心情的な言葉なら理解できるのだから。しかし、リッジウェイ病の複雑さが持つ特殊な魅力はとても理解できないだろう――実際にリッジウェイ病がどんなものか、彼女に理解させることすら、できるかどうかあやしいものだ。(『ことに』と彼は内心苦笑しながら考えた。『われわれ自身でもそれほど確信があるわけではないのだから。皮質が変質する理由がほんとにはわかっていないのだ！』)

ところが、まだ子供だが、テレンスならリッジウェイ病に興味を持つのではないだろうかという考えが、ふと頭に浮かんだ。「ぼくはお父さんが冗談を言ってるんだとは思わないな」と言う前に、自分を値踏みでもするようにじっと見つめていたあの態度が気に入っていたのだ。

この二、三日、テレンスはコナ・コーヒーの挽《ひ》き器をこわしたというので、みんなから冷たくされていた――アンモニアを作ろうというくだらんことを考えて。アンモニア？　おかしな子だ、なんのためにアンモニアなんか作ろうとしたのだろう？　ある意味では興味がないでもないな。

ガーダはジョンが黙りこんだのでほっとした。話をしていて気を散らさなければ、すこしはまともに運転できるのだ。おまけに、ジョンが考えごとに没頭していてくれたら、ときどきギアをむりに入れかえるひどい音にも、気がつかないにちがいない。（彼女は可能なかぎり、ギアを変えようとしなかった）

ガーダでもうまくギアを変えられることがあった（もっとも、あまり自信を持ってではなかったが）、ところが、ジョンが一緒に乗っていると、うまくいったためしがなかった。うまくやろうと気をつけるのだが、かえって結果は悲惨きわまるものだった。手は思うように動かないし、アクセルは強く踏みすぎたり弱すぎたり、おまけにギアのレバーをあわてて無器用に押すので、ギアが抗議するように悲鳴をあげるのだった。

「いたわるように入れるのよ、ガーダ、いたわるように」とずっと前ヘンリエッタが教えてくれたことがある。ヘンリエッタは実際にやってみせた。「ギアが入りたがっているのが感じでわからない？――そっと滑るように入りたがっているのよ――手を平らにしていれば、その感じがわかるのよ――どこでもかまわず押しちゃだめ――感じで入れるのよ」

だが、ガーダにはギア・レバーのことを感じるなんて、とてもできなかった。とにもかくにも、ちゃんとした方向に押していれば、ギアは入るのが当然なのだ！　車というものはあんなひどい音なんかたてないように作られているべきなのだ。

マーシャム・ヒルを登りかけたとき、だいたいにおいて、今日のドライヴはそうひどいことにならずにすみそうだ、とガーダは思った。ジョンは相変らず考えごとに没頭していた——クロイドンではギアがすさまじい音をたてたのだが、ジョンはそれにも気がつかなかった。車がスピードを増してくるにつれ、いい気になってギアを三速に変えると、たちまちスピードが落ちた。ジョンが瞑想から、いわば目をさました。

「急な坂にかかったというのに、いったいなぜギアを変えるんだ？」

ガーダは歯をくいしばった。道程《みちのり》はもういくらもない。目的地に着きたかったからではない。それよりも、もっともっと運転をつづけていたかった、たとえジョンが癇癪を起こそうとも！

だが、すでに車はショヴェル草原を走っていた——あたり一面燃えるような秋の森林だった。

「ロンドンを抜け出して、こんな景色のなかに入るなんて、まったく素晴らしいじゃないか」とジョンが大声で言った。「まあ考えてもごらん、ガーダ、午後といえば、あの薄汚れた客間でお茶だ――ときには電気までつけてね」

なんとなく薄暗い客間の様子がガーダの眼の前に浮かびあがり、蜃気楼を見るような、もどかしいが楽しい思いがした。

「ここまで来ると、ほんとにいい景色ですわね」と彼女は自分の気持をおさえて言った。嶮しい坂道をおりる――もう逃れようはない。なにかが、それはなんであるか彼女にもわからなかったが、自分をこの悪夢から救ってくれるのではないかという漠然とした望みも、ついに実現しなかった。とうとう着いてしまったのだ。

車で邸内に入っていくと、ヘンリエッタがミッジと背の高い痩せた男と一緒に、塀に腰をおろしているのが見えたので、ガーダはいくらか気が楽になった。ガーダはヘンリエッタを頼りにしていたのだった。ひどく間のわるいことが起こると、思いがけずヘンリエッタが救いの手を差しのべてくれることが、ときどきあったからだった。

ジョンもヘンリエッタに会って嬉しそうだった。丘をおりると、そこにヘンリエッタが待っているということは、美しい秋のパノラマの旅の終りとしては、まさにふさわしい締めくくりのように彼には思えた。

ヘンリエッタはグリーンのツイードの上着に、彼が好きなスカートをはいていたが、それは彼女がロンドンで着ている服よりずっと似合っている、と彼は思った。彼女は長い脚を前につき出し、よく磨かれた茶色の靴をはいていた。

二人はすばやく笑顔をかわした——お互いに相手が来ているのを喜んでいることが、これでわかったのだ。ジョンはいまはヘンリエッタと話したくなかった。彼女がここにいると思うだけで充分だった——彼女がいなければ、この週末も味気ない空虚なものになるだろうということがわかっていたからだ。

アンカテル夫人が出てきて彼らに挨拶した。彼女はなんとなく気がとがめるような気がして、普通ほかの客に対するよりも、ガーダにはあふれんばかりに愛嬌をふりまいた。

「まあ、あなたに会えてほんとに嬉しいわ、ガーダ！　ずいぶん久しぶりですものね。それにジョンもよ！」

ガーダこそ待ちこがれていた客であって、ジョンはお伴にすぎないという意を伝えようとしているのは明らかだった。だが、その意図は無残にも失敗し、かえってガーダはかたくなり居心地わるい気持になるばかりであった。

「エドワードは知ってるわね？　エドワード・アンカテルを？」とルーシーが言った。

ジョンはエドワードに会釈して言った。「いや、はじめてだと思いますが」

午後の太陽がジョンの金髪と青い眼をいっそう明るく見せた。敵を征服すべき使命をおびて上陸したヴァイキングもかくやと思われるばかりであった。声には親しみがこもっていてよく響き、聞くものの耳を魅了し、人柄にそなわっている磁力は、たちまちその場を支配した。

だが、ルーシーはそんなものにはなんの影響もうけなかった。ルーシーの妙な妖精めいた捉えどころのなさが、かえってそのために引き立ってみえた。影響をうけたのはエドワードで、ジョンと並べてみると、ふいに生気のない――ちょっと影のうすい存在に見えてきたのだった。

ヘンリエッタがガーダに菜園を見にいこうと誘った。

「ルーシーはきっとロック・ガーデンや花壇を見てくれというでしょうけど」と彼女は案内しながら言った。「あたしは菜園のほうがすてきで落ちつけると思っているのよ。胡瓜《きゆうり》の支え枠に腰をおろしてもいいし、寒ければ温室に入ればいいし、邪魔をする人も来ないし、ときには食べるものだってあるんですものね」

行ってみると、なるほど晩手《おくて》の豌豆《えんどう》がまだなっていて、ヘンリエッタはそれを生《なま》のまま食べたが、ガーダにはそんなことはどうでもよかった。それよりもルーシー・アンカテルから逃げ出せたことのほうがよっぽど嬉しかった。ルーシーを見て前よりいっそう恐れをなしていたのだ。

彼女は生き生きした調子でヘンリエッタと話しはじめた。ヘンリエッタが訊ねることは、みんなガーダがちゃんと答えられる質問ばかりだった。十分間もたつと、ガーダはずっと気が楽になって、こんどの週末も心配していたほど悪くはなさそうだと思いはじめていた。

ジーナがダンス教室に通うことになり、新しい服を作ってやったということを、ガーダは詳しく話した。また、新しい革細工のいい店を見つけたことも話した。ヘンリエッタは自分もハンドバッグが一つ欲しいが、作ってもらえるだろうかとたずねた。ガーダは店に連れていってやると約束した。

ガーダを幸せにするのは、まったくやさしいことだ、とヘンリエッタは思った。それに、幸せそうにしているときのガーダと、ふだんのガーダはなんと大きな違いだろう!

「ガーダはただ猫みたいに丸くなって寝そべって、喉をごろごろ鳴らしていさせてもらえば、それで満足なんだわ」と彼女は思った。

二人は胡瓜の支え枠の端に気楽な気持で腰をかけていた。もう西に傾いた太陽が、夏の日を思わせた。

沈黙が訪れた。ガーダの顔から穏やかな表情が消えた。肩ががっくりと落ちた。ひどく惨めそうだった。ヘンリエッタが口を開くと、彼女は思わずはっとした。

「どうして来るの、ここがそんなに嫌いなのなら？」

ガーダはあわてて言った。

「まあ、嫌いだなんて！　わからないわ、なぜあなたがそんなふうに考えたか——」

そこで言葉を切って、ガーダはつづけた。

「ロンドンから離れるのはほんとに楽しいし、アンカテル夫人はとても優しくしてくださるんですもの」

「ルーシーが？　あの人、ちっともやさしくなんかないわよ」

ガーダはちょっと驚いた様子だった。

「まあ、だってそうですもの。いつだってとてもやさしくしてくださいますわ」

「そりゃルーシーは礼儀正しいし、そのつもりになったときは親切なところもあるわよ、でも、どちらかといえば、残酷な人よ。まるで人間らしいところがないから、そう思うの——普通の人みたいに感じたり考えたりすることがどんなものか、あの人にはわからないのね。それに、あなたはここに来るのがいやなんでしょう、ガーダ！　そのことは自分にもわかってるんじゃないの。それなら、なぜ来るの？」

「それは、だって、ジョンが気に入っていて——」

「ええ、ジョンが気に入ってるのはわかっているわ。でも、それなら一人で来させればいいじゃないの？」

「それじゃジョンの気に入らないのよ。わたしが一緒でなければ楽しくないんですって。ジョンは自分のことだけ考えるような人じゃないのよ。田舎に出かけるのは、わたしにはいいことだって言うんですもの」

「そりゃ田舎がいいには決まっている。だからといって、なにもアンカテル家に連れてくることはないじゃないの」

「わたし——恩知らずだなんて、あなたに思ってもらいたくないのよ」

「まあ、ガーダ、あなたがあたしたちのことを好きになることはないわ。あたし、昔からアンカテル家の人はいやな人ばっかりだと思ってるの。みんな一緒に集まって、世間には通らないような話を勝手にしゃべるのが好きなのよ。関係のない人たちが、あたしたちを殺したいと思ったって不思議だとは思わないわ」

それから、すぐつづけて言った。

「そろそろお茶の時間ね。行きましょう」

彼女は立ちあがって家のほうへ歩き出したガーダの顔を見ていた。

「なかなかおもしろいわ」とヘンリエッタは思ったが、彼女の心の一部はつねに物事を客観的に見ているのだった。「闘技場に入っていく前の女のキリスト教信者の殉難者そっくりの顔を見られるんだから」

二人が囲まれた菜園を出たとき、銃声が聞こえた。ヘンリエッタが言った。

「アンカテル家の大虐殺がいよいよはじまったようね！」

それはヘンリー卿とエドワードが銃のことで議論をし、実際に輪胴拳銃《リヴォルヴァ》を射って議論にけりをつけようとしていたのだった。ヘンリー・アンカテルは銃を集めるのが道楽で、かなりのコレクションを持っていた。

卿は何梃かのリヴォルヴァと紙製の標的を持ち出し、エドワードとそれを狙って射っているところだった。

「やあ、ヘンリエッタ、強盗を殺せるかどうか、やってみないか？」

ヘンリエッタはリヴォルヴァをとった。

「そうだ――それでいい。こんなふうにして狙うんだよ」

ドン！

「はずれたね」とヘンリー卿が言った。

「こんどは、あんた、やってごらん、ガーダ」

「まあ、わたしなんか――」

「まあやってごらん、奥さん。とても簡単なんだから」

ガーダはびくびくもので、眼をつむったまま引き金をひいた。弾丸はヘンリエッタより大きくそれた。

「あら、あたしもやってみたいわ」ふらりと近寄ってきたミッジが言った。

「思ったよりむずかしいものね」と彼女は二、三発射ってから言った。「でも、なかなかおもしろいわ」

ルーシーが家から出てきた。そのあとから背の高い、喉仏が出て、むっつりした顔の青年がついてきた。

「これがデイヴィッドよ」とルーシーが紹介した。

夫がデイヴィッド・アンカテルに話しかけているあいだに、ルーシーはミッジから拳銃を受けとり、弾丸をこめ、一言も口をきかず、標的の中心のすぐ近くに三つ孔をあけた。

「すごいのね、ルーシー」とミッジが思わず声をあげた。「こんな射撃の腕があるなんて知らなかったわ」

「ルーシーなら」とヘンリー卿がまじめな調子で言った。「的をはずすことなんかないよ」

それから、昔を思い出すように話を続けた。

「一度、それで助かったことがあってね。覚えているかい、おまえ、ボスフォラス海峡のアジア側で、暴漢に襲われたあの日のことを？　わたしはそのうちの二人から組み伏せられ、喉をしめられそうになって、ばたばたやっていたんだよ」

「それで、ルーシーがどうしたんですの？」とミッジがきいた。

「乱闘の真っ最中に、二発射ったんだよ。ルーシーがピストルを持っていることさえ、わたしは知らなかった。一人の暴漢は脚に、もう一人のほうは肩を射たれたんだがね。まさに危機一髪というところで助かったのだが、あんな目にあったのははじめてだよ。どうして弾丸がわたしに当らなかったのか、不思議でならないね」

アンカテル夫人は夫にほほえみかけた。

「ある程度の危険はいつでも覚悟してなきゃね」と彼女はおだやかに言った。「それに、あまり考えないで、思いきってすぐ実行しなきゃ」

「りっぱな意見だよ」とヘンリー卿が言った。「しかし、前から思っていることだが、その危険がわたしの身の上にふりかかってくるのは、少々困るんだよ！」

8

お茶のあとでジョンがヘンリエッタに「散歩しないか」と誘うと、アンカテル夫人は、もちろん、いまは季節はずれだが、ガーダにぜひロック・ガーデンを案内したいと言い出した。

ジョンと一緒に歩くのは、エドワードと歩くのとまるで違う、とヘンリエッタは思った。

相手がエドワードだとだれでもゆっくり歩く気になる。エドワードは生れつきゆっくりしか歩かないのだ。ジョンと歩いていると、ついていくだけで精いっぱいで、ショヴェル草原に着いたときには、息をきらしながら言ったものだった。「これはマラソンじゃないのよ、ジョン！」

彼は足をゆるめて笑った。

「疲れたのかい？」

「大丈夫よ――でも、こんなに急ぐ必要があるの？　汽車の時間があるわけじゃあるまいし。こんなエネルギーがどこから出てくるのかしら？　自分自身から逃げようとでもしているの？」

彼はぴたりと足をとめた。「なんでそんなことを言うんだい？」

ヘンリエッタは不思議そうに彼を見た。

「べつに深い意味があって言ったんじゃないのよ」

ジョンはまた歩き出したが、こんどは前よりゆっくり歩いた。

「じつを言うと、ぼくは疲れてるんだ。とても疲れてるんだよ」

彼の声には倦怠が感じられた。

「クラブトリーばあさんは、その後どうなの？」

「まだ口にするのは早いが、しかし、ぼくはね、ヘンリエッタ、なにかがつかめたような気がするんだ。もしぼくの考えが正しいとすると」――彼の足が速くなり出した――

「ぼくたちの理論は大きく変ることになる――ホルモンの分泌に関する問題からして、考えなおさなくてはならなくなる――」

「というと、リッジウェイ病の治療法はあるという意味？　人が死ななくてすむの？」

「そうだよ、付随的にね」

医者とはなんておかしな人種なんだろう、とヘンリエッタは思った。付随的だなんて！

「科学的には、あらゆる可能性が出てくるはずだよ」

彼は大きく息を吸いこんだ。

「だが、ここまで来るといい気持だね——肺いっぱい空気を吸いこむのもいい気持だし——きみを見ていられるのもいい気持だ」彼はだしぬけにちらと笑顔を彼女に向けた。

「それに、ガーダは、もちろん、ガーダのためにもいいことだしね」

「ガーダは、ホロー荘に来るのが好きなのよ」

「そりゃそうさ。ところで、ぼくは前にエドワード・アンカテルと会ったことがあったっけ？」

「二度会ってるわ」とヘンリエッタはそっけなく言った。

「覚えがないな。なんだか捉えどころのない人だね」

「エドワードはいい人よ。あたし、昔から好きなの」

「まあいいさ、エドワードのことなんかで時間をつぶすのはよそうよ！　そんな人たちに用はないんだ」

ヘンリエッタが低い声で言った。

「あたしね、ジョン、ときどきあなたのことが心配になるの！」

「ぼくのことが心配だって――どういう意味だい？」

彼は驚いて彼女のほうに顔を向けた。

「あなたはまるで気がつかないのね――とても――そうだわ、盲目的なのよ」

「盲目的？」

「あなたにはなんにもわからない――なんにも見えない――妙に鈍感なところがある！ほかの人が感じてることや考えてることがわからないのよ」

「ぼくとしては、その逆だと言いたいね」

「そりゃ自分が見ようとしているものは見えるでしょう。あなたは――サーチライトみたいなものよ。自分で興味のある一箇所だけは強烈な光で照らすけど、その後ろや両側は真っ暗なのよ！」

「ヘンリエッタ、なんでそんなことを言うんだい？」

「危険なのよ、ジョン。あなたはだれでも自分が好きだ、好意を持っていると決めてかかっている。たとえば、ルーシーのような人のことだけど」

「ルーシーがぼくに好意を持っていないって？」と彼は意外な面持ちで言った。「昔からぼくはルーシーが大好きなんだよ」

「だから、ルーシーも自分に好意を持っているはずだと思っているのね。でも、あたしにはそうだとはっきりは言えないわ。それに、ガーダにしても、エドワードにしても——ええ、ミッジにしても、ヘンリーにしても。あの人たちがあなたにどんな気持を持っているか、どうしてわかるの？」

「それに、ヘンリエッタもかい？　彼女の気持がぼくにはわかっていないのかな？」彼はちょっと彼女の手をとった。「すくなくとも——きみのことははっきりわかっているよ」

彼女はとられていた手を離した。

「この世のなかで、はっきりわかる人間なんていやしないのよ」

彼の顔がきびしくなった。

「いや、そんなことはぼくには信じられない。ぼくにはきみのことははっきりわかっているし、自分のこともはっきりわかっている。すくなくとも——」彼の顔色が変った。

「どうしたの、ジョン？」

「今日、ふとぼくの心に浮かんだ言葉がわかるかい？　じつにばかばかしいことなんだ。『家《うち》へ帰りたい』そんな言葉が心に浮かんだんだが、なんでそんなことを思ったのか、まるで意味がわからないんだよ」

ヘンリエッタはゆっくりした口調で言った。「きっと心のなかになにか絵があるのね」

彼は鋭い調子で言った。「ありゃしないよ。あるはずがないじゃないか？」

その夜の食事で、ヘンリエッタはデイヴィッドの隣の席につかされ、テーブルの向こう端からルーシーの意味ありげな眉が、命令ではなく――ルーシーはけっして命令はしなかった――訴えるような電波を送ってきた。

ヘンリー卿はガーダの相手を精いっぱいに努め、うまくその役目をはたしていた。ジョンはいたずらっぽそうな顔をして、ルーシーのとりとめもなくあちこちに飛びまわる頭からひねり出される話につきあっていた。ミッジはすこし固くなってエドワードに話しかけていたが、エドワードはふだんよりもっとうわの空のようだった。

デイヴィッドは仏頂面をし、いらいらした手つきでパンをむしっていた。

デイヴィッドはホロー荘に来るのは、あまり気がすすまなかったのだった。いままでヘンリー卿にもルーシーにも会ったことがなかったし、だいたい大英帝国なるものを認めていなかったので、はじめからこうした親類縁者も認める気はなかった。エドワードにはここではじめて会ったのだが、ディレッタントとして軽蔑した。残りの四人の客は批判的な眼で観察していた。人間関係というものは不愉快なものだ、と彼は思った。人々は話しかけられるものと思いこんでいるが、それは彼が最も好まないところであった。

ミッジとヘンリエッタのことは、頭の空っぽな女だとして評価をさげた。クリストウ博士は例のハーリー街のやぶ医者だ——患者の扱い方は心得ていて、社会的には成功している——女房にいたっては明らかに問題外だ。デイヴィッドは首輪のようなカラーでしめつけられた首を動かしながら、この連中のことを自分がいかに軽蔑しているか知らせてやりたいと思った。まったくとるに足りない人間ばかりだ！

そのことを心のなかで三度繰り返すと、いくらか気分がよくなった。彼は相変らず仏頂面をしてはいたが、パンをむしらないでも気がすむようになった。

ヘンリエッタはルーシーの眉が送ってくる電波に忠実に応じてはいたものの、合図どおりに実行するのはいささか困難だった。デイヴィッドの受け答えはそっけなく、とりつく島もなかった。結局、彼女は以前無口な青年に使ったことのある方法を、ここでも試みることにした。

彼女はデイヴィッドに非常に技術的なことも音楽的な知識もあることを承知のうえで、

ある現代作曲家に関して、わざと独断的、かつきわめて的はずれな意見を述べた。

おもしろいことに、この計画は効を奏した。自分の背骨にもたれかかっているような、それまでのだらしない姿をしゃんと起こしたのだ。声もいままでより高くなり、口のなかで呟くような口調ではなくなった。パンをむしるのもやめた。

「それは」と彼はヘンリエッタを冷やかな眼で見ながら、大きなはっきりした声で言った。「あなたがこの問題についてなんにもわかっていないことを示していますね！」

それ以後、夕食が終るまで彼ははっきりした鋭い口調で講義をつづけ、ヘンリエッタは講義をうける生徒にふさわしく文句も言わずに聞いていた。

ルーシー・アンカテルは慈悲ぶかい視線をテーブルの向こうから送ってきたし、ミッジはひとりでにやにやしていた。

「ずいぶん頭がいいのね」とアンカテル夫人は、客間へ席をうつす途中でヘンリエッタの腕をとりながら小声で言った。「人間て頭が空っぽだと、そのぶんだけ手を使う仕事がうまいなんて言う人がいるけど、まるで大間違いね！　ハーツかブリッジかラミーか、それともアニマル・グラブみたいに、うんと単純なものはどうかしら？」

「アニマル・グラブじゃ、デイヴィッドはばかにされたと思うでしょう」

「たぶん、そうでしょうね。じゃ、ブリッジにしましょう。デイヴィッドはきっとブリッジなんてくだらないと思うでしょうし、そうすれば、わたしたちを軽蔑して、いい気分になれるというものよ」

テーブルが二つ用意された。ヘンリエッタはガーダと組み、ジョンとエドワードの組を相手にすることになった。彼女はこれがいちばんいい組合せだとは思わなかった。ガーダをルーシーから、できるならジョンからも離しておきたかったのだ——ところが、ジョンはもうそう決めてしまっていた。エドワードもミッジが言い出さないうちに、この組に加わった。

雰囲気はなんとなくぎごちないものだったが、そのぎごちなさがどこからくるのか、ヘンリエッタにはわからなかった。いずれにしろ、ブリッジがなにかのきっかけになるものなら、ガーダに勝たせなくては、と彼女は思った。ガーダはそれほどブリッジが下手というわけではなかった——ジョンと一緒でさえなければ、ごく普通の腕前だった——ただ、判断を誤ったり、自分の手札の価値を知らなかったりするし、あまり思いきった手がうてないだけだった。ジョンは上手だったが、いささか自信過剰なところがあった。エドワードはほんとうに上手だった。

夜はふけていったが、ヘンリエッタのテーブルではまだ勝負が終らなかった。点数は両方ともラインを越えていた。妙な緊張感がゲームに入りこんできたが、一人だけそれに気づかないものがいた。

ガーダにとって、これは彼女がはじめて心から楽しむことのできたブリッジだった。彼女はほんとうに快い興奮をおぼえた。心を決めかねていると、思いがけずヘンリエッタが自分のビッドをあげたり、勝負に出てくれたりして助かることがあった。

ジョンが例の批判的な態度を——これは彼が想像している以上にガーダの自信を失わせているのだが——とうとう抑えきれなくなり「なんだってまた、そんなクラブを出すんだい、ガーダ」とどなったりすると、間髪をいれずヘンリエッタが助け舟を出すのだった。「なにを言ってるのよ、ジョン、どうしたってここはクラブを出すのが当り前よ。ほかに手はないわ！」

やがて、溜め息をつくと、ヘンリエッタが点数表を引き寄せた。

「もうおしまいにしましょう。これ以上やったってたいしたことはなさそうよ、ガーダ」

「あの手は運がよかったね」とジョンが陽気な声で言った。

ヘンリエッタはきっと眼をあげた。彼女は彼の声の調子に気がついたのだ。眼があうと、彼女は自分のほうから視線を落した。

彼女が立ちあがってマントルピースのほうへ行くと、ジョンがあとからついてきた。

そして、さりげない調子で言った。「きみはまさかいつでも人の手をのぞくわけじゃないだろうね？」

ヘンリエッタは穏やかに言った。「すこし露骨だったようね。ゲームで勝ちたいと思うなんて、ずいぶん卑しいことだわ！」

「それはガーダに勝たせたかったという意味だね。人を喜ばせたいばっかりに、きみはインチキまでするのか」

「ずいぶんひどいことをずけずけと言うのね！　しかも、あなたの言うことはいつだってほんとだわ」

「きみの善意はぼくのパートナーにもわかっていたようだよ」

では、彼も気がついていたのだ、とヘンリエッタは思った。誤解されたのではないだろうか？　エドワードは腕達者だから――とてもごまかしおおせるものではない。一度、コールをかけるときに失敗した。出したカードは安全ではあったが、意図が見えすいていた――もっと見えすいたカードでないのを出していれば、きっとうまくいっていたのに。

そのことを考えると、ヘンリエッタは気がめいった。エドワードならヘンリエッタを勝たせるためにでも、カードを加減したりはしないだろう。イギリス人のスポーツマン精神が魂の底までしみこんでいるので、とてもそんなことはできないのだ。そうだ、それはジョン・クリストウにとって、我慢できないことながら、また一つヘンリエッタに貸しを作ったことになる。

彼女はふいに緊張感と、なにかが起こりそうな気配を感じた。彼女はルーシーのこんどのパーティには気乗りがしなかった。

そこへ、ドラマチックに、思いもかけず——この場にそぐわない舞台への登場を思わせるように、ヴェロニカ・クレイがフランス窓から入ってきた。

暖かい夜だったので、窓は開けたままにしてあった。ヴェロニカは窓を大きく開いて入り、夜の闇を背景にくっきりと輪郭をみせて立ち、ほほえみとかすかな憂いの色を浮かべ、非のうちどころのない魅力をたたえ、観客が注目しているのを確かめでもするようにちょっと間を置いてから言った。

「どうぞお許しください——こんなふうに突然お邪魔しまして。わたくし、ご近所に住んでいるものです。アンカテルの奥さま——あのおかしなダヴコートの別荘ですの——じつはとんでもない大悲劇が起こったのです！」

彼女の微笑がさらにひろがり——さらにユーモラスな表情になった。

「マッチがないんですのよ！　家じゅうに一本も！　よりによって土曜日の晩だという

のに、なんて間抜けなんでしょうね、わたくし。でも、どうしようもないんですよ。そこで、この界隈でただ一軒のお隣さんに、助けていただきたくて参ったんですの」

ちょっとのあいだ、口をきくものはなかった。ヴェロニカの態度にそれだけの効果があったのだった。彼女はきれいだった——落ちついた美しさではなく、まぶしいほどの美しさでもなかった——だが、それは思わず息をのむような効果的な美しさだった！淡い光をおびた髪のウェーヴ、口の曲線——肩にまとった銀狐、そして、その下の裾まで流れる、ながい白のヴェルヴェット。

彼女は一座の人々につぎからつぎへと視線をうつした、ユーモラスな、魅力あふれる眼で！

「それに、わたくし、煙草をすいますの」と彼女は言った。「煙突みたいに！ライターがだめになってるんです！それから、朝食のこともありますでしょう——ガス・ストーヴなんですの——」彼女は両手をひろげて突き出した。「自分のばかさ加減には呆れてしまいます」

ルーシーがしとやかに、だが、すこしいたずらっぽそうな様子で前に出てきた。

「まあ、そんなことでしたら——」と彼女は言いかけたが、ヴェロニカ・クレイがそれを遮った。

彼女はジョン・クリストウを見ていたのだ。心からの驚きと、とても信じられないといった喜びとが、彼女の顔面にひろがった。彼女は両手をのばして一歩彼のほうへ近づいた。

「まあ、やっぱり――ジョンなのね！　ジョン・クリストウだわ！　こんなことってあるかしら？　もう何年も何年も会ってないわね！　それなのに、ひょっこり――こんなところで会うなんて！」

そのときには、もう彼女は彼の手をとっていた。見るからに温かく熱をこめて。彼女はアンカテル夫人のほうへ半ば顔を向けた。

「まるで思いもかけないことでしたわ。ジョンはわたくしの古い古いお友だちなのです。だって、ジョンはわたくしがはじめて愛した男性ですもの！　あなたに、わたくし、もう夢中だったのよ、ジョン」

もう彼女は半ば笑っていた――くだらない初恋の思い出に感動した女だった。

「わたくし、ジョンのことをほんとにすばらしい人だと、昔から思っていましたわ！」

礼儀正しく、社交なれたヘンリー卿が彼女のほうへ歩み寄った。

ぜひ飲物をというのである。卿はグラスをとり出した。アンカテル夫人が言った。

「ミッジ、ベルを鳴らしてちょうだい」

ガジョンが来ると、ルーシーは言った。

「マッチを一箱持ってきておくれ、ガジョン——台所にたくさんあるんでしょ？」

「今日、新しく一ダース届いております、奥さま」

「では、半ダース持っておいで、ガジョン」

「あら、奥さま、一箱だけでよろしゅうございますわ！」ヴェロニカは笑いながら断った。もうそのときは飲物を手にして、みんなにほほえみかけていた。ジョン・クリストウが言った。

「家内だよ、ヴェロニカ」

「あら、はじめまして」とヴェロニカはとまどった様子のガーダに、にこにこ笑いかけて言った。

ガジョンが銀の盆にマッチを山積みにして持ってきた。

アンカテル夫人が身振りでヴェロニカをさしたので、ガジョンは盆を彼女のほうへ持っていった。

「まあ、奥さま、こんなにたくさんは！」

ルーシーは朧《ろう》たけた、しかも、むとんじゃくな態度で言った。

「なんでも一つしかないっていうのは不自由なものですよ。宅ではいくらでもあるんですから」

ヘンリー卿が気安そうに言った。

「ダヴコートの住み心地はいかがですか？」

「とても気に入っておりますの。すばらしいところですわね。ロンドンに近くって、それでいて、いかにも人里はなれたっていう気がして」

ヴェロニカはグラスを置いた。ゆるんでいた銀狐の襟巻をちょっとなおすと、みんなにほほえみかけた。

「ほんとにありがとうございました！　みなさま、とても親切にしていただきまして」

その言葉はヘンリー卿、アンカテル夫人、そして、どういう理由か、エドワードとのあいだに漂っていった。「そろそろ戦利品を持って引き揚げなくちゃね、ジョン」と彼女は無邪気な、人なつっこい微笑をジョンに向けた。「うちまで送ってくださいな。だって、お別れしてからずっと、あなたがなにをしてらしたか、なにもかもお聞きしたいんですもの。そんなことをすると、そりゃ自分が年をとったことを思いしらされますけどね」

彼女がフランス窓のほうへ行くと、ジョンがそのあとからついていった。彼女はこぼれんばかりに最後の微笑を一同に投げかけた。

「こんなふうにぶしつけにお邪魔いたしまして、ほんとに申しわけございません。ありがとうございました、アンカテルの奥さま」

彼女はジョンと一緒に出ていった。ヘンリー卿は窓際に立って見送っていた。

「とても気持のいい暖かい夜だ」と彼は言った。

アンカテル夫人があくびをした。

「あらまあ」と彼女は呟くように言った。「さあ、みなさん、もうやすみましょう。ヘンリー、これからはあの人の映画をぜひ見にいきましょうね。きっと、今夜からは、あの人、すばらしい演技を見せますよ」

みんなは二階へあがっていった。ミッジはおやすみの挨拶をするついでに、ルーシーにたずねた。

「すばらしい演技って？」

「あなたはそう思わなかった？」

「あたしはね、ルーシー、あの人、ダヴコートにマッチがないなんて、嘘だとあなたが考えてるとは思ってるけど」

「いくらでもあるんですよ、きっと。でも、頼まれればつれない返事はできないじゃないの。それに、みごとな演技だったわ……」

廊下のドアがみんなしまり、小声でおやすみの挨拶をかわす声が聞こえた。「ヘンリー卿が言った。「クリストウが帰ってきたときのために、フランス窓は開けておこう」彼の部屋のドアがしまった。

ヘンリエッタがガーダに言った。「女優っておかしな人種ね。あんなすばらしい登場と退場ってないわ！」彼女はあくびをしながらつけたした。「あたし、眠くて眠くて」

ヴェロニカ・クレイは栗の林のなかの小道を、急ぎ足に歩いて行った。

林を抜けるとプールのそばの広いところに出た。そこにはアンカテル家の人たちが、陽は照っているが風が冷たい日などに使う、小さな四阿《あずまや》があった。

ヴェロニカは立ちどまった。そして、振りかえるとジョン・クリストウと向かいあった。

急に彼女は笑った。そして、一面に落葉が浮かんでいるプールの水面を指した。

「地中海に似ているとは言えないわね、ジョン？」

そのとき、彼は自分がなにを待っていたかわかった——ヴェロニカと別れて生きてきたこの十五年間、いまだに彼女は自分とともに生きていたことがわかったのだ。碧い海、ミモザの香り、熱い砂浜——押えつけ、眼の前から追いはらってきたもの、けっしてほんとうには忘れていなかったのだ。そうしたものすべてが一つのことをさしていたのだ

――ヴェロニカ。彼は二十四歳の青年で、無我夢中で愛し、その愛に苦しみ悩んだもの

だが、いまの彼は逃げようとはしなかった。

9

ジョン・クリストウは栗の林を抜けて、邸宅のそばの緑の斜面に出た。月がのぼっていて、邸宅はカーテンをおろした窓々の妙に平和なたたずまいのなかで、月の光を浴びていた。彼は腕時計を見た。

三時だった。彼は大きく息を吸ったが、顔は不安そうだった。彼はもはや、どこから見ても、恋をしている二十四歳の青年ではなかった。抜け目のない、実際的な四十歳の男であって、考えることもはっきりしていて、それ相応の分別もあった。

そのころは愚かだった。どうしようもないほど愚かだったが、それを後悔はしていない！　なぜならば、いまではははっきりそれがわかるのだが、自分のことは完全につかんでいるからだった。ながい年月、彼は足に錘《おもり》をつけて引きずっているような気持だった──だが、その錘もなくなった。もう解放されたのだ。

彼は自由であり、あくまでもジョン・クリストウ自身なのだ──そして、成功したハーリー街の専門医ジョン・クリストウにとって、ヴェロニカ・クレイなる女など、なんら意味ある存在ではないことが自分にもわかっていた。すべては過ぎ去ったことなのだ――あのときのわだかまりが解けていなかったがために、自分が、平たい言葉でいえば「逃げ出した」ことに対する恐怖に、しじゅう負い目を感じていたがために、ヴェロニカの幻影がついて離れなかったのだ。今夜、彼女が夢のなかから現われ、彼はその夢をうけいれ、そしていまは、ありがたいことに、その夢から永遠に解放されたのだ。彼は現実に戻った――もう午前三時だった。考えてみると、いささかまずいことをしたようだ。

彼はヴェロニカと三時間ともに過ごした。彼女は駆逐艦のように入ってきて、一座から彼を拿捕《だほ》し、戦果として連れ去ったのだ。いまになって、彼はみんながはたしてどう思ったか気になってきた。

たとえば、ガーダはなんと思っただろうか？

ヘンリエッタは？（だが、彼はヘンリエッタのことはあまり気にしなかった。いよいよとなったら、ヘンリエッタにはわかってもらえる、と思った。だが、ガーダにはわかってもらえそうにはない）

なにも失いたくない、と彼は思った、絶対にだ。

これまでの人生において、彼は妥当と思えるだけの冒険しかおかさない男であった。患者に対する冒険、治療に関する冒険、投資の冒険。夢のような危険に賭けたことは、かつて一度もない――安全圏をほんのちょっと越えた危険だけなのだ。

もしガーダが――ちょっとでも疑いを抱いたら……

だが、ガーダが疑いを抱いたりするだろうか？ ガーダのことを、自分はいったいどれだけ知っているだろう？ なんでもないことなら、自分がそうだと言えば、ガーダは白でも黒と信じる女だ。しかし、こんなことは……

背が高く、勝ち誇ったようなヴェロニカのあとから、あのフランス窓を通って出ていったときの自分は、他人の眼にはどんなふうにうつっただろうか？ どんな表情をしていただろう？ みんなの眼には恋に浮かされて足も地につかない少年の顔に見えたのではなかろうか？ それとも、ただ礼儀上の義務をはたしている男を考えたであろうか？ 彼にはわからなかった。まるで見当もつかなかった。

彼は不安だった――自分の生活の平穏さや秩序や安全さを考えると不安だった。おかしくなっていたのだ――まさしく惑乱していた、と彼は腹だたしい気持で考えた――ところが、そう考えると、かえって気分が落ちついた。自分があれほど気ちがいじみたことをするとは、きっとだれも信じないのではあるまいか？

みんな一人のこらずベッドに入って眠っている、それは確かだった。客間のフランス窓は彼が帰ってきたときのために、半ば開けたままにしてあった。もう一度、彼は平和に眠っている屋敷を見あげた。なんとなく平和すぎるように見える。

突然、彼ははっとした。ドアがしまるかすかな音が聞こえた、あるいは、聞こえたような気がしたのだ。

彼はさっと振り返った。だれかが自分のあとをつけてプールまで来たのではないだろうか。だれかが自分をやりすごし、あとからついてきて、上のほうの小道を通り、庭に通じる横手のドアから家に入ったのではあるまいか。あのドアをそっと閉めると、いま聞こえたような音がするはずだ。

彼は窓を見あげた。カーテンが揺れている、だれかが彼を見るために細めに寄せ、それから手を離したのだろうか？　ヘンリエッタの部屋だ。

ヘンリエッタ！　ヘンリエッタはいけない、と彼の心がふいに恐慌におそわれて叫んだ。ヘンリエッタだけは失いたくない！

突然、彼は彼女の部屋の窓めがけて小石を投げつけ、呼びかけたい気持にかられた。

「出てきてくれ、ヘンリエッタ。ぼくと一緒に森を抜けてショヴェル草原にいって、そこで聞いてくれ――自分のことで、いまはじめてわかったことや、もし、まだきみが知らないなら、ぜひ知っておいてもらいたいことなど、なにもかも聞いてくれ」

彼はヘンリエッタに話したかった。

「ぼくは再出発するのだ。今日から新しい人生がはじまるんだ。ぼくを不完全にし、生きることを妨げていたものは消えてなくなったのだ。昼間、きみはぼくが自分自身から逃げようとしているのではないかと言ったが、あれはきみの言うとおりだった。ぼくはずっと前からそう思ってきたのだ。ヴェロニカから逃げ出したのは、ぼくの強さのせいか弱さのせいか、自分でもわからなかったからだ。自分自身がこわかった、人生がこわかった、きみがこわかったのだ」

いまヘンリエッタを起こして外へ連れ出し――森を通って、世界の果てから太陽が昇るのを、肩を並べて見られるところへ行けたら！

「途方もないことだ」と彼は自分に言ってきかせた。身震いした。寒かった、なんといっても九月の末なのだ。「いったい、おまえはどうしたというのだ？」と彼は自分に問いかけた。「一晩にしてはもう充分すぎるくらい気ちがいじみたことをしてきたんだぞ。このままでことが納まれば、運がいいと思え！」もし一晩じゅう外出して、朝、ミルクでも持って帰ったら、ガーダはいったいなんと思うだろう？

では、アンカテル家の人たちはなんと思うだろう？

だが、そのことなら彼はちっとも心配しなかった。アンカテル家ではルーシー・アンカテルから、いうなればグリニッジ標準時刻をとりあげていた。そして、ルーシー・アンカテルには、普通でないことが、いつでも完全に筋の通ったことに見えるのだ。だが、不幸にして、ガーダはアンカテルの一員ではなかった。ガーダに対してはなんとか手を打たなくてはならないし、それもできるだけ早く帰って、手を打ったほうがよさそうだ。

だが、今夜、あとをつけていたのがガーダだったとしたら？

口ではどんなに立派なことを言っている人でも、実際にはなにもそれほど立派なことばかりしているわけではない。医者として、彼は、高潔で、感受性も強く、志操堅固な人が、つねにどんなことをしているかよく知っている。彼らはドアの外で立ち聞きしたり、人の手紙を開封したり、人の秘密をこっそり嗅ぎまわったりしている——そういう行為を一瞬たりとも是としているわけではなく、人間的苦悩のため必要やむを得ず、絶望的な気持に追いやられるためだ。

哀れな人間たち、哀れな悩める人間たち。ジョン・クリストウは人間の苦悩というものをよく知っていた。人間の弱さに対してはそれほど同情は持っていなかったが、苦悩に対しては理解していた。なぜならば、苦悩する人間は強い人間であることを知っていたからである。

もしガーダが知ったら——

ばかばかしい、と彼は思った。ばれるはずはないじゃないか？　もう早くからベッドに入って、ぐっすり眠っているのだ。あいつには想像力がまるでないのだから。

彼はフランス窓から入って、電灯をつけ、窓をしめて錠をおろした。それから電灯を消し、部屋を出て廊下の電灯をつけ、音をたてないようにしながら急いで階段をあがった。二つ目のスイッチを押すと廊下の電灯が消えた。彼はドアのノブに手をかけたまま寝室の前にちょっと立っていたが、すぐにノブをまわし、部屋に入った。

部屋は暗かったが、ガーダの安らかな寝息が聞こえた。彼が入ってドアを閉めるとガーダが眼をさました。眠気まじりのはっきりしない声で彼女は言った。

「あなたなの、ジョン？」

「うん」

「ずいぶん遅かったじゃないの？　いま何時？」

彼はさりげなく答えた。

「さあ、何時かな。わるかったね、起こして。あの女に、ちょっと寄って一杯つきあってすすめられたもんだから」

彼はつとめてうんざりした眠そうな声で言った。

ガーダが呟くように言った。「まあ、そうなの？　おやすみなさい、ジョン」

かすかに寝返りをうつ音がした。

なんということはなかった！　いつものように運がよかった。いつものように——いままでになんど好運に助けられたことかという思いが、一瞬、彼を冷静にさせた。これまでなんどとなく、はっと息をのみ、「これがうまくいかなかったら」と思ったこともあったものだった。ところが、いつもうまくいかなかったことはなかったのだ！　しかし、いつかは必ず運が変るときがくるだろう。

彼は手早く着がえると、ベッドに入った。あの子供らしい占い遊びで、あの子はおかしなことを言ってたぞ。「そして、これはパパの上にあって、パパに力を持っているの……」ヴェロニカだ！　そして、たしかにあの女はおれを支配していたのだ。

「だが、もうそんなことはさせないぞ」と彼は挑むような烈しい満足感のようなものをおぼえながら思った。「すべては終った。もう、おれはおまえの自由になりはしないぞ！」

10

翌朝、ジョンが階下におりてきたのは十時だった。朝食はサイドボードに置いてあった。ガーダは朝食をベッドに運ばせたが、「面倒をかけている」のではないかと思って、落ちつかない様子だった。

ばかな、とジョンは言ったものだった。アンカテル家のように、いまでも執事や召使を置いている家では、雇人たちに仕事を与えたほうがいいのだ。

今朝の彼は、ガーダに対してやさしい気持になっていた。最近、彼を悩ませていたあの苛立ちもやわらいで、消えてしまったような気がした。

ヘンリー卿とエドワードは銃猟に出かけた、とアンカテル夫人が言った。夫人のほうは庭仕事用のバスケットと手袋でせっせと庭いじりをしていた。彼がしばらく夫人と立ち話をしていると、ガジョンが銀盆に手紙をのせて近づいてきた。

「ただいま使いの者がこれを持って参りました」

ジョンはちょっと眉をあげながら、それを受けとった。

ヴェロニカ！

彼はぶらりと図書室に入り、封を切った。

今日午前中にいらしてください。ぜひお目にかかりたいのです。

ヴェロニカ

相変わらず横柄なものだ、と彼は思った。行くのは気がすすまなかった。だが、行って片をつけたほうがいいのではないかとも考えた。どうせ行くなら、これからすぐ出かけよう。

彼は図書室の窓の反対側にある小道を行き、プールのそばを通り抜けた。プールはいろんな方角に放射状をなして通っているいくつかの小道の中心になっていて、小道の一つは丘をあがって森へ、一つは邸宅の上のほうの花壇の散歩道に、一つは菜園に、一つは彼がいま歩いている小道へ通じていた。ダヴコートと呼ばれている別荘は、この道を二、三ヤードあがったところにあった。

ヴェロニカは待っていた。そして、見てくれだけの半木造の家の窓から声をかけた。

「入っていらっしゃいよ、ジョン。今朝は寒いわ」

オフホワイトの調度類に、淡いシクラメン色のクッションをあしらった居間の暖炉には火が入っていた。

今朝、品定めするような眼で見ると、彼女は彼の記憶にある若い娘とはちがっていることに気づいた。昨夜はそのちがいがわからなかったのだ。

はっきり言えば、彼女は以前よりもさらに美しくなっていた。自分の美貌を自覚し、それに関心を持ち、あらゆる方法でそれを誇張していた。かつては濃い金髪だったのが、いまではさえたプラチナ色になっている。眉もちがっていて、表情にいっそう激しさを加えている。

彼女の美貌は、いわゆる白痴美ではなかった。ヴェロニカは〝知性派女優〟の一人と見なされていた。大学で学位もとっていたし、ストリンドベリやシェイクスピアについても彼女なりの見解を持っていた。

以前はただ漠然としかわかっていなかったことに、彼はいま気づいて愕然とした——ヴェロニカは異常なまでに自己中心的な女なのだ。自分の思うがままに振る舞うことに慣れていて、そのなめらかな美しい肉体の輪郭の裏には、醜悪で、鉄のような決意がひそんでいるのを、彼は感じとったような気がした。

「あなたを呼んだのは」とヴェロニカは煙草の箱を渡しながら言った。「どうしても話しあう必要があったからなの。取りきめをしておかなくてはね。あたしたちの将来のことを」

彼は煙草をとって火をつけた。それから、しごく軽い調子で言った。

「だが、ぼくたちに将来があるのかい？」

彼女は彼に鋭い視線を投げた。

「それはどういう意味なの、ジョン？　もちろん、あたしたちには将来があるわよ。あたしたち、十五年も無駄にしてきたのよ。もうこれ以上無駄にすることはないわ」

彼は腰をおろした。

「すまない、ヴェロニカ。だが、どうもきみは思いちがいをしているようだね。そりゃ、ぼくは――またきみに会えて嬉しかったよ。だが、きみの人生とぼくの人生は、どこを探してももう接点はないんだよ。まるでべつべつの道を歩んでいるのだ」

「なにを言ってるのよ、ジョン。あたしはあなたを愛しているし、あなたはあたしを愛している。あたしたち、昔からそうだったじゃないの。ずいぶん過去のことにこだわってるのね！　でも、もう気にすることはないのよ。あたしたちの生活はうまく折り合いがつくわ。あたし、もうアメリカに帰る気はないの。いまとりかかっている映画があがったら、ロンドンの舞台でちゃんとしたお芝居をすることになってるの。とてもすてきなお芝居なのよ――あたしのためにエルダートンが書きおろしてくれたの。きっと大当りすると思うわ」

「だろうね」と彼は礼儀正しく言った。

「だから、あなたはお医者をつづけていればいいのよ」彼女の声はやさしくて恩きせがましい調子がこもっていた。「あなたはとても有名なんですってね、世間ではそう言ってるわ」

「ねえ、ヴェロニカ、ぼくは結婚してるんだよ。子供もある」

「あたしだっていまは結婚してるのよ。でも、そんなこと、簡単にかたがつくわ。いい弁護士に頼めばうまくやってくれるわよ」彼女はまぶしいほどの笑顔をみせた。「あたし、あなたと結婚したいと、ずっと本気で思っていたのよ。あなたになんでまたこんな強い情熱を持つのか、自分でもわからないんだけど、そうなんだから仕方がないわ！」

「わるいけどね、ヴェロニカ、どんな弁護士でも、もう打つ手はないよ。きみの生活とぼくの生活とはなんの関係もないんだから」

「昨夜《ゆうべ》のようなことがあったあとでも？」

「きみも子供じゃないんだ、ヴェロニカ。何度か結婚をしているし、噂によると恋人も何人かいるようだ。それなら、昨夜のことがどれだけの意味があるというんだい。なにもありゃしないし、そのことはきみにもわかってるはずだ」

「まあ、ジョン」彼女はまだおもしろがって、真面目に受けとってない様子だった。

「あなたがあのときのご自分の顔を見たら——あの客間のよ！　またサン・ミゲルにもどっていたんじゃないかしら」

ジョンは溜め息をついた。

「そりゃたしかにサン・ミゲルにもどっていたよ。わかってくれ、ヴェロニカ。きみは過去からあらわれてきたんだ。昨夜は、ぼくも過去に生きていた、だが、今日は——今日はちがう。十五も年をとった男だ。きみが知りもしない男なんだ——そして、もし知ったら、おそらく、それほど好ましい男ではないだろうな」

「まさかあたしより奥さんや子供たちのほうを選ぶっていうんじゃないでしょうね？」

彼女はほんとに驚いている様子だった。

「きみには変に思えるかもしれないが、そのとおりなんだ」

「くだらないことを言わないで、ジョン、あなたはあたしを愛してるのよ」

「すまない、ヴェロニカ」

彼女はとても信じられないといった口調で言った。

「あたしを愛してはいないの？」

「こんなことははっきりさせとくほうがいい。きみはじつにきれいな女だ、ヴェロニカ。だが、ぼくは愛してはいないんだよ」

彼女が身じろぎもしないでいるので、蠟人形ではないかと思われるほどだった。そして、あまり身動きもしないので、彼はいささか不安になってきた。

彼女が口を開いたとき、それがあまりにも毒を含んでいたので、彼はたじたじとなった。

「あの女はなんなの？」

「あの女？　だれのことを言ってるんだい？」

「昨夜《ゆうべ》、マントルピースのそばにいた女のことよ」

ヘンリエッタだ！　と彼は思った。どうしてヘンリエッタに眼をつけたんだろう？

「だれのことかな？　ミッジ・ハードカースルのことかい？」

「ミッジ？　それは真面目そうなブルネットの女でしょう？　ちがうわ、あの女のことじゃないの。それに奥さんでもないわ。マントルピースによりかかっていた、横柄そうな女のことよ！　あたしの言うことをきいてくれないのは、あの女のせいなのね！　まあ、奥さんや子供さんたちのことで、そんなに道徳家ぶるのはおよしなさいな。あの女のせいに決まってるわ」

彼女は立ちあがって、彼のほうへ寄ってきた。

「わかってくださらないの、ジョン、あたし、十八ヵ月前にイギリスに帰ってきてからというもの、あなたのことばかり考えていたのよ。あたしがこんな愚にもつかない家を選んだのは、どういうわけだか想像がつかないの？　ただ、あなたが週末にアンカテル家によく来ることがわかったからなのよ！」

「じゃ、昨夜のこともみんな計画的だったんだね、ヴェロニカ？」

「あなたはあたしのものなのよ、ジョン、ずっと昔から！」

「ぼくはだれのものでもないんだよ、ヴェロニカ。他人の肉体や魂を自分のものにすることなどできないということを、いまだに人生は教えてくれなかったのかい？　ぼくも若いときはきみを愛してたよ。きみと人生を分かちあいたいと思っていたよ。ところが、きみはそうはしなかったんだ」

「あたしの人生と仕事のほうが、あなたのよりずっと大切だったからよ。医者にはだれだってなれるわ」

彼はすこし癇癪が起こってきた。

「きみは自分で思っているほど素晴らしい女かな？」

「あたしがまだ最高の地位まであがっていないって言うのね。でも、いつかはそうなるわ！　絶対になるわ！」

ジョンは急にまるで興味をうしなったように相手を見た。

「そうなるとは思わないね。きみには何かが欠けているんだよ、ヴェロニカ。きみはつかみとるだけ――ほんとうの心の寛《ひろ》さというものがない――そこだと思うな」

ヴェロニカは立ちあがった。そして、ひどく静かな声で言った。

「十五年前、あなたはあたしを棄てたのよ。そして、今日また棄てたのよ。きっと後悔させてみせますからね」

ジョンも立ちあがってドアのほうへ歩いて行った。

「きみの心を傷つけたとしたら、ほんとにすまないと思うよ、ヴェロニカ。きみはとてもきれいだし、ぼくもかつてはきみを愛していたんだ。そのことをこのままそっと残しておけないものかね？」

「さよなら、ジョン。そのまま残しておくなんてよしましょう。あなたにも、きっとそのうちにわかるわ。あたし――あなたが憎い、こんなに人が憎めるなんて、夢にも思わなかったくらいだわ」

彼は肩をすくめた。

「許してくれ。では、さよなら」

ジョンは森を抜けてゆっくりと歩いて帰った。プールまで来ると、彼はそこのベンチに腰をおろした。ヴェロニカに対してとった態度を後悔してはいなかった。ヴェロニカはじつに下劣な女だ、と彼は冷静な気持で考えた。昔から下劣な女で、あんなうまいときに手を切ったなんて、彼としては大出来だ。十五年前に手を切っていなかったら、いまごろはどんなことになっていたかわかりゃしない！

ところが実際には、過去の束縛から解放され、過去に妨げられることもなく、新しい人生へ出発するという、特筆すべき感動を味わったのだ。この一、二年、ずいぶん扱いにくい夫だったにちがいない。気の毒なガーダ、自分のことは考えず、彼を喜ばせることばかりに気をつかっている。これからはもっと優しくしてやろう。

おそらく、これからはヘンリエッタに当りちらすこともなくなるだろう。といっても、ほんとに彼女に当りちらせるものなんているわけではない――彼女はもともとそんな女ではない。暴風が襲っても、なにか瞑想でもしているように、はるか遠くから相手を見ているだけなのだ。

「ヘンリエッタのところに行って話そう」と彼は思った。

彼は小さな思いがけない音に考えを破られて、きっと顔をあげた。森の上のほうで銃声がしたが、あとはいつものように、小鳥の声や、木の葉の落ちる哀愁をおびたかすかな音など、そこはかとない森の音が聞こえるばかりだった。だが、いまのはちがう――非常にかすかな、そんなロマンティックなものではない、「かちり」という音だ。

突然、ジョンは身の危険を強く感じた。どれぐらいここにいたのだろう？　三十分？　一時間？　だれか見張っているものがいる。だれかが――

そして、いまの、「かちり」という音は――たしかに――

彼は反射的にさっとすばやく振り返った。だが、それでもまだ間《ま》にあわなかった。意外さに眼は大きく見開かれたが、声をあげる暇はなかった。

銃声が鳴りわたり、彼はプールの縁に不自然な恰好で倒れた。

左の脇腹から黒ずんだしみがゆっくりと溢れ出し、プールの縁のコンクリートに、これまたゆっくりと滴り落ち、そこから青い水を赤く染めて、プールにぽたりぽたりと落ちていった。

11

エルキュール・ポアロは靴についた最後の埃をはらった。昼食会のために念入りに身支度をしたのだが、その結果には満足していた。

イギリスの田舎で日曜日に着る服のことは彼もよく知っていたのだが、彼はイギリス人の考えにあわせて服装を選ぼうとはせず、自分流の都会的スマートさを選んだ。彼はイギリスの田舎紳士ではなかった。あくまでもエルキュール・ポアロなのだ！

彼は自分でも認めていることだが、じつを言うと、田舎は好きでなかった。週末をすごす別荘——多くの友人があまり推賞するので——とうとう彼も根負けして〈レストヘイヴン荘〉を買ったのだが、その別荘で気に入った点といえば、ただ一つ、箱のように四角いその形だけだった。周囲の風景は、景勝の地とされていることは知っていたものの、たいして関心はなかった。彼の趣味に訴えるには、あまりにもひどく不均斉なのだ。彼は樹木というものがあまり好きではなかった——葉をまきちらすという、だらしのない習性を持っているからだ。ポプラはまあ我慢できるし、チリ杉も認めてやってもいい――だが、橅《ぶな》や樫の乱雑ぶりに至っては、とても感心してなどはいられなかった。こうした風景は天気のいい日に車のなかから鑑賞するのがいちばんいい。「なんてきれいな《ケル・ポー・》景色《ペイザージ》だろう！」と感嘆の声をあげて、そのままいいホテルに引き返せばいいのだ。

レストヘイヴンでいちばんいいところは、ベルギー人の庭師のヴィクトルが、きちんと畝をそろえて作った、小さな菜園があることであった。また、ヴィクトルの女房のフランソアズはまめまめしく主人の胃の腑の世話をみてくれた。

エルキュール・ポアロは門を出ると、溜め息をつき、もういちど、ぴかぴか光っている黒い靴に眼をやり、薄灰色のホンブルグ帽をかぶりなおし、道路を見わたした。

ダグコート荘が眼に入ると、彼はかるく身震いした。ダグコート荘とレストヘイヴン荘は商売敵《がたき》の建築家の手で建てられたもので、二人ともわずかばかりの土地しかあてがわれなかったのだ。もっと広い土地を使用しようという計画は、田園の美観を保存するため、たちまち環境庁から削減された。二軒の家は二つの流派の見本のようなものであった。レストヘイヴンはさしずめ屋根のついた箱ともいうべきもので、きわめて近代的だが、いささか単調である。ダグコートは半ば木造建築をとりいれ、可能なかぎりの狭い空間に押しこめた、〝古き世代〟の建物のごたまぜだった。

エルキュール・ポアロはいかなる方法によってホロー荘に行くべきか、心のなかで検討した。この道のもうすこし上のほうに、小さな門と小道があることを彼は知っていた。その私道を行けば、公道を行くより半マイルは近道になる。にもかかわらず、エルキュール・ポアロは儀礼を重んずる人間だったので、遠いほうの道をとり、堂々と表門から入ることにした。

ヘンリー卿とアンカテル夫人を訪問するのは、これがはじめてだった。略式の近道をとるなど、とくに社会的に重要な地位にある人物に招待された場合となると、もってのほかの非礼である。彼がこの招待を喜んでいたことは認めなくてはならない。

「わたしはすこし俗物《ジュ・スイ・ザン・ピュ・スノブ》だな」と彼は心のなかで呟いた。

彼はバグダッドにいた頃から、アンカテル夫妻、とくに夫人に対して好感を抱いていた。「奇抜なお方《ユンヌ・オリジナル》だ！」と彼は思った。

公道を通ってホロー荘まで歩いて行くのに要する時間の見積りは正確だった。玄関の呼鈴を押したのは、きっかり一時一分前だった。やっとたどりついたのには満足だったが、いささか疲れていた。歩くのは苦手だった。

ドアは堂々たるガジョンの手によって開かれ、ポアロは一目でこの男が気に入った。しかし、その応対はポアロが期待していたものとはちがっていた。「奥さまはプールのそばの四阿においでてございます。どうぞこちらへ」

戸外で過ごすことに向けられるイギリス人の情熱は、エルキュール・ポアロの心をいつもいらいらさせる。夏の盛りなら、こんな酔狂も我慢しなければならないだろうが、九月の終りともなれば、そんな目にあわずともいいのではなかろうか！　たしかに今日は穏やかではあるが、秋の日によくあるように、いくらか湿っぽい。暖炉にすこしばかり火の入った、居心地のいい客間に通されたほうが、どれほど気持がいいかわかりゃしない。ところが、どうだ、フランス窓から斜面になった芝生を横ぎり、ロック・ガーデンをすぎ、小さな門をくぐり、びっしり植えられた栗の若木のあいだの、狭い小道を案内されていくのだ。

客を一時に招くのがアンカテル家の習慣であって、天気のいい日には、プールのそばの小さな四阿でカクテルやシェリーを飲むことになっていた。昼食は一時半に予定されていて、その頃までには、どんなに時間にだらしのない客でも来ているはずだから、アンカテル夫人のすばらしい料理人は、それほどあわてずにスフレとか正確に時間を見はからうべき料理にとりかかれるという段取りになっていた。

エルキュール・ポアロには、こういうお膳立ては気に入らなかった。

「もうすこし行けば、またもとのところにもどるぞ」と彼は思った。

靴のなかの足がだんだん痛くなるのを意識しながら、彼は背の高いガジョンのあとからついていった。

そのとき、すぐ前のほうから小さな悲鳴が聞こえた。どういうわけか、そのため彼の不満はますますつのった。それはその場に不適当であり、ある意味ではふさわしくないものであった。彼はそれがどういう種類のものか分類もせず、そもそものことを考えもしなかったのである。あとで考えてみても、あの悲鳴がいかなる感情をつたえようとしたものか、思い出せなかった。狼狽？　驚愕？　恐怖？　彼に言えるのは、ただ、それがはっきりと意外さをあらわしたものであったことだけだった。

ガジョンが栗の木立ちから一歩踏み出した。そして、ポアロを通すためにうやうやしく脇に寄り、それと同時に、適度に抑えた、丁重な口調で、「ムシュー・ポアロがいらっしゃいました、奥さま」と言う先触れとして咳払いをしているとき、それまでのやわらかな物腰が、急にこわばった。彼はあえいだ。それはまことに執事らしからぬ音であった。

エルキュール・ポアロはプールのまわりの広々とした場所に出たとたん、たちまち彼も身をこわばらせたが、それは困惑のせいであった。

ひどすぎる——なにがなんでも、これはひどすぎる！　アンカテル家の人たちがこんなに安っぽい連中だとは思ってもいなかったのだ。歩いてきた遠い道のり、邸宅での失望――そして、こんどはこれだ！　イギリス人の見当ちがいなユーモアのセンスだ！

彼は腹がたつとともにうんざりした――ああ、いかにうんざりしたことか。死というものは、彼にとっておもしろ半分のものではなかった。しかも、彼らは冗談のつもりでここに小道具を用意しておいたのだ。

というのは、彼の眼前にあるのは、きわめてわざとらしい殺人場面だったからだ。プールのそばに死体があって、腕は投げ出され、赤いペンキまでがコンクリートの縁からプールへ静かにしたたり落ちていようという、まったく芸術的な凝り方である。ハンサムで金髪の男の、眼を見はるような死体であった。背の低い、がっしりしたからだつきの、中年の女がピストルを手にしたまま、妙に空《うつ》ろな表情で死体を見おろしている。

そのほかに三人の俳優がいた。プールを隔てた向かい側には、秋の木の葉によくうつる濃い褐色の髪をした、背の高い若い女性がいて、ダリアの花のいっぱい入ったバスケットを持っていた。そのちょっと向こうに、背の高い、狩猟服の、これといって目だたない男が、銃を手にして立っていた。そして、そのすぐ左側には、卵の入ったバスケットを持って、ポアロを招いてくれた女主人のアンカテル夫人がいた。

いくつかの道がこのプールを中心に集まっていて、この人たちがそれぞれべつべつの道から来たことは、エルキュール・ポアロにははっきりわかった。

すべてがきわめて厳密に、人為的に計画されたものだ。

彼は溜め息をついた。やれやれ《アンファン》、わたしにどうしろというんだろう？ この〝犯罪〟を本物だと思ったふりをすればいいのだろうか？ あわてふためき――驚いてみせることになっているのかな？ それとも、女主人に向かって頭をさげ、「ああ、じつに素晴らしいですな、わたしのためにわざわざこんな演出までしてくださって」とお礼の言葉を述べるべきなのだろうか？

実際、すべてがまったくばかばかしいかぎりであった――まるで洗練されたところがない。

「ちっともおもしろくない」と言ったのは、たしかヴィクトリア女王だったと思うが、彼も同じことを言いたくなった。「このわたし、エルキュール・ポアロにはちっともおもしろくありませんな」と。

アンカテル夫人が死体のほうへ歩いて行った。彼はうしろでまだ息をはずませているガジョンを意識しながら、夫人のあとについていった。「この男はお芝居の仲間に入っていないんだな」とエルキュール・ポアロは考えた。プールの向こう側にいた二人が彼らと一緒になった。みんなもうすぐそばまで来ていて、プールの縁の派手に手足をのばして横たわっている人物を見おろした。

突然、強いショックと、映画のスクリーンで焦点があう前の映像を見ているようなぼんやりした感じで、エルキュール・ポアロはこの人間の手で作られた舞台が、現実味をおびていることに気づいた。

というのは、彼が見おろしているのは、すでに死んではいないにしろ、すくなくとも死にかかっている男だったからである。

コンクリートの縁からしたたっているのは赤いペンキではなく、血だった。この男は射たれたのだ、それも、ほんのすこし前に。

彼はリヴォルヴァを手にして立っている女に、さっと視線を投げた。女の顔はなんの感情もなく、まるで空《うつ》ろだった。呆然として腑抜けのようだ。

「おかしいな」と彼は思った。

拳銃を射ったために、あらゆる感情、あらゆる感覚を失ったのであろうか、と彼は考えた。いまはもうすべての情熱を使いつくし、中身のない形骸になってしまったのだろうか？　そうかもしれない、と彼は思った。

射たれた男に眼をうつすと、ポアロははっとした。この死にかかった男の眼が開いている。深い青い眼で、そこに浮かんでいるものは、ポアロには読みとれなかったが、なにかをはっきり知っているものの眼だ、と彼は思った。

すると、突然、あるいは、ポアロにだけそう思えたのかもしれないが、ここにいる人々のなかに、ほんとに生きているのは一人しかいないような気がした——まさに死に瀕している男だけが。

ポアロはいまだかつて、これほど強い、生き生きした、はげしい生命力を感じたことはなかった。ほかの人たちは薄い影のような、関係のないドラマの俳優にすぎなかったが、この男は現実のものだった。

ジョン・クリストウは口を開いて言った。力強く、意外といった色もなく、切迫した声であった。

「ヘンリエッタ——」

それだけ言うと、瞼が垂れ、頭ががっくりと横ざまに落ちた。

エルキュール・ポアロは膝をつき、確かめてから立ちあがり、機械的にズボンの膝についた埃をはらった。

「さよう、死んでいます」と彼は言った。

映像がばらばらになり、揺れ動き、ふたたび焦点がさだまった。いまはそれぞれの人が反応を示している――わずかな動きだが。ポアロは、いわば眼と耳が拡大されているのが自分でもわかった――記録しているのだ。まさに、それは記録だ。

バスケットを持ったアンカテル夫人の手がゆるみ、ガジョンが飛び出して、すばやく夫人の手からそれをとったのに、ポアロは気づいた。

「失礼いたしました、奥さま」

機械的に、きわめて自然に、アンカテル夫人は呟くように言った。

「ありがとう、ガジョン」

それから、ためらいがちに言った。

「ガーダ――」

リヴォルヴァを手にした女が、このときはじめて身を動かした。彼女は一同を見まわした。そして、やっと口を開いたが、その声には困惑としか言いようのない調子がこもっていた。

「ジョンが死んでいる。ジョンが死んでいる」

すばやい、堂々たる態度で、枯葉色の髪をした背の高い若い女が、つかつかと彼女のそばへ行った。

「それをお渡しなさい、ガーダ」

そして、ポアロがとめたり、割って入ったりする暇もなく、その女はガーダ・クリストウの手から手際よくピストルをとりあげた。

ポアロはさっと前に進み出た。

「そんなことをなさってはいけません、マドモアゼル――」

彼の声に若い女ははっとした。リヴォルヴァが指のあいだからすべり落ちた。プールの縁にいたので、リヴォルヴァは飛沫《しぶき》をあげて水のなかへ落ちた。

彼女はぽかんと口を開き、「あっ」と驚きの声をあげると、すまなさそうにポアロのほうへ顔を向けた。

「あたし、なんてばかなんでしょう。申しわけありません」

ポアロはしばらくなにも言わなかった。澄んだ栗色の眼にじっと見いっていたのだ。その眼は臆するところもなく彼の眼を見返している。一瞬、疑惑の念を抱いたのは、自分の誤りだったのではないか、とポアロは思った。

彼は静かに言った。

「できるだけなんにも手をつけないようにしなければいけません。警察に見せるため、正確に現状のままにしておかなくてはいけないのです」

そのとき、わずかな動揺が起こった――ごくかすかではあるが、さざなみのような不安な空気が漂った。

アンカテル夫人が不快そうに呟いた。「そりゃそうですわ。わたしは――ええ、警察が――」

それに反発するような調子のまじった、静かで愛想のいい声で狩猟服の男が言った。

「ねえ、ルーシー、こうなったら、それも仕方のないことじゃないかな」

みんなもそのことに気づき黙りこんでいたところへ、足音と話し声が聞こえてきた。

それはなんの屈託もない軽快な足音と、その場にそぐわない明るい声であった。

ヘンリー・アンカテル卿とミッジ・ハードカースルが、邸宅のほうからの小道を、談笑しながら来たのだった。

プールのまわりに集まった人々の姿を見るなり、ヘンリー卿はぴたりと足をとめ、驚いて叫んだ。

「どうしたんだ？　なにがあったんだ？」

ルーシーが答えた。「ガーダが――」と言いかけて言葉を切った。「というのは――ジョンが――」

ガーダが抑揚のない、途方にくれたような声で言った。

「ジョンが射たれたんです。死んだんです」

みんなは眼のやり場に困って視線をそらした。

するとアンカテル夫人が急いで言った。

「ねえ、ガーダ、もう家に入って——すこし横になったほうがいいわ。みんなも家に帰ったほうがいいんじゃないかしら？　ヘンリー、あなたとムシュー・ポアロは残って——警察の方が来るのを待っててくださいな」

「それがいちばんいいだろう」とヘンリー卿は言った。それからガジョンを振り返った。「警察に電話をかけてくれ、ガジョン。起こったことだけをそのまま話すのだ。警察のものが来たら、すぐここへ案内してきてくれ」

ガジョンはちょっと頭をさげて言った。「かしこまりました、ヘンリー卿」頬のあたりがすこし蒼かったが、彼はあくまでも完璧な召使であった。

背の高い、若い女が、「さあ行きましょう、ガーダ」と言って、ガーダの腕をとると、有無をいわさず、邸宅のほうへ通じる小道を連れていった。ガーダは夢遊病者のように歩いて行った。ガジョンは二人を通すためにちょっとうしろにさがり、それから、卵のバスケットを持ってそのあとにつづいた。

ヘンリー卿はさっと妻のほうを振り返った。「さて、ルーシー、これはどうしたというのだ？　正確に言って何が起こったのだ？」

アンカテル夫人はかわいらしい、頼りなげな仕草で、漠然と両手をひろげた。エルキュール・ポアロは訴えかけるようなその仕草になんともいえぬ魅力を感じた。

「わたしにもよくわからないんですの。わたし、鶏小屋にいたんですよ。そしたら、とても近くで銃声が聞こえたんですけど、そう深くは気にしませんでしたの。どっちにしたって」と彼女は一同に向かって訴えるように言った。「だれでも気にはしませんよね！　それから、わたし、プールまで来てみると、そこにジョンが倒れていて、ガーダがリヴォルヴァを手にして立ってるんです。ヘンリエッタとエドワードがほとんど同時に来ました——向こうのほうから」

彼女は二本の小道が森へ通じている、プールの向こう側を目顔で示した。

エルキュール・ポアロが咳ばらいをした。

「この方たち、ジョンとガーダというのは、どういう方なのですか、差しでがましいようですが」と彼は弁解するように最後につけ加えた。

「いえ、そんなことはございませんわ」アンカテル夫人はすばやくとりなすようにポアロのほうを向いた。「うっかりすることがあるものですわね——でも、ほんと言うと、紹介なんてしないものですけど——相手の方が殺されてるってときにはね。ジョンというのはジョン・クリストウ、クリストウ医学博士です。ガーダはその奥さまなんです」

「そして、クリストウ夫人を連れていったご婦人は？」

「わたしのいとこのヘンリエッタ・サヴァナクです」

人の動く気配がした、ほんのかすかではあったが、ポアロの左側の男が身を動かしたのだ。

「ヘンリエッタ・サヴァナクか」とポアロは考えた。「しかも、この男は夫人にそれを言ってもらいたくなかったのだ――だが、結局はわかることなのに……」

(『ヘンリエッタ！』と死に瀕した男は言った。それもひどく妙な調子で。その話を聞いて、ポアロはなにかを思い出した――なにかの事件を……さて、なんだったろう？まあいいさ、そのうちに思い出すだろう)

アンカテル夫人は自分の社交的義務をはたそうと思って先をつづけた。

「それから、こちらはわたしたちのいとこで、エドワード・アンカテル。こちらはミス・ハードカースル」

ポアロはそれぞれの紹介に対し、丁重に頭をさげて応えた。ミッジは突然ヒステリックに笑い出したくなったが、かろうじてそれを抑えた。

「さて」とヘンリー卿が言った。「おまえが言うように、もうみんな家に引き揚げるほうがよさそうだな。わたしはムシュー・ポアロとすこし話がある」

アンカテル夫人は思いあまった様子でみんなを見た。

「ガーダがほんとに横になっていてくれればいいんですけどね。あんなこと言ってよかったのかしら？　なんと言えばいいやら、わたしにはわからなかったんですもの。だって、こんなことってはじめてでしょう。たったいま、夫を殺したばかりの女に、人はなんて言うものなんでしょうね？」

彼女は自分の質問にだれかが権威のある答えを出してくれまいか、とでもいうように一同を見まわした。

それから、彼女は小道を屋敷のほうへ歩いて行った。ミッジがそのあとにつづいた。エドワードが殿《しんがり》をつとめた。

ポアロはこの屋敷の主人とあとにのこった。

ヘンリー卿が咳ばらいをした。なにを話したらいいものか、どうやら迷っている様子であった。

「クリストウは」と卿はやっと言った。「なかなかできた男でした――非常によくできた男でしたよ」

ポアロはもう一度この死んだ男に眼をやった。いまだに彼は、この死んだ男のほうが生きている人間よりずっと生き生きしているような、変な印象をうけた。

なにがそんな印象をあたえるのだろう、と彼は不思議に思った。

彼は丁重な態度でヘンリー卿に応じた。

「このような悲劇が起こるとは、まことに残念というよりほかありませんな」

「このような事件は、わたしなどよりあなたのほうの専門です」とヘンリー卿は言った。

「わたしはいままで殺人というものをこんなに身近に経験したことはありませんのでね。ここまでの処置はあれでよかったのでしょうな?」

「あなたがとった処置はきわめて適切でした」とポアロは言った。「警察をお呼びになったのですから、警察官が来るまで、さしあたってなにもすることはありません——ただ、だれも死体に触ったり、証拠を消したりさせないように注意しておけばいいのですよ」

証拠という言葉を口にしながら、ポアロはプールをのぞきこんだ。コンクリートの底にリヴォルヴァが落ちていて、青い水のためすこし歪んでみえた。

証拠はこのエルキュール・ポアロが確保しないうちに、もう人の手で消されてしまったことだろう、と彼は思った。

だが——あれはわざとしたことじゃない。

ヘンリー卿が不機嫌そうに言った。

「ここにいつまでも突っ立っていなくちゃならないのかな？　すこし寒くなってきましたよ。四阿に入ってもかまわないんじゃないかと思いますがね」

ポアロも足がじめじめして、寒けがしてきていたところだったので、一も二もなく同意した。四阿はプールのそばの屋敷とは反対側にあって、開けはなしたドアからは、プールと死体と、おそらく警察官たちが通ってくると思われる、邸宅からの小道も見わたせた。

四阿は座り心地のいい長椅子や、明るくて、しかもあっさりした敷物など、贅沢な調度がしつらえてあった。ペンキを塗った鉄製のテーブルには、グラスとシェリーのデカンターを揃えたトレイが置いてあった。

「飲物を差しあげたいのですが」とヘンリー卿が言った。「警察から人が来るまではなにも手を触れないほうがいいでしょう――もっとも、ここには警察官が興味を持つようなものはないと思いますがね。といっても、大事をとるに越したことはありませんからな。ガジョンはまだカクテルを持ってきていなかったようです。あなたがおいでになるのを待っていたのでしょう」

二人は、邸宅からの小道がよく見えるように、ドアの近くの籐椅子に腰をおろした。なんとなく気づまりだった。こんなときには、雑談にも花が咲かなかった。

ポアロは四阿のなかを見まわしたが、これといって変ったものは眼につかなかった。高価な銀狐のケープが、椅子の背に無造作にかけてあった。だれのものだろう、と彼は考えた。いささかけばけばしいその豪華さは、彼がいままでに会った人のだれとも調和しなかった。たとえば、アンカテル夫人の肩にかかっているところなど、彼にはとても想像できなかった。

彼はそのケープが気になった、富と自己顕示欲が息吹いている――そういった性格は、彼がこれまでに会った人たちにはないものであった。

「煙草ぐらいはすってもいいでしょう」とヘンリー卿は言って、ポアロにケースを差し出した。

煙草をとる前に、ポアロは空気の匂いをかいだ。

フランスの香水――高価なフランスの香水だ。

ほんのかすかに漂っているだけではあったが、たしかにその香りは残っていたし、それはまたしてもホロー荘の住人とは、ポアロの心のなかでは結びつかない香りであった。

ヘンリー卿のライターで煙草に火をつけようと屈みこんだとき、マッチの箱が――六個だった――長椅子の近くの小さなテーブルに積みかさねられているのが、ポアロの眼についた。

些細なことではあったが、どうにもポアロには腑におちなかった。

12

「もう二時半よ」とアンカテル夫人が言った。

ミッジとエドワードと一緒に客間にいた。ヘンリー卿の書斎のしめきられたドアの向こうからは、低い声が聞こえてきた。エルキュール・ポアロとヘンリー卿とグレンジ警部が話しあっているのだ。

アンカテル夫人が溜め息まじりに言った。

「ねえ、ミッジ、やっぱりお昼食《ひる》のことは考えなくちゃいけないと思うのよ。そりゃ、なんにもなかったような顔をしてテーブルを囲むなんて、さぞかし人情がないような気がするわ。でも、ともかくムシュー・ポアロは昼食に招待したんだし——たぶん、おなかもすいていらっしゃると思うの。それにジョン・クリストウが殺されたからといって、わたしたちほど気が動転なさっているはずもないし。わたしは、もちろん、ものを食べる気なんかしないけど、ヘンリーとエドワードは朝から猟に出かけたんだから、きっとおなかがぺこぺこにちがいないわ」

「ぼくのことなら気にしないでください。ルーシー」とエドワードが言った。

「あなたって、いつでも思いやりがあるのね、エドワード。でも、デイヴィッドがいるわ――昨夜だって、お夕食でよく食べてたわ。知的な人間って、いつでもたくさん食べ物をとらなくてはいけないらしいわね。ところで、デイヴィッドはどこにいるのかしら？」

「自分の部屋にいきましたわ」とミッジが言った。「事件のことを聞いたあとで」

「そう――そりゃうまいことを考えたものだわ。たぶん、厄介なことが起こったと思ったんでしょうね。そりゃ、なんといっても殺人なんて厄介なものですから――召使たちは動揺するし、生活のペースは乱れるし――お昼食《ひる》には鴨料理にすることにしてたのよ――鴨は冷めてもおいしいからよかったけど。ガーダのことはどうしたらいいかしら？なにか持っていかせましょうか？　濃いスープかなんかを？」

「ほんとに」とミッジは思った。「ルーシーは不人情だわ」だが、すぐに後ろめたい気持で思いなおした。ルーシーは人間的すぎるので、それだけショックも大きかったのだ！　どんな悲劇的な事件の渦中においても、人々はこうした些細なことに頭を悩ませたり、気を揉んだりするものだということは、明々白々な事実ではないだろうか？　ルーシーはたんにほとんどの人が口にしようとしないことを言ったまでだ。だれでも召使たちのことは頭にあるし、食事のことも気になっているし、おなかもすいているのだ。そんなことを考えているとき、彼女もおなかがすいていることに気づいた。おなかはすいているが、それと同時に、吐き気も催した。妙にまざりあった気分だった。

つい昨日も、「気の毒なガーダ」と言われていたのに、おそらく近いうちには殺人罪で法廷に立つことになる、物静かで平凡な女に対し、どういう態度をとっていいかわからないという、明らかに厄介な当惑が、みんなの心にはあった。

「こんなことはほかの人たちに起こることであって」とミッジは思った。「あたしたちに起こるはずのないことだわ」

彼女は部屋の向こう側にいるエドワードに眼をやった。「エドワードのような人がこんな事件に巻きこまれるなんて。およそ暴力なんかとは縁の遠い人が」エドワードを見ていると心が安らいだ。静かで、道理をわきまえて、やさしくて、穏やかなエドワード。

ガジョンが入ってきて、それとなく腰をかがめると、その場にふさわしい低い声で言った。

「食堂にサンドウィッチとコーヒーを支度しておきました。奥さま」

「まあ、ありがとう、ガジョン！」

「ほんとに」ガジョンが部屋を出ていくと、アンカテル夫人が言った。「ガジョンってよく気がつくわね。ガジョンがいなかったら、わたし、どうしていいかわからないくらいだわ。いつでも、なにをすればいいか心得ているの。ちゃんとしたサンドウィッチなら、お昼食《ひる》がわりになりますよ――それに、気がとがめることもないしね。わたしの言ってる意味、わかってくださるわね！」

「ああ、ルーシー、やめて」

ミッジは、突然、熱い涙が頰につたわるのが自分でもわかった。アンカテル夫人はびっくりした顔で言った。

「かわいそうに、あなたにはショックが大きすぎたのね」

エドワードはソファのところへ行って、ミッジのそばに腰をおろした。そして、肩に腕をまわした。

「気にしないでいいんだよ、ミッジ」

ミッジは彼の肩に顔をうずめて、心ゆくまで泣いた。ある復活祭の休暇のことであったが、彼女がエインズウィックで飼っていた兎が死んだとき、エドワードがどんなに優しく慰めてくれたかを思い出した。

エドワードが静かに言った。「ショックだったんだね。ミッジにブランディをやってもいいですか、ルーシー？」

「食堂のサイドボードにありますよ。でも、わたしは――」

ヘンリエッタが入ってきたので、ルーシーは言葉を切った。ミッジは立ちあがった。

エドワードがからだをこわばらせ、身じろぎもせずにいるのが彼女にはわかった。

ヘンリエッタはどういう気持なのだろう、とミッジは思った。いとこのほうを見たくないような気がした――だが、とりたてて変った様子はなかった。しいて言えば、好戦的に見えたことだった。顔をきっとあげ、頬を紅潮させ、きびきびした足どりで入ってきたのだった。

「あら、降りてきたのね、ヘンリエッタ」とアンカテル夫人が言った。「どうしてるのかと思っていましたよ。警察から人が来てね、いまヘンリーとムシュー・ポアロと話をしてるわ。ガーダにはなにをあげたの？　ブランディ？　それとも、お茶とアスピリンでも？」

「ブランディを――それに湯たんぽを」

「それでいいと思いますわ。救急法じゃそう教えていますよ――湯たんぽ――ショックにはね――ブランディではなくて。当節では刺激物はいけないという人がありますけどね。わたしはただの流行だと思いますよ。子供のときエインズウィックにいた頃は、ショックにはブランディと決まっていましたからね。でも、ガーダの場合はショックとだけですませますかしら。自分の夫を殺したら、どんな気持になるものやら、わたしにはわかりませんけど——想像したってだれにもわかるはずはありませんもの——でも、正確にいえば、ショックを与えられたというものじゃないと思いますわ——つまり、〝意外〟という要素はないんですから」

ヘンリエッタの水のように冷たい声が、穏やかな雰囲気のなかに割って入った。

「どうしてみなさんは、ガーダがジョンを殺したと決めてかかっているの?」

一瞬、沈黙がおとずれた——ミッジはその場の雰囲気が妙に変るのを感じた。混乱と緊張、そして最後に、慎重さといったものが徐々に一座を占めた。

やがて、アンカテル夫人がわざと抑揚のない声で言った。

「だって——自明の理っていうのかしら、はっきりしてると思えるんですけどね。あなたはほかの意見があるんですか?」

「こうは考えられませんかしら、たまたまガーダがプールのそばに来てみたら、ジョンが倒れている、そして、ガーダがリヴォルヴァを拾いあげたところに——わたしたちが来あわせたというのは?」

ふたたび、同じような沈黙がおとずれた。やがて、アンカテル夫人がきいた。

「ガーダがそう言ったの？」

「ええ、そうです」

それはたんなる肯定の返事ではなかった。その背後には反論をゆるさぬ力があった。リヴォルヴァから発射されたような勢いがこもっていた。

アンカテル夫人は眉をあげたが、すぐにまるで関係のないことを言った。

「食堂にサンドウィッチとコーヒーの支度ができていますよ」

彼女ははっと息をのんで言葉を切った。開けてあったドアからガーダ・クリストウが入ってきたのだ。ガーダは詫びるように急いで言った。

「わたくし――もう横になってなんかいられないような気がしまして――だれだって――じっとしていられなくなりますもの」

「掛けなくちゃ、あなた――はやく椅子に掛けなくちゃ」とアンカテル夫人が大声で言った。

彼女はミッジを立たせると、そのあとにガーダをすわらせ、背にクッションを当てがってやった。

「かわいそうにね」とアンカテル夫人は言った。

口調は強かったが、言葉そのものはまるで無意味なように思われた。

エドワードは窓際へ行き、外を見ていた。

ガーダは額にかかった髪をかきあげた。そして、不安そうな、途方にくれたような調子で言った。

「わたくし——あれはほんとにあったことだって、やっとわかってきましたの。あれが現実のことだなんて——ジョンが——死んだなんて、とてもそんな気がしなくて——いまだに信じられません」彼女のからだがかすかに震えはじめた。「ジョンを殺すなんて、だれにできるでしょう？　いったい、ジョンを殺せる人なんかいるでしょうか？」

アンカテル夫人は大きく息をついた——と思うと、さっと後ろを振り返った。ヘンリー卿の部屋のドアが開いたのだ。グレンジ警部と一緒に卿が出てきた。警部というのは、大柄でがっしりした体格で、世をはかなんだような、だらりとさがった口髭をはやしていた。

「これが家内です——こちらはグレンジ警部」

グレンジは頭をさげて言った。

「お差し支えなければ、奥さま、クリストウ夫人とすこしばかり話したいのですが——」

アンカテル夫人がソファに掛けている婦人を指さしたので、警部はそこで言葉を切った。

「クリストウさんの奥さまですか？」

ガーダは膝をのり出すようにして言った。

「はい、クリストウの家内でございます」

「お悲しみのところをなんですが、奥さま、二、三お訊ねしたいことがあるのです。もちろん、お望みでしたら、弁護士の立会いをお求めになってかまいませんが――」

ヘンリー卿が口をはさんだ。

「そのほうがいい時もあるんですよ、ガーダ――」

彼女はさえぎった。

「弁護士？　どうして弁護士を？　ジョンの死のことで、弁護士がなにか知っているわけないじゃありませんか？」

グレンジ警部が咳払いをした。ヘンリー卿はなにか言おうとしている様子だった。そこへヘンリエッタが口をはさんだ。

「警部さんは、ただ、今朝、どんなことがあったのか、おききになりたいだけなのよ」

ガーダは警部のほうを向いた。そして、信じられぬといった声で言った。

「なにもかも悪夢のような気がいたしますわ――現実ではなくて。わたくし――わたくし、声をあげることもできませんでした。あんなとき、だれだってなんにも考えないものですわ」

グレンジはなだめるように言った。

「ショックだったんですね、奥さん」

「ええ――だろうと思いますわ。だって、思ってもいなかったんですもの。お屋敷を出まして、小道をプールのほうへ行きますと――」

「それは何時ですか、奥さん?」

「一時ちょっと前でした――二分ぐらい前でしたわ。時計を見ましたから覚えているんです。それから、あそこへ行きますと――ジョンが倒れているんです――コンクリートの縁に血が流れていて」

「銃声をお聞きになりましたか、奥さん?」

「ええ――いいえ――さあ、どうでしたかしら。なにしろ、ヘンリー卿とアンカテルさんが猟にお出かけになったのは存じておりましたから。わたくし――ただ、ジョンの姿が見えただけで――」

「それで、奥さん?」

「ジョンと――血と――リヴォルヴァと。わたくし、リヴォルヴァを拾いあげて――」

「なぜです？」

「え？」

「なぜリヴォルヴァを拾いあげたんです、奥さん？」

「わたくし——わかりませんわ」

「手を触れてはいけなかったんですよ」

「いけなかったかしら？」ガーダは空《うつ》ろな顔でぼんやり言った。「でも、拾いあげたんです。そして、そのまま持っていました」

彼女はまだそのなかにリヴォルヴァがあるように、両手を見た。

それから、突然、警部を振りかえった。声の調子が急に強くなり——苦悩にみちていた。

「だれがジョンを殺す気になったんでしょう？ 殺したいなんて思う人があるはずはありませんわ。だって——いい人だったんですもの。とてもやさしくて、自分のことなんか考えもしないで——ほかの人にはどんなことでもいたしました。だれでもジョンが好きだったんですよ、警部さん。とてもすばらしい医者でしたわ。非のうちどころのない、やさしい夫でした。きっとなにかの事故だったにちがいありませんわ——きっと——きっと！」

彼女は部屋にいるみんなに向かって手を振ってみせた。

「どなたにだってきいてみてくださいまし、警部さん。ジョンを殺そうなんて思う人がいるはずはありませんわ。ねえ？」

彼女はみんなに訴えかけた。

グレンジ警部は手帳をとじた。

「お手数をかけました、奥さん」と彼はまるで感情のこもらない声で言った。「いまのところ、これだけでいいでしょう」

エルキュール・ポアロとグレンジ警部は栗の林を抜けてプールへ行った。かつてはジョン・クリストウだったもの、そして、いまはただの〝死体〟となったものは、写真にとられ、寸法を測られ、メモをとられ、警察医の手で調べられ、いまでは死体置き場に運び去られている。プールは奇妙なほど何事もなかったように静まりかえっている、とポアロは思った。いまはここで起こったあらゆることがすべて、不思議なほど捉えどころがないのだ。ジョン・クリストウを除いては——彼は捉えどころのないものではなかった。死に瀕していても、なにかの意図を持ち、客観性をおびていたのだ。プールはもはや以前のような立派なプールではなく、ジョン・クリストウの死体が横たわり、彼の生命の血がコンクリートの縁から、いかにも不自然な青い水のなかへと流れこんだ場所なのだった。

不自然な――一瞬、ポアロはその言葉にとびついた。たしかに、この事件すべてに、どこか不自然なところがある。まるで――

水着をきた男が警部のほうへ近寄ってきた。

「リヴォルヴァです、警部」

グレンジは雫のたれているリヴォルヴァを注意しながら受けとった。

「これじゃ指紋は望みがないな。だが、この事件では、うまいぐあいに指紋は問題じゃないんだ。あなたがここに来たとき、クリストウ夫人が現にリヴォルヴァを持っていたんですね、ムシュー・ポアロ？」

「そうです」

「つぎはこのリヴォルヴァの確認ですな。たぶん、ヘンリー卿にきけばわかるでしょう。きっとクリストウ夫人が卿の書斎から持ち出したんですよ」

彼はプールの周囲を見まわした。

「さて、もう一度、全体をはっきりさせましょう。プールの下の道は菜園から登ってくるもので、アンカテル夫人はこの道を通ってきたんですな。ほかの二人、エドワード・アンカテルさんとサヴァナクさんとは森のほうからおりてきた――ただし、一緒にではなく。エドワードさんは左手の道から、サヴァナクさんは邸宅の上のほうの、ながい花壇の散歩道からきている右手の道から。しかし、二人ともあなたが来たときには、プールの向こう側に立っていたのですな？」

「さよう」

「そして、四阿のそばのこの道はポダー・レーンに通じている。よろしい——では、この道を行ってみましょう」

歩きながら、グレンジは興奮した様子もなく、ただ自分の経験を静かなおもしろくなさそうな口調で話した。

「こういう事件はあまり多くはありませんな。去年一件だけありましたがね——アッシュリッジの近くで、退役軍人でしてね——軍人としてもそうとうの経歴の持主でしたよ。細君というのがごくおとなしい、古風な女で、年は六十五、白髪——ウェーヴのかかったきれいな髪をしていましたよ。よく庭いじりをしていました。ところが、ある日、その細君が夫の部屋へ行って、軍用拳銃を持ち出し、庭に出ていくなり、夫を射ったんですよ。まあ、そんなぐあいでしてね！　もちろん、その裏には調べあげなくてはわからない、いろんなことがありましたよ。浮浪者の仕業じゃないかなんて、愚にもつかぬ話をでっちあげる奴もいましてね。わたしたちは、もちろん、それを真《ま》にうけたふりをして、捜査をすすめているあいだは内密にしておきましたが、真相はわかっているのです」

「というと」ポアロは言った。「あなたはクリストウ夫人が射ったとお考えなのですね」

グレンジは意外そうな眼でポアロを見た。

「では、あなたはそうとはお思いにならないんですか？」

ポアロはゆっくりした口調で言った。「あの方が言ったとおりだったとも考えられないことはありませんからな」

グレンジ警部は肩をすくめた。

「さよう――考えられないことはありません。しかし、あまり説得力はありませんな。それに、みんなあの女が殺したと思ってるんですよ！　われわれが知らない何かを、みんなは知ってるんですよ」彼は詮索するような眼で相手を見た。「現場に着いたとき、あなたもあの女の犯行だとお考えになったんではありませんか？」

ポアロは半ば眼をとじた。あの道を歩いて行くと――ガジョンがそばへ寄り――ガーダ・クリストウが手にリヴォルヴァを持ち、空《うつ》ろな表情で夫を見おろしていた。そうだ、グレンジが言ったように、自分も彼女が殺したと思ったものだった……すくなくとも、そういう印象をうけざるを得ない状況だ、と考えたものだった。

そうだ、だが、そうとばかりは言えない。

演出された場面――欺くための舞台装置。

そのときのガーダ・クリストウが、たったいま夫を殺したばかりの女に見えただろうか？　グレンジ警部はそのことを訊いているのだ。

突然、エルキュール・ポアロは不意をつかれたようにはっとした。これまで暴力行為に関係してきた自分のながい経験で、夫を殺したばかりの女と実際に顔をあわせたことは、ただの一度もないことに気づいたのだ。そのような状況にある女は、どういう様子をしているものだろうか？　勝ち誇っているだろうか、恐怖にうたれているだろうか、満足しているだろうか、呆然としているだろうか、信じられないといった顔をしているだろうか、空《うつ》ろな表情をしているだろうか？

こんな表情なら、どれをとってもおかしくはない、とポアロは考えた。

彼がそんなことを考えているあいだ、グレンジ警部が話していた。ポアロは話の終りだけを聞きとった。

「――事件の裏にかくされた事実がわかりさえすればね、そして、そういうことは、ふつう召使から聞き出せるものですよ」

「クリストウ夫人はロンドンに帰るんですかな？」

「そうです。子供を二人残してきていますからね。帰さないわけにはいきませんよ。もちろん、厳重に監視はつけておきますがね、当人には知られないように。自分じゃうまくやったと思うでしょう。わたしには、すこし頭の鈍い女に見えますが……」

ガーダ・クリストウは警察が考えていること——それに、アンカテル家の人々が考えていることに気づいているだろうか、とポアロは考えた。なんにも気づいてはいないように見える。反応のおそい女、夫の死によってまったく打ちのめされ、呆然とした女に見えたのだが。

二人は小道に出た。

ポアロは自分の家の門の前で足をとめた。グレンジが言った。

「これがあなたのお宅ですか？　こぢんまりした、いいお住まいですな。さて、さしあたりお別れしましょう、ムシュー・ポアロ。いろいろ力を貸してくださってありがとう。近いうちにお寄りして捜査の状況をお知らせしますよ」

彼の視線が小道の上のほうへ向けられた。

「お隣はどなたですか？　新しく来た、例の有名な女が住んでいる家じゃないでしょうね？」

「女優のミス・ヴェロニカ・クレイが週末を過ごしに来るのだと思いますがね」

「なるほど、ダヴコート荘ですな。『虎に乗った女』のあの女は好きでしたがね、わたしの好みからいうと、すこしインテリ臭いところがありますな。ヘディ・ラマーのほうがいいですよ」

彼は引き返した。

「さて、仕事に戻らなくては。では失礼します、ムシュー・ポアロ」

「これに見覚えがありますか、ヘンリー卿？」

グレンジ警部はヘンリー卿の前の机にリヴォルヴァを置き、期待をこめて彼を見た。

「触ってもよろしいですかな？」ヘンリー卿はリヴォルヴァの上でためらいがちに手をとめてたずねた。

グレンジはうなずいた。「プールのなかにあったものですからね。指紋がついていたとしても消えてしまっていますよ。こんなことを言っちゃなんですが、ミス・サヴァナクがうっかり落したのは残念ですな」

「いや、まったく——だが、なんといっても、みんなひどく緊張していましたから。ご婦人方は取り乱して——その——手に持ったものなんか落しがちなものですよ」

こんどもまたグレンジ警部はうなずいて言った。

「ミス・サヴァナクは、見たところ冷静でものに動じるような方ではないようですがね」

言葉はさりげなかったが、そのなかに含まれている言外の意味に、ヘンリー卿はさっと顔をあげた。グレンジはつづけて言った。

「ところで、それに見覚えはおありですか？」

ヘンリー卿はリヴォルヴァを手にとって調べた。そして、製造番号を書きとり、小さな革表紙の手帳のリストと番号を見くらべた。それから、溜め息とともに手帳をとじて言った。

「間違いありませんよ、警部、これはわたしのコレクションのなかにあったものです」

「それを最後にごらんになったのはいつですか？」

「昨日の午後です。ほかの連中と一緒に、庭で標的を使って射撃をしていましてね、そのとき使った拳銃の一つがこれです」

「実際にそのとき使ったのはどなたですか？」

「みんな、すくなくとも一回は使ったと思いますな」

「クリストウ夫人も？」

「クリストウ夫人もです」

「それで、射撃が終ったあとは？」

「リヴォルヴァはいつもの場所にしまいました。ここです」

卿は大きな机の引き出しを開けた。半分ほど拳銃で埋まっていた。

「たいへんなコレクションですな、ヘンリー卿」

「長年の道楽でしてね」

グレンジ警部はハロウィーン諸島の元政務長官をつくづくと見やった。整った顔だちの名士、部下として気持よく働きたくなるような人物——事実、いま仕えているウィールドシャーの州警察本部長よりも、この人物のほうがどのくらいましかしれない。グレンジ警部は州警察本部長をあまり買っていなかった——気むずかしい暴君のくせに権力に対しては弱いのだ。彼はさしあたっての仕事に頭を切りかえた。

「もとの場所におしまいになったとき、リヴォルヴァには、もちろん、弾丸はこめてなかったのですね。ヘンリー卿」

「そりゃ確かです」

「それで、弾薬をしまっておられるのは——どこですか？」

「ここです」ヘンリー卿は整理棚の小仕切りから鍵をとり出すと、机の下のほうの引き出しを開けた。

「簡単しごくだ」とグレンジは思った。クリストウ夫人はどこに弾薬がしまってあるか、見たことがあるのだ。ただ、ここに来て自分で持っていけばいい。嫉妬は女にどんな気ちがいじみたことでもさせるものだ。十対一で賭けてもいい、動機は嫉妬だ。ここで普通の手続きをすませ、最後にハーリー街を調べれば文句なく事情ははっきりするだろう。だが、捜査はちゃんとした手順ですすめなければならない。

彼は立ちあがって言った。

「どうもお手数をかけました、ヘンリー卿。検死審問の結果はお知らせいたしますよ」

13

夕食は鴨の冷肉だった。鴨のあとはカラメル・カスタードだったが、アンカテル夫人に言わせれば、それはミセス・メドウェイが気をきかせたものだということだった。料理というものは、こまやかな思いやりを示すにはまことに適切なものだ、と彼女は言うのだった。

「わたしたちは、ミセス・メドウェイも知っていることですが、カラメル・カスタードは、それほど好きというわけじゃないんですよ。ただ、友だちが死んだすぐあとだというのに、その人の好物のプディングをいただくというのは、あまり心づかいが足りないでしょう。でも、カラメル・カスタードなら気が楽だし──わたしの言いたいのは、なんとなく喉を通ってしまうって意味なのですよ──それに、だれでもお皿にすこしだけ残しておくものですからね」

彼女は溜め息をつき、警察がガーダをロンドンに帰したのは適当な処置だったと言った。

「それに、ヘンリーが一緒に行ったのはいいことでしたわ」というのは、ヘンリー卿がガーダをハーリー街まで車で送ると言ってきかなかったからだった。

「検死審問のときは、もちろん、ガーダはまたこちらに来ますけどね」アンカテル夫人はなにか考えこみながらカラメル・カスタードを食べていた。「でも、ガーダは、当然のことだけど、子供たちにこんどのことを打ち明けようと思っていますよ——子供たちだって、新聞で見ないともかぎらないしね。ただ、あの家にいるフランス人の女が——フランス女って興奮しやすいものですからね——ヒステリー《クリーズ・ド・ナール》の発作でも起こすかもしれませんけど。でも、ヘンリーがなんとかしますよ。それにガーダだってちゃんとやっていくと思いますし。親戚の人でも呼ぶんじゃないかしら——お姉さまかだれか。ガーダのような人にはきっと姉妹《きょうだい》がいるものですよ——三人か四人はね。たぶん、タンブリッジ・ウェルズあたりに住んでいますよ」

「突拍子もないことをおっしゃるのね、ルーシー」とミッジが言った。

「そうかしら、じゃトーキーでもいいわ。あなたがそう言うなら——いいえ、トーキーじゃだめよ。その方たちがトーキーに住んでいるとしたら、もう六十五にはなってますもの。イーストボーンか、セント・レナーズですよ」

アンカテル夫人はカラメル・カスタードの最後の一匙《さじ》を、まるでお悔みでも述べているようにじっと見ていたが、口にいれないままそっと置いた。

辛味のきいたものだけが好きなデイヴィッドは、空になった皿を憂鬱そうに見おろしていた。

アンカテル夫人が立ちあがった。

「今夜は、みなさん早くやすみたいとお思いでしょう。ずいぶんいろんなことがあったじゃありませんか？　こういうことがどんなに疲れるものか、新聞で読んでもわかりゃしませんわね。わたし、十五マイルも歩いたような気がしますよ。ところが、ほんとはただじっとしていただけで、なんにもしていませんのに——でも、じっとしているのも疲れるものですわ、だって、本や新聞を読む気にはなれませんし、あまり無神経に見えますもの。もっとも《オブザーヴァ》の社説なら読んでもかまわないと思いますけど——でも《ニューズ・オヴ・ザ・ワールド》はいけませんわ。そうは思わない、デイヴィッド？　わたし、若い人の考えが知りたいんですよ、時勢におくれないようにね」

デイヴィッドは《ニューズ・オヴ・ザ・ワールド》なんて読んだことがない、とぶっきらぼうな声で言った。

「わたしはいつも読んでいますよ。召使たちのためにとっているようなふりをしていますけどね、ガジョンはよくわかっていて、お茶がすむまで持っていかないんですよ。あんなおもしろい新聞ってありませんわ、ガス・オーヴンに頭をつっこんだ女っていうような記事ばかりで——そんなのがいっぱいなんですよ！」

「将来なにもかも電化されたら、そんな女たちは、いったいどうするでしょうね？」とエドワード・アンカテルが薄笑いを浮かべながら言った。

「いろんなものを利用するより仕方がないでしょうね——それに応じて知恵は出てくるものですよ」

「将来の家屋がすべて電化されるという、あなたの意見には賛成できませんね」とデイヴィッドが言った。「供給センターから各戸に熱を配給することができますからね。あらゆる勤労者階級は完全に家庭労働から解放されるべきですよ」

エドワード・アンカテルは、そういう問題にはあまり詳しくないのだ、と急いで言った。デイヴィッドはさも軽蔑したように口をゆがめた。

ガジョンがトレイにコーヒーをのせて持ってきた。哀悼の意を伝えるためか、ふだんよりすこし動作がにぶかった。

「ああ、ガジョン」とアンカテル夫人が言った。「あの卵のことだけど、いつものように鉛筆で日付けをつけておくつもりだったのよ。ミセス・メドウェイにちゃんとつけておくように頼んでおくれ」

「なにもかもご満足のいくように取り計らっております」彼は咳払いをした。「わたくしが自分でやっておきましたから」

「まあ、ありがとう、ガジョン」

ガジョンが出ていくと、アンカテル夫人は低い声で言った。「ほんとに、ガジョンはすばらしいわ。召使たちもみんないい人たちばっかりでね。同情しますよ、お巡りさんが家のなかにいるなんて——きっといやな気持にちがいありませんもの。ところで、まだだれか残っている？」

「警官のこと？」とミッジがきいた。

「ええ。たいてい玄関のホールに一人立たせておくものでしょう？　それとも、外の藪の陰から玄関を見張っているのかしら」

「なぜ玄関を見張らなければいけませんの？」

「そんなことは知らないけど、きっと見張っていますよ。小説ではそうするんですよ。そして、その晩、またほかの人が殺されるのよ」

「まあ、ルーシー、そんなこと」とミッジが言った。

アンカテル夫人は不思議なものでも見るような眼で彼女を見た。

「まあ、ごめんなさい。気のつかないことを言って。それに、もちろん、もうだれも殺されるはずはないんですもの。ガーダは家に帰ったんだから——つまり、まあ、ヘンリエッタ、ごめんなさい。わたし、こんなことを言うつもりはなかったのよ」

だが、ヘンリエッタは答えなかった。丸いテーブルのそばに立って、昨夜つけたブリッジの点数表を見ていた。

彼女ははっとして言った。「ごめんなさい。ルーシー、いまなんておっしゃったの？」

「まだ警察の人が残っているかしらって言ったのよ」

「大売り出しの残り物みたいに？　そんなことはないでしょう。みんな警察署に帰って、あたしたちの言ったことを、ちゃんとした警察用語で書いてるわ」

「なにを見てるの、ヘンリエッタ？」

「べつになんにも」

ヘンリエッタはマントルピースのほうへ行った。

「ヴェロニカ・クレイは、今夜はどうしてると思う？」と彼女はきいた。

狼狽の色がアンカテル夫人の顔をかすめた。

「まあ！　まさかまたここへ来るかもしれないなんて考えてるんじゃないでしょうね！　もうきっとあの人の耳にも入っているにちがいありませんもの」

「そうね」とヘンリエッタは考えながら言った。「もう耳に入ってるだろうと思いますわ」

「それで思い出したけど、ケアリーさんに電話しておかなくちゃ。まさかなんにもなかったみたいに、明日、昼食にお呼びするわけにはいきませんものね」

アンカテル夫人は部屋を出ていった。

身内のものが嫌いなデイヴィッドは、ブリタニカ百科事典で調べたいことがあると言った。図書室なら人に邪魔されないだろうと思ったのだ。

ヘンリエッタはフランス窓のほうへ行って、開けて外に出ていった。エドワードはちょっとためらっていたが、そのあとを追った。

彼女は空を見あげていた。

「昨日の晩ほど暖かくないわね」と彼女は言った。

いつもの快活な声でエドワードは言った。「そう、たしかに寒いくらいだよ」

彼女はこんどは屋敷を見あげていた。その視線は窓から窓へ移っていった。それから、振り返って森のほうを見た。なにを考えているのか、エドワードには見当がつかなかった。

彼は開けはなしたままの窓のほうへ行きかけた。

「家に入ったほうがいいよ。寒いじゃないか」

彼女は首を振った。

「すこし歩きたいの。プールまで」

「なんだって」彼は一歩彼女のほうへ近寄った。「ぼくも一緒に行くよ」

「いえ、結構よ、エドワード」彼女の声は冷気をつんざいて鋭くひびいた。「あたし、死んだ人と二人っきりになりたいんだから」

「ヘンリエッタ！　きみには――なんにも言やしなかったけどね。でも、わかっていてくれるはずだ――ぼくがどんなに気の毒に思っているか」

「気の毒に？　ジョン・クリストウが死んだことを？」

彼女の口調には、相変らず、いまにも崩れそうな鋭さが残っていた。

「ぼくが言ってるのは――きみが気の毒だということだよ、ヘンリエッタ。ぼくにはわかってるんだ――あれがどんなに――強いショックだったか」

「ショックですって？　まあ、でも、あたし、これで芯《しん》は強いのよ、エドワード。ショックにぐらい耐えられるわ。あなたにはショックだった？　あの人が倒れているのを見たとき、どんな気持だった？　たぶん、ほっとしたでしょうね。あなたはジョン・クリストウが好きじゃなかったんだから」

エドワードが呟くように言った。「あの男とぼくは——あまり共通したところがなかったんだよ」

「うまいこと言うわね！　そういうふうに控えめに。でも、じつのところ、あなたたちには共通したところが一つだけはあったのよ！　あたし！　あなたがたは二人とも、あたしが好きだったんじゃなくて？　ただそれだけで、あなたがたは結びつかなかっただけ——まるであべこべになったのよ」

気まぐれにも月が雲間から顔をのぞかせた。思いがけなく自分を見ている彼女の顔が眼に入って、彼ははっとした。意識はしていなかったが、彼はつねにヘンリエッタを、エインズウィックでつきあっていたヘンリエッタの投影として見ていた。彼にとって、つねに彼女はなにか強い期待をこめた躍るような眼をして、笑ってばかりいる少女だった。いま眼の前にいる女は、まるで見知らぬ人のように思われ、その眼は才気にあふれてはいるが冷たく、敵意さえこめて自分を見ているような気がした。

彼は真剣な口調で言った。

「ヘンリエッタ、これだけは信じてくれ——ぼくはほんとうにきみに同情してるんだよかって問いかけているように思われた。

「これは悲しみかしら？」

この問いかけに彼は驚いた。彼女はそれを彼に訊いているのではなく、自分自身に向

彼女は低い声で言った。

「こんなに急に——こんなに急にこんなことが起こるなんて。たったいままで生きてい

て、呼吸をしていたのに——あっという間もなく——死んで——いなくなって——あと

には空虚だけ。ああ、空虚！　それなのに、あたしたちはみんな、カラメル・カスター

ドを食べて、自分たちは生きていると、なんの憚《はばか》りもなく思っている——そして、だれ

よりも生き生きしていたジョンは死んでいる。あたし、なんどもなんどもこの言葉を自

分に向かって言ったのよ。死ぬ——死ぬ——死ぬ——死ぬ——死ぬって。ところが、す

ぐその言葉にはなんの意味もなくなるの——まるでなんの意味も。腐った木の枝が折れ

ただけというような、なんでもない言葉になってしまうのよ。死ぬ——死ぬ——死ぬ——

——死ぬ。ジャングルのなかで打っている太鼓《トムトム》の音みたいじゃない？　死ぬ——死ぬ——

死ぬ——死ぬ——死ぬ——」

「やめてくれ、ヘンリエッタ！　お願いだから、やめてくれ！」

——きみの——きみの悲しみに、きみの絶望に」

彼女はしげしげと彼を見た。

「知らなかったの、あたしがこんな気持でいることを？　どう思っていたの？　あなたに手をとられて、小さなハンカチに顔をうずめ、しとやかに泣いているとでも？　こんどのことは大きなショックだったろうけど、いまに立ちなおるだろうとでも？　そして、あなたがとても優しく慰めるというわけね。あなたは優しい方よ、エドワード。ほんとに優しいわ、でも、あなたではもともと——もともとだめなのよ」

彼は一歩さがった。顔がこわばった。それから抑揚のない声で言った。

「うん、前からそのことは気づいていたよ」

彼女はなおも激しい口調でつづけた。

「ジョンが死んだというのに、あたしとガーダ以外にはだれも気にするものもなく、一晩じゅう、じっとしているのはどんな気持のものか、あなた、どう思う？　あなたはほっとしているし、デイヴィッドはどうしていいか当惑しているし、ミッジはふさぎこんでいるし、ルーシーは《ニューズ・オヴ・ザ・ワールド》が活字の世界から現実の生活になったのを、それとなく楽しんでいるのよ！　なにもかもがこの世のものではない悪夢みたいだってことが、あなたにはわからないの？」

エドワードはなにも言わなかった。そして、一歩さがり暗がりのなかに入った。

彼を見ながら、ヘンリエッタは言った。

「今夜は——なにもかも、あたしには現実のものとは思えないの、だれも現実の人間とは思えないの——ジョン以外は！」

エドワードは静かに言った。「わかってるよ……ぼくだって、あまり現実の人間じゃないんだということは」

「あたし、ずいぶんひどい女ね、エドワード。でも、どうしようもないのよ。あんなに生き生きしていたジョンが死ぬなんて、あたし、口惜《くや》しくってしようがないのよ」

「しかも、半分死んだようなこのぼくが生きてるんだからね」

「あたし、そんなつもりで言ったんじゃないのよ、エドワード」

「そういう意味で言ったんだと、ぼくは思っているよ、ヘンリエッタ。たぶん、きみの言うとおりだろうな」

しかし、彼女はもとの考えに戻り、しみじみとした口調で言った。

「でも、この気持は悲しみではないわ。たぶん、あたしは悲しむことのできない女ね。そして、たぶん、これからだって、そんな女にはならないでしょう。でも——あたしだってジョンのために泣きたいのよ」

彼には彼女の言葉が奇妙に聞こえた。それでも、彼女が、だしぬけに、ほとんど事務的とも言える声でつづけた言葉に、さらにいっそう驚いたものだった。

「あたし、プールに行ってこなくちゃ」

彼女は木々のあいだをすべるように行ってしまった。

エドワードはからだを硬ばらせて歩き、開けたままになっているフランス窓から家に入った。


エドワードが空《うつ》ろな眼をして窓から入ってきたので、ミッジは顔をあげた。彼の顔は蒼白でげっそりしていた。まるで血の気がなかった。

ミッジが彼の顔を見るなり、はっと息をのんだのも、彼の耳には聞こえなかった。

自動人形のように彼は椅子のほうへ行って腰をおろした。そして、なにか言うかとみんなが期待しているのに気づいて言った。

「外は寒いよ」

「とても寒い、エドワード？　暖炉に火をたきましょうか？」

「なんだって？」

ミッジはマントルピースのマッチの箱をとりあげた。そして、しゃがんで、マッチで火をつけた。彼女は横目でそっとエドワードを見た。まるでうわの空だ、と彼女は思った。

「暖炉っていいものね。暖まるんですもの」と彼女は言った。

「ずいぶん寒そうにしているわ」と彼女は思った。「でも、いくら外だって、あんなに冷えるはずはないわ。ヘンリエッタよ！　この人になにを言ったのかしら？」

「椅子をもっと近くへ寄せたら、エドワード。火のそばにいらっしゃいよ」

「なに？」

「椅子のことよ。火のそばへいらっしゃい」

彼女はまるで耳の遠い人に話すように、大きな声でゆっくり言った。

すると、突然、それもあまり突然だったので、彼女は安堵のため心臓がひっくりかえるような気がした。エドワードが、ほんとうのエドワードに、またもとの彼にもどったのだ。彼はやさしく彼女にほほえみかけた。

「ぼくに話しかけていたのかい、ミッジ？　すまなかったね。どうやら——なにか考えごとをしていたようだ」

「いえ、なんでもないわ。ただ、暖炉のことを言っただけ」

薪が音をたててはじけ、松かさが明るく透きとおるような炎をあげて燃えていた。エドワードはそれに眼をやって言った。

「よく燃えてるね」

彼はながい華奢な手を炎のほうにのばしたが、緊張がほぐれていくのを覚えた。

「エインズウィックでは、よく松かさを拾ったものだったわ」とミッジが言った。

「いまでも拾っているよ。毎日、籠いっぱい持ってきて、火床のそばに置いておくんだ」

エインズウィックのエドワード。ミッジはその姿を心に描こうと、軽く眼をとじた。家の西側の書斎にいるだろう、と彼女は思った。一方の窓をほとんど覆うように木蓮の木があって、午後になると、部屋が黄緑色の光でいっぱいになる。一方の窓からは、芝生と歩哨のように立っている、高いウェリントニアが見える。右手には銅色の橅《ぶな》の巨木がある。

ああ、エインズウィック——エインズウィック。

彼女は木蓮から漂ってくるやわらかい空気を、いまでも嗅げるような気がした。木蓮は九月になってもまだ、甘い香りの白い蠟のような、大きな白い花をつけていることだろう。それに、暖炉には松かさ。エドワードはきっと古い本を読んでいることだろうが、その本はかすかに黴《かび》くさい匂いがするだろう。エドワードは鞍形の椅子に腰をかけ、たぶん、ときおり本から暖炉へ眼をうつし、ほんのちょっとだが、ヘンリエッタのことを考えることだろう。

ミッジはわれにかえって言った。

「ヘンリエッタは?」

「プールへ行ったよ」

ミッジは眼を見はった。「なんのため?」

低い、せきこんだ声に、エドワードははっとした。

「ねえ、ミッジ、きみにだってわかってるだろう——いや——きっと見当ぐらいついてるだろう。ヘンリエッタはクリストウとかなり親しくしていたようだね」

「ええ、そのことなら、もちろん、だれでも知っているわ。でも、ジョンが射たれた場所へなんで行くのかわからないわ。まるでヘンリエッタらしくないんですもの。メロドラマティックなところなんかない人なのに」

「他人のことが、わかるものだろうか? たとえばヘンリエッタだが」

ミッジは眉を寄せた。

「それにしても、エドワード、あなたとあたしはずっとヘンリエッタとつきあってきたのよ」

「彼女は変ったよ」

「ほんとは変ってないのよ。人間ってそんなに変るものじゃないと思うんだけど」

「ヘンリエッタは変ったよ」

ミッジは怪訝そうに彼を見た。

「あたしたち、あなたやあたしよりも？」

「いや、ぼくは変っちゃいないよ。そのことは自分でもよくわかっている。そして、きみは――」

彼の眼は、炉格子の前にしゃがんでいる彼女のほうへ、突然、はっきりと向けられた。彼女の角ばった顎や黒い眼や意志の強そうな口もとなどをひっくるめて、はるか遠くからでも見るように彼女を見ているのだった。

「もっともっときみに会えるといいんだがね、ミッジ」

彼女は彼にほほえみかけた。

「あたしもそう思うわ。このごろは連絡をとることもなかなかできないんですものね」

そのとき外で物音がした。エドワードは立ちあがった。

「ルーシーの言ったとおりだ。今日はたいへんな日だったよ――みんなはじめて殺人事件に出あったんだからね。もう寝ることにしよう。おやすみ」

彼が部屋を出ていくと、ヘンリエッタがフランス窓から入ってきた。

ミッジは振りかえった。

「あなた、エドワードになにをしたの？」

「エドワード？」ヘンリエッタはぼんやりしていた。額には皺がよっている。なにかまるで別のことを考えている様子だった。

「ええ、エドワードよ。とてもひどい顔をして入ってきたわ──冷えきって、蒼ざめて」

「そんなにエドワードのことが心配なら、ミッジ、あなた、なにかしてあげたら？」

「なにかしてあげるって？　それ、どういう意味？」

「さあね。椅子の上に立って、どなるのね！　あなたに注意を向けさせるのよ。わからないかしら、エドワードのような人には、それがいちばんいい方法よ」

「エドワードはあなた以外の女には目もくれないわよ、ヘンリエッタ。いままでだってそうだったのよ」

「とすると、あの人もあまり利口とは言えないわね」彼女はミッジの蒼い顔に、ちらと視線を投げた。「ひどいことを言って、ごめんなさい。でも、あたし、今夜のエドワードは嫌いなのよ」

「エドワードが嫌い？　あなたが、まさか？」

「いいえ、そうなのよ！　あなたにはわからないでしょうけど——」

「なにが？」

ヘンリエッタはゆっくりした口調で言った。

「あの人はあたしが忘れたいと思ってるいろんなことを思い出させるのよ」

「どんなこと？」

「そうね、エインズウィックのことよ、たとえば」

「エインズウィック？　あなたはエインズウィックのことを忘れたいの？」

ミッジの声には、とても信じられないといった調子がこもっていた。

「そうよ、そうよ、そうなのよ！　あたし、あの頃は幸せだったわ。いまは、幸せなんて思い出させられるだけでも耐えられないの。わからないかしら？　未来がどうなるものかわからない時代。なにもかもがすばらしい未来に輝いていると信じて疑わなかった時代！　なかには賢い人もいるわ——幸せになるなんて、けっして期待しない人たち。でも、あたしは期待してたのよ」

それから彼女はだしぬけに言った。

「あたし、二度とエインズウィックに行くことはないでしょうね」

ミッジはゆっくりした口調で言った。

「そうかしら」

14

月曜日の朝、ミッジはふと眼をさました。

しばらくのあいだ、横になったままぼんやりしていたが、眼はどっちともつかぬ気持でドアのほうを見ていた。アンカテル夫人が入ってきそうな気がしたからだった。ここへ来た最初の日の朝、ルーシーはぶらりと入ってきて、なんと言ったかしら？

面倒な週末、だったかしら？　ルーシーは心配していた――なにかいやなことが起こりそうな気がするって。

ルーシーの言葉どおり、たしかにいやなことが起こった――いま、ミッジの心に厚い黒雲のようにのしかかっていることが。考えたくもないことが――思い出したくないことが。なにか心を怯えさせることが。エドワードと関係のあることが。

記憶がどっと一度に押しよせてきた。醜悪で厳然たる一つの言葉――殺人！

ああ、あんなことが事実起こったなんてとても思えない。夢を見ていたのだ。ジョン

・クリストゥが射たれて殺されて——プールのそばに倒れているなんて。血と青い水——推理小説の表紙のように。考えられもしないし、非現実的だ。だれにでも起こるようなことじゃない。これがエインズウィックだったら。エインズウィックではこんなことが起こるはずはない。

黒い鉛のようなものが額から離れていった。そして、それは鳩尾《みぞおち》にいすわって、そのため彼女は軽い吐き気を催した。

あれは夢ではない。ほんとに起こったことなのだ——《ニューズ・オヴ・ザ・ワールド》的な事件——そして、彼女もエドワードもルーシーもヘンリーもヘンリエッタも、みんな巻きこまれているのだ。

筋がちがっている——たしかに筋がちがっている——というのは、ガーダが夫を射ったのだとしても、みんなには関係のないことだからだ。

ミッジは落ちつかない気持でからだを動かした。

おとなしくて、気がきかなくて、どこか哀れなガーダ——ガーダとメロドラマとはどうしても結びつかない——暴力とは。

相手がだれであろうと、ガーダは人を殺すなんてできる女ではない。

またしても、心にあの不安が湧いてきた。だめ、だめ、そんなふうに考えてはいけない。それでは、いったいだれがジョンを射ったというのか？　ガーダはリヴォルヴァを手にして、ジョンの死体のそばに立っていたではないか。ヘンリーの書斎から持ち出したリヴォルヴァを。

ガーダは、ジョンが死んでいるのを見つけ、リヴォルヴァを拾いあげたと言っている。でも、ほかになんて言いようがあるだろうか？　なにか言わなくてはならない立場だったではないか。

ヘンリエッタがガーダを弁護するのは一向にかまわない――ガーダの話は、まるで嘘とは思えないと言う。だとしても、ほかに犯人として考えられる人物はいないということを、ヘンリエッタは頭に置いていないのだ。

昨夜のヘンリエッタはとても変だった。

だが、それは、もちろん、ジョン・クリストウが死んだショックのせいだったのだろう。

ヘンリエッタも気の毒に――あれほどジョンが好きだったのだから。

でも、そのうちにそのショックからも立ちなおるだろう――人間、だれでも立ちなおるものなのだ。そして、やがてエドワードと結婚してエインズウィックに住むことになるだろう――これでエドワードはやっと幸せになるのだ。

ヘンリエッタは昔からエドワードをほんとうに愛していた。その愛をはばんでいたのは、ただジョン・クリストウの攻撃的で強い性格のせいだったのだ。ジョンとならべると、エドワードは——ひどく影が薄くみえるのだ。

その朝、ミッジが朝食におりていくと、すでにエドワードがジョン・クリストウの強い力から解放されて、その人なりの性格をあらわしはじめているのを見て、彼女は驚いたものだった。前よりも自信にあふれ、煮えきらないところや、引っこみ思案なところがなくなっていた。

彼は、苦虫を嚙みつぶしたような顔で、ろくに返事もしないデイヴィッドを相手に話をしていた。

「もっとちょいちょいエインズウィックに来てくれよ、デイヴィッド。気楽にして、あそこのことをよく知ってもらいたいんだよ」

マーマレイドに手をのばしながら、デイヴィッドは冷やかに言った。

「あんなだだっぴろい屋敷に住んでいるなんて、まったくナンセンスですよ。あれはいくつかに分割すべきですね」

「ぼくが生きてるあいだは、そんなことにはならないだろうな」とエドワードはほほえみながら言った。「小作人はみんな満足しているんだから」

「それがいけないんですよ、人間は満足なんかすべきじゃないんですよ」

「もし猿が尻尾に満足しているのなら――」とアンカテル夫人が、食器棚のそばに立って、腎臓《キドニー》料理の皿をぼんやり見ながら、低い声で言った。「これは子供のときに教わった詩なんだけど、その先がどうしても思い出せないのよ。あなたとよく話しあわなくちゃね、デイヴィッド、そして、新しい考え方をすっかり身につけなくちゃ。わたしの考えでは、人が他人を憎むのはやむをえないけど、社会は無料の医療と、もっと特別教育をほどこさねばいけませんね（まだ西も東もわからない子供たちが、毎日学校に追いやられるなんて、ひどい話じゃないの）――それに、いやがろうとなんだろうと、赤ちゃんの喉にむりやり肝油を流しこむなんて――あんないやな匂いのものを」

ルーシーったら相変らずだ、とミッジは思った。

それに、ホールですれちがったときのガジョンも、ふだんと変っていないように思えた。ホロー荘の生活はまた正常な姿にもどったらしい。ガーダが帰ったので、すべては夢のような気がした。

外で車が砂利できしむ音がして、ヘンリー卿が車をとめた。一晩クラブで過ごし、朝早く帰ってきたのだった。

「あら、あなた、万事うまくいきまして？」とルーシーが言った。

「うん。ジョンの秘書がいたよ――しっかりした女だ。なにもかも世話をしてくれることになったよ。姉さんというのがいるらしい。秘書が電報をうっていたよ」

「そうだろうと思っていましたわ。タンブリッジ・ウェルズにね」

「ベクスヒルじゃないかな」とヘンリー卿はとまどった様子で言った。

「たぶん」――ルーシーはベクスヒルのことを考えた――「そうね――そうだったかもしれませんわ」

ガジョンが近寄ってきた。

「グレンジ警部からお電話がございました、ヘンリー卿。検死審問は水曜日の十一時だそうでございます」

ヘンリー卿はうなずいた。アンカテル夫人が言った。

「ミッジ、お店に電話しておいたほうがいいわ」

ミッジはゆっくりした足どりで電話のほうへ行った。

彼女のこれまでの生活はじつに平々凡々たるものだったので、殺人事件に巻きこまれたため、四日間の休暇が終っても仕事に戻れないということを店主に説明するには、どんな言いまわしを使ったらいいものか、彼女には見当がつかなかった。

とても事実だと信じてもらえそうになかった。事実だと信じられもしないことなのだ。

それに、マダム・アルフリージは、どんなときでも説明してわかるような人ではない。

ミッジはあごを引きしめ、受話器を取りあげた。

やはり彼女が想像していたとおり返事は不愉快なものだった。毒をふくんだユダヤ女のしゃがれ声が電線を伝ってどなってきた。

「なんですって、ミス・ハードカースル！　死んだ？　お葬式？　こちらは手が足りないで困っているのはよく知ってるでしょ。そんな口実を、はいそうですかって、わたしが承知すると思ってるんですか？　ええ、どうせ楽しく遊んでいることでしょうよ！」

ミッジはそれを遮って、はっきりとわかりやすく説明した。

「けいさつ？　けいさつって言ったわね？」それはほとんど絶叫に近かった。「けいさつ沙汰に巻きこまれたって？」

歯をくいしばりながら、ミッジはなおも説明しつづけた。あの女はどうしてこんどの事件を下劣な意味にばかりとるのだろう、不思議なくらいだ。人聞きのわるい警察沙汰。人間のなかにはなんという錬金術師が巣くっているのだろう！

エドワードがドアを開けて入ってきたが、ミッジが電話をかけているのを見て、出ていこうとした。彼女は引きとめた。

「ここにいてよ、エドワード。お願い。ぜひいてほしいの」

エドワードが部屋にいてくれるだけで心強かった——毒を中和してくれるのだ。

彼女は送話口に当てていた手をはなした。

「なんですって？　ええ、申しわけございません、マダム。でも、ともかく、わたくしのせいじゃありませんし——」

耳ざわりなしゃがれ声が怒りにまかせて絶叫した。

「あなたの友だちというのは、いったいどんな人なんですか？　警察が来たり、人が射たれたりするなんて、どういう人たちですか？　もうあなたには帰ってきてもらいたくありませんよ。お店の評判を落したくはありませんからね」

ミッジは二言《こと》三言《こと》、当りさわりのない、すなおな返事をした。そして、安堵の吐息をもらしながら、やっと受話器を置いた。気分がわるく、からだが震えた。

「あたしが働いているお店なのよ」と彼女は説明した。「検死審問や——警察のこともあるので、木曜日でなくては帰れないことを、連絡しておかなくちゃならなかったの」

「事情はよくわかってくれたんだろうね？　きみが働いているブティックというのはどんなところなんだい？　経営者っていうのは、従業員に対して思いやりのある、いい女なのかい？」

「そうとはちょっと言いかねるわ！　髪を染めて、水鶏《くいな》のような声をしたホワイトチャペルのユダヤ女よ」

「だがね、ミッジ――」

エドワードの驚いた顔に、もうすこしでミッジは笑い出すところであった。彼はひどく心配していてくれているのだ。

「だがね、ミッジ――そういうことは我慢すればいいってものじゃないよ。どうしても働かなくちゃならないのなら、環境がよくて、一緒に働く人に好意が持てるような職場を選ばなくちゃいけないよ」

ミッジは何も答えずに、しばらく彼を見つめていた。

エドワードのような人に、どう説明すればいいのだろう？　エドワードは労働市場とか、就職とかいうことを、どの程度知っているのだろう？

突然、苦い切なさが津波のように襲ってきた。ルーシー、ヘンリー、エドワード――いや、ヘンリエッタですら――彼らと自分とは越えることのできない深淵――遊んで暮らせる人と働かなくてはならない人とを分ける深淵――で隔てられているのだ。

この人たちには、仕事を見つけることが、そして、いったん職にありついたら、その職場をまもりとおすことが、どれほどむずかしいか、まるでわかっていないのだ！　実際にはあたしが自活する必要はないのだ、と人は言うかもしれない。ルーシーもヘンリーも喜んで迎えてくれるだろうし——同じように喜んで資金援助もしてくれるだろう。もちろんエドワードだって、すすんで出してくれるだろう。

しかし、裕福な親戚から提供される安易な生活を受けとることに対して、ミッジの気持にはなにか抵抗感があった。ときたま来て、ルーシーの平穏無事な豪奢な生活のなかにひたるのは、とても楽しいことだった。それを楽しむことぐらいは彼女にしてもなんとも思わなかった。だが、そういった生活を恩恵として受けいれることは、彼女の強い独立心が許さなかった。同じ気持から、親戚や友人からお金を借りて、自分で商売をはじめる気にもならなかった。そういう例を彼女はいやになるほど見てきたからだった。

彼女はお金を借りようとはしなかった——周囲の勢力を利用しようともしなかった。自分で週四ポンドの仕事を見つけたのだが、もしアルフリージ夫人が、ほんとは買い物をしてくれる〝金ばなれのいい〟友人を、ミッジが連れてくることを期待して職を与えたのだとしたら、アルフリージ夫人は期待を裏切られたことになる。ミッジは友人に関するそういう考えには真っ向から反対の態度をとったのだった。

彼女は働くことにはなんら特別の幻想を抱いていなかった。いまの店も嫌いだった。アルフリージ夫人も嫌いだった。気むずかしくて横柄な客に、いつ果てることもなくぺこぺこしているのも嫌いだったが、さりとて、役にたつだけの特殊技術を持っていないのだから、もっと気に入るような仕事にありつけるかどうか、はなはだ心許なかった。

今朝、エドワードは働き口ぐらいいくらでも選べるようなことを言っていたが、それを考えると彼女はまったく我慢がならないほど腹がたってきた。エドワードはどんな権利があって、こんなにも現実とかけはなれた世界に生きていけるというの？

彼らはアンカテル一族なのだ、一人残らず。ところが、自分は——アンカテル家の血は半分しか混じっていない！ そして、今朝のように、ときどき、自分がまるでアンカテル家の一員ではないような気がすることがある！ 自分はあくまでも父の娘なのだ。

彼女はいつも愛情と悔恨のまじった胸の痛むような思いで、疲れた顔をした、白髪で中年の父のことを思い出した。ながいあいだ、あらゆる苦労と努力にもかかわらず、次第に没落の道をたどらざるを得ない、ささやかな家業の経営に苦闘してきた男。それも彼の無能のせいではなく——世の中の進歩についていけなかったからなのだ。

不思議なことに、ミッジがいつも献身的な愛を感じていたのは、才器あふれる、アンカテルの血をひいた母にではなく、おとなしくて、疲れた父のほうだった。エインズウィックに行くことは彼女の生活のうちでも大きな喜びだったが、帰ってきたときはいつも、父の疲れはてた顔に浮かぶ、なんとなく快く思っていないような疑問の表情に応えるため、父の首にすがりついて言ったものだった。「家に帰ってきてほんとにうれしいわ——家がいちばんいいわ」

母はミッジが十三のときに死んだ。ときどき、ミッジは自分が母のことをほとんど覚えていないのに気づくことがあった。とらえどころのない、きれいで陽気な人であった。母は自分の結婚を後悔していただろうか？　アンカテル一族の仲間からはずれる結果になった結婚を？　ミッジにはわからなかった。父は妻に先だたれてから、ますます頭が白くなり、口数がすくなくなった。事業をつづけようとあがいても、結果はますます悪くなるばかりであった。ミッジが十八のとき、父はひっそりと死んだ。

ミッジはあちらこちらとアンカテル家の親戚の家で暮らし、アンカテル一家から品物をもらい、アンカテル家の人々のもとで楽しく生活はしてきたが、彼らの好意による経済的な援助に頼ることは拒んだ。そして、ふいに、はげしく彼らとの異和感を感じるときなど、彼らを愛しているだけに、そうした好意に反発することがあった。

彼女は恨めしい気持で思った。「あの人たちにはなんにもわかっていないのだわ！」いつものように敏感なエドワードが、とまどった顔で彼女を見ていた。彼はやさしくきいた。

「ぼくがなにか気に障ることでも言ったのかい？　どんなこと？」

ルーシーがぶらりと部屋に入ってきた。例によって話の途中からだった。

「──ねえ、あの人がここよりもホワイト・ハートのほうを選ぶかどうかなんて、わかるはずはないじゃないの？」

ミッジは呆気にとられて彼女を──それからエドワードを見た。

「エドワードを見たってなんにもなりゃしませんよ」とアンカテル夫人は言った。「エドワードにはどうせわかりっこないんだから。ミッジ、あなたならどんなときでも実際的な判断ができるんですものね」

「なんのことを言っていらっしゃるのか、まるでわかりませんわ、ルーシー」

ルーシーは意外そうな顔をした。

「検死審問のことですよ。ガーダはそのために来なくちゃなりませんからね。ここに泊ったほうがいいかしら？　それともホワイト・ハートにしたほうがいいかしら？　ここではあのことを思い出して、そりゃ辛いに決まってますけどね──それかといって、ホワイト・ハートでは人にじろじろ見られたり、新聞記者もたくさん来てることでしょうしね。水曜日ですよ、十一時、それとも十一時半でしたっけ？」アンカテル夫人の顔が微笑で明るくなった。「わたし、検死審問って行ったことがないんですよ！　グレイの服にしようと思ってるの──それに、もちろん帽子もね、教会に行くときのように──でも、手袋はいらないわね。それに」とアンカテル夫人は部屋を横ぎって電話の受話器を取りあげ、それを真剣な顔で見つめながら言葉をつづけた。「庭仕事の手袋のほか、いまは手袋なんか持ってないのよ！　もちろん、総督官邸にいた頃に使っていた長いイヴニング・ドレス用のは、みんなどこかにやってしまったしね。手袋ってくだらないものだと思わない？」

「ただ一つの使いみちは、悪いことをするとき、指紋を残さないようにするためだけですね」とエドワードがほほえみながら言った。

「おや、あなたがそんなことを言うなんて、なかなかおもしろいわね、エドワード――とっても興味があるわ。わたし、こんなもので何をするつもりだったのかしら？」アンカテル夫人は汚らわしいものでも見るように受話器を見た。

「だれかに電話しようとしていたんですか？」

「そうじゃないと思うわ」アンカテル夫人はなんとなく首を振り、ゆっくりと受話器を置いた。

彼女はエドワードからミッジへ視線をうつした。

「ミッジが気にするようなことを言っちゃいけないわ、エドワード。ミッジは突然人が死んだりすると、わたしたちより心にこたえるんですからね」

「ねえ、ルーシー」とエドワードが言った。「ぼくはただミッジが働いている店のことを心配していただけなんですよ。まったくひどいところらしいんでね」

「エドワードはあたしのほんとの力を認めてくれる、思いやりのある、楽しい人のところで働くべきだと言うんですよ」とミッジはあまり感情もこめずに言った。

「まあ、エドワード」とルーシーはほんとに感心したように言った。

そして、彼女はミッジにほほえみかけると、また部屋を出ていった。

「ミッジ、ぼくは本気で心配してるんだよ」とエドワードは言った。

彼女はそれを遮った。

「あの女はあたしに週四ポンド払っているの。大切なのはそのことだけなのよ」

彼女は彼の横をすりぬけて庭へ出ていった。

ヘンリー卿が低い塀のいつものところに腰をかけていたが、ミッジはそっちには行かず、花壇のほうへ歩いて行った。

身内の人はそれぞれいい人ばかりだったが、今朝はそれも彼女にはうとましかった。

デイヴィッドが小道を登りつめたところのベンチに腰をおろしていた。

デイヴィッドは度を越した人の好さがなかったので、ミッジはためらわずに彼のほうへ行き、そばに腰をおろしたが、彼の顔に狼狽の色が浮かんだのを見て、意地のわるい喜びをおぼえた。

みんなから逃げ出すというのは、なんとむずかしいことだろう、とデイヴィッドは思った。

彼はモップとはたきを持って、きびきびと入ってきたメイドに、寝室から追い出されたのだった。

図書室も（そして、ブリタニカ百科事典も）彼が楽観的に考えていたほどの聖域ではなかった。アンカテル夫人が二度も入ってきて、知的な返事などとてもできそうにない言葉をかけて、また出ていくという始末だった。

自分の立場をよく考えるために、彼はここへ来たのだった。気は進まないながらも、ただの週末だと思って来たのだが、思いがけない変死という事態に巻きこまれて、滞在がのびることになってしまった。

プラトン学派の過去を考察したり、左翼の将来を真剣に討論することを好むデイヴィッドは、暴力的で現実的な現在を相手にするのは苦手だった。アンカテル夫人にも言ったように、彼は《ニューズ・オヴ・ザ・ワールド》は読まなかった。しかし、いまや《ニューズ・オヴ・ザ・ワールド》がこのホロー荘にも侵入してきたらしかった。

殺人！　デイヴィッドは鳥肌がたつような気持だった。友人たちはなんと思うだろう？　殺人というものを、人はどういうふうに受けとるだろう？　どんな態度をとるだろう？　うんざりするか？　嫌悪の念を抱くか？　気楽におもしろがるか？　心のなかのこうした問題を解決しようとしていたので、ミッジに邪魔されるのはけっして彼の意にそうところではなかった。彼女がそばに腰をおろすのを、彼はおもしろくなさそうに見ていた。

彼の視線を見返した彼女の挑戦的な眼に、彼はいささか驚いた。なんら知的な価値のない、不愉快な女だ。

「あなたは親戚の方たちをどうお思いになって？」と彼女が言った。

デイヴィッドは肩をすくめた。

「親戚のことなんか、人は本気で考えるものですかね？」

「どんなことにしろ、人は本気で考えるものかしら？」

この人が考えていないことは確かだ、とデイヴィッドは思った。彼は愛想よくといってもいいほどの口調で言った。

「ぼくは殺人に対する自分の反応を分析していたところなんですよ」

「たしかに妙なものね、自分が巻きこまれるなんて」

「うんざりしますよ」こういう態度をとるのがいちばんだ。「推理小説のなかでしかお目にかかれないと思っていた、陳腐きわまりない文句ばかりだ！」

「ここへ来たことを、きっと後悔してるのね」

デイヴィッドは溜め息をついた。

「ええ、ロンドンの友人のところへ行くつもりだったんです」それから、彼はつけ加えた。「左翼の本屋を経営してるんです」

「ここのほうが気楽だと思うけど」

「気楽でいるなんて、本気で考える人がいるんですかね？」とデイヴィッドは軽蔑するように言った。

「あたしは気楽に暮らすことしか考えないことがよくあるわ」

「人生に対する甘《あま》えた態度ですね。もしあなたが労働者だったら——」

ミッジがそれを遮った。

「あたしは労働者よ。だからこそ、気楽な生活に心をひかれるのよ。天蓋付きのベッド、羽根枕——ベッドのそばにそっと置かれる朝のお茶——たっぷりお湯の出る陶器のお風呂——香りのいい入浴剤。ほんとにからだが埋まりそうな安楽椅子……」

ミッジはそんなものを並べたてながらひと息ついた。

「労働者はそういうものをすべて持つべきなんですよ」とデイヴィッドは言った。だが、朝になるとそっと置かれるお茶については、少々疑問に思った。真面目に組織された世界では、いかにもあり得べからざる贅沢三昧だという気がしたからだった。
「あなたの意見にはほんとに同感よ」とミッジは心から言った。

15

エルキュール・ポアロが十時のチョコレートをのんびり飲んでいると、電話のベルが鳴った。彼は立ちあがって受話器をとった。

「もしもし？」

「ムシュー・ポアロですか？」

「アンカテル夫人ですな？」

「まあ、わたくしの声がわかっていただけたなんて、ほんと嬉しゅうございますわ。お邪魔じゃございませんかしら？」

「いや、とんでもありません。昨日のような大変な事件のあとでも、おかわりないでしょうね？」

「ええ、元気ですわ。おっしゃるとおり大変な事件なんですけど、なんだか他人事《ひとごと》のような気がするものですわね。お電話いたしましたのは、じつはちょっと来ていただけたないかと存じまして――厚かましいお願いだとはわかっておりますけど、わたくし、ほんとに困っておりますので」

「かまいませんとも、奥さま。それで、いますぐにですか？」

「それが、そうなんですの、いますぐにも。できるだけ早く。ほんとにご無理を申しまして」

「とんでもありません。では、森を抜けて参りましょうかな？」

「ええ、もちろん――いちばんの近道ですもの。お礼の言葉もございませんわ、ムシュー・ポアロ」

上着の襟についた埃をちょっと払い、薄地のオーバーを着るために、ちょっと手間をとっただけで、ポアロは道を横切り、栗の林を抜ける小道を急いだ。プールには人気はなかった――警察官は仕事をすませ、帰ってしまっていた。淡い秋の陽射しのなかで見ると、プールはなにごともなかったように、穏やかなものだった。

ポアロはちらと四阿のなかに眼をやった。銀狐のケープはもう見当らなかった。だが、六個のマッチ箱はまだ長椅子のそばのテーブルの上に置いてあった。彼はこのマッチ箱が以前よりも気になった。

「ここはマッチを置いておくような場所ではない――こんな湿気の多いところは。一箱なら、なにかのときのためということもあろうが——六箱もとは」

彼は眉をよせて、ペンキを塗った鉄製のテーブルを見おろした。グラスをのせたトレイは片づけられている。だれかがテーブルに鉛筆で落書をしていた——なんともしれぬ樹の絵がなぐり書きしてあるのだ。それを見ると、ポアロはいらいらした。几帳面な性分の彼には気にさわったのだ。

彼は舌をならし、首を振ると、これほど急に呼び出されるとは、なんのためだろうと考えながら屋敷へ急いだ。

アンカテル夫人はフランス窓の前で待っていて、だれもいない応接間に彼を通した。

「お越しくださいまして、ほんとにありがとうございます、ムシュー・ポアロ」

彼女は心をこめて彼の手を握った。

「マダム、ご用がございましたら、なんなりと」

アンカテル夫人は表情ゆたかに両手を差し出した。きれいな眼が大きく見ひらかれている。

「なにもかも困ったことばかりでございましてね。警察の方が面接——いいえ、尋問をしていますの、ガジョンを——供述書をとって——なんでも警察ではそんな言葉を使うんでしたわね？　わたくしたちの生活は、ほんとにガジョンがいなくてはどうにもならないんですの。だれでもあの人には同情します。だって、警察の方に尋問されるなんて、あまりいい気持じゃないに決まってますもの——たとえ、相手がグレンジ警部でもですわ。わたくし、あの方のことはいい人だと思いますし、たぶん、家族もおありなんでしょうね——男の子がいて、夜なんかメカノ（鉄製のパーツを組み上げるおもちゃ）を作る手伝いしてやって——それに、奥さまっていうのがきれい好きで、でも、ちょっと子だくさんなものだから……」

エルキュール・ポアロはアンカテル夫人がグレンジ警部の家庭生活の想像を展開してみせるので、眼をぱちくりさせていた。

「それはそうと、警部さんの髭が垂れているのは」とアンカテル夫人はつづけた。「家庭のせいですわ、きっと。あんまり塵ひとつない家庭というものは、かえって気のめいるものですもの——病院の看護婦の顔にシャボンをのせたようなものでね。あんまりぴかぴかで。でも、それは田舎の話で、田舎はなんでもおくれていますから——ロンドンの病院では、看護婦でもやたらお白粉を塗ってるし、派手に口紅もつけていますしね。でも、わたくしが申しあげたかったのは、ムシュー・ポアロ、この変な事件がすっかり片づいたら、ぜひちゃんとしたお昼食《ひる》にいらしていただきたいということなんですの」

「それはどうもありがとうございます」

「わたくし、警察なんて気にしてはおりません。見ていると、とっても興味がありますわ。『お役にたてることがありましたら、なんなりとお申しつけください』って、グレンジ警部さんに言ったくらいですの。あの方、すこしこちらが面食らうようなところがありますけど、ちゃんと系統だててやっていらっしゃるようですわ。

捜査に当る方たちには、動機がとても重要らしいようですわね。いまさっき病院の看護婦のことを話しましたけど、きっとジョン・クリストウは——赤毛で鼻がつんと上を向いた看護婦がいまして——とっても魅力的でした。でも、もちろん、ずっと以前のことで、警察にとっても興味はないとは思いますけど。ガーダがどれだけ我慢してきたか、だれにもわかりませんわ。ガーダは誠実な人ですから、そうはお思いになりません？　言われたことはなんでも信じるんですよ。あまり聡明でない人は、そのほうが賢いやり方ですものね」

だしぬけに、アンカテル夫人は書斎のドアをさっと開き、ほがらかな声で、「ムシュー・ポアロが来ておられますよ」と言って、ポアロを招きいれた。そして、自分は彼のそばを通りぬけて出ていき、ドアを閉めた。グレンジ警部とガジョンが机のそばに腰をおろしていた。一方の隅にノートブックを持った若い男がいた。ガジョンがうやうやしく立ちあがった。

ポアロはあわてて言いわけをした。

「わたしはすぐおいとまします。まったくのところ、まさかアンカテル夫人が——」

「いや、いや、どうぞそのまま」グレンジの髭は、今朝はいつもよりしょんぼりしているように見えた。「たぶん」とポアロは思った。さきほどアンカテル夫人が話したグレンジの描写の魔力にあてられていたのだ。「掃除が行き届きすぎているか、ベナレス製の真鍮のテーブルでも買いこまれたので、この人のいい警部は狭くて動く場所もなくなったのだろう」

腹だたしそうに、彼はこんな考えを追いはらった。グレンジ警部の清潔だがごちゃごちゃした家庭や、細君や、子供たちや、その子供たちが夢中になっているメカノなどは、すべてアンカテル夫人の忙しく回転する頭が産み出した空想の断片にすぎないのだ。

だが、はっきりした現実味をおびているその描写の鮮やかさに、彼は興味をひかれた。これはちょっとした才能だ。

「おかけください、ムシュー・ポアロ」とグレンジが言った。「おききしたいことがありますし、こちらはだいたい済んだところですから」

ふたたび彼はガジョンに注意を向けた。ガジョンはうやうやしく、だが、不承不承もとの席につき、無表情な顔を警部のほうへ向けた。

「それで、きみが覚えているのは、それだけなんだね？」

「はい、さようで。なにもかもふだんとまったくちがいはございませんでした。もめごとなどもございませんでしたし」

「毛皮のケープがあったね――プールのそばの四阿に。あれはどのご婦人のものかね？」

「銀狐のケープのことでございますか？　昨日、四阿にグラスを持ってまいったときに、わたくしも気がつきました。ですが、このお屋敷のどなたのものでもございません」

「では、だれのものだい？」

「たぶん、ミス・クレイのものと思われます。映画女優のミス・ヴェロニカ・クレイでございます。たしかあんなふうのものをお召しになっておられました」

「いつ？」

「一昨日の夜、こちらにお見えになったときでございます」

「その人がお客としてここへ招かれていたことは言わなかったじゃないか？」

「お客さまではございませんでしたので。ミス・クレイはダヴコートにお住まいでございまして、あの――通りをあがった別荘のことでございますが、お夕食のあと、マッチを切らしたとかで、借りにおいでになったのでございます」

「六箱も持っていったのかね？」とポアロがきいた。

ガジョンはポアロのほうを向いた。

「さようで。奥さまが家にたくさんあるかとおききになってから、ぜひとも半ダース持っていくようにおっしゃったのでございます」

「それを四阿に残していったのだな」とポアロが言った。

「さようで。昨日の朝、わたくしもあそこで見かけました」

「あの男が見落すものは、ほとんどありませんな」ガジョンが部屋を出て、静かに、うやうやしくドアを閉めると、ポアロは言った。

グレンジ警部は、召使というのは油断も隙もないものだと言っただけだった。

「しかし」と彼はすこし元気をとりもどして言った。「どんなときでも、台所メイドというやつがいるものでしてね。台所メイドならしゃべりますよ——あんな乙《おつ》に気どった上のほうの召使とちがいまして。

部下を一人、調査のためハーリー街にやりましたよ。わたしもあとから行くことにしていますがね。なにかつかめるはずです。たぶん、あのクリストウの細君は、なにかあって、それを我慢してきたんですよ。ああいう一流の医者と女の患者——いやはや、はたから見るとわからんもんですよ！　それに、アンカテル夫人から聞いたんですが、病院の看護婦のことでなにかいざこざがあったそうです。もちろん、なにもそれとはっきり言ったわけじゃありませんがね」

「さよう、はっきり言うわけはありませんね」とポアロも言った。

巧みに作りあげられた噂話……ジョン・クリストウと病院の看護婦の色恋沙汰……そういう機会の多い医者の生活……つもりつもって、ついに殺人にまで行きつくガーダ・クリストウの嫉妬には、理由にことかかない。

そうだ、巧みに暗示された状況、それはハーリー街の裏面へ注意をひかれざるを得ない——ホロー荘から離れて——ヘンリエッタ・サヴァナクが進み出て、ガーダ・クリストウの無抵抗な手からリヴォルヴァを取りあげた瞬間から……死に瀕したジョン・クリストウが、「ヘンリエッタ」と言った瞬間から、遠く注意をそらすためだ。

それまで半ば閉じていた眼を、突然開いて、エルキュール・ポアロは好奇心をおさえきれない様子でたずねた。

「お宅の坊ちゃんはメカノで遊びますか？」

「え、なんですって？」グレンジ警部は眉を寄せて考えこんでいた瞑想からわれにかえって、ポアロを見つめた。「それはまたいったいなんのことですか？　じつのところ、あの子たちはまだ小さいんですが——クリスマスにはテディにメカノのセットを買ってやろうかと思っているんですよ。なんでまた、そんなことをおききになるんですか？」

ポアロは首を振った。

アンカテル夫人が物騒なのは、彼女のこうした直観的な突拍子もない推測が、しばしば当ることだ。なにげない（一見なにげないと思える？）言葉で、一枚の絵を作りあげる——そして、その絵の一部でも正しかったら、残りの部分も正しいと、だれでも思うのではあるまいか……

グレンジ警部が話しつづけていた。

「あなたに聞いていただきたいことがあるんですよ、ムシュー・ポアロ。あの女優のミス・クレイですがね——ここまで来てマッチを借りています。もしマッチが借りたいのだったら、なぜあなたのところへ行かなかったのでしょう、ほんの目と鼻の先だというのに？なぜ半マイルも離れたところまで行ったのでしょう？」

エルキュール・ポアロは肩をすくめた。

「なにか理由《わけ》があったのでしょう。俗物的な理由、とでも言いますかな？わたしの別荘は小さくて、たいしたものではない。わたしはただ週末をここで過ごすだけです。ところが、ヘンリー卿とアンカテル夫人は社会的にたいした人物です——ここに住んでいて——この地方の名士です。ミス・ヴェロニカ・クレイは、あの人たちと知り合いになりたかったのかもしれません——いずれにしろ、これも一つの生き方ですからな」

グレンジ警部は立ちあがった。

「そうです、そういうことも、もちろん考えられます、しかし、どんなことでも見落したくはありませんからね。それにしても、この事件はすべてわけなく解決すると、信じて疑いませんね。ヘンリー卿は例の拳銃が自分のコレクションの一つだと認めています。事件の前日の午後、あの連中は実際にあれで射撃練習をしたらしいのです。クリストウの細君にしてみれば、ヘンリー卿がしまっている場所を見ておいて、書斎に忍びこみ、拳銃と弾薬とを持ち出すだけで、ことはすむんですからね。じつに簡単しごくですよ」

「さよう、じつに簡単しごくにみえますな」とポアロは呟くように言った。

ガーダ・クリストウのような女は、まったくそんなふうに犯罪をおかすのだ。ごまかしや小細工を弄することもなく——狭くはあるが深い愛情にみちた性格からくる強い苦悩から、突如として暴力へと駆りたてられるのだ。

とはいっても、なんといおうと——なんといおうと、ガーダにしても多少は自衛本能を備えているはずだ。それとも、理性がまったく省みられないときの、あの無思慮——あの精神の欠如のうちに、彼女は行動したのだろうか？

ポアロは彼女の空虚で呆然とした顔を思いうかべた。

彼にはわからなかった。わからないとしか言えなかった。
だが、やがては自分にもわかるときがくるはずだ、と彼は思った。

16

ガーダ・クリストウは頭のほうから喪服をぬぐと、それを椅子に投げ出した。決心がつかず、眼は哀れを催すほどだった。

「わからない——ほんとにわからないのよ。なにもかもどうでもいいような気がするわ」

「わかっていますよ、わかっていますよ」パターソン夫人はやさしいが、きっぱりした口調で言った。彼女は近親者に先立たれた人の扱い方をよく心得ていた。「まさかのとき、エルシーはほんとに頼りになる」と一家のものは彼女のことを言っていたものである。

いまの場合も、彼女はハーリー街の妹のガーダの寝室にいるのだが、まさに頼りになる人だった。エルシー・パターソンは背が高く、やせぎすで、立居振舞いは精力的だった。そして、いまは苛立ちと同情の混じった気持でガーダを見ているのだった。

ガーダもかわいそうに――あんな怖ろしい死に方で夫を失うなんて、どんなに惨めな思いだろう。そして、いまになってさえ、この人には、なんというか――事態のほんとの意味がわかっていないらしい。もちろん、パターソン夫人も考えてみないではなかった、ガーダは昔からひどく頭がにぶかった。それに、こんどはショックというものも考慮にいれてやらなくてはならない。

彼女はきびきびした声で言った。「あたしなら、なんといったって黒のマロケインにするけどね」

いつでもガーダの気持は、かわりにほかのものが決めてやらなくてはならないのだ。

ガーダは眉を寄せて、じっと立っていた。

「ジョンは喪服なんか着てもらうのが好きだったのかどうか、あたしにはわからないの。そんなことは嫌いだって言ってたのを聞いたことがあるわ」

「ジョン」と彼女は思った。「ジョンがいまここにいて、どうしたらいいか教えてくれさえしたら」

だが、ジョンはもう二度と帰ってはこないのだ。二度と――二度と――二度と。……羊肉《マトン》が冷める――テーブルの上で固くなっていく……診察室のドアのしまる音、ジョンが一度に二段ずつ階段を駆けあがってくる。いつも急いで、活気にあふれ、生き生きとして……

生き生きと。

プールのそばに仰向けに倒れて……プールの縁にゆっくりと血が滴りおちて……手にしたリヴォルヴァの感触……

悪夢だ、いまに目がさめて、あんなことはみんな悪い夢だとわかるにちがいない。

姉の歯切れのいい声がガーダのぼんやりした頭のなかへ鋭く切りこんできた。

「検死審問にはなにか黒いものを着ていかなくちゃ駄目よ。明るいブルーの服なんかで出たら、それこそ笑いものになりますよ」

「検死審問なんていやね！」とガーダは言った。

「さぞ辛いでしょうね、あんたには」とエルシー・パターソンは急いで言った。「でも、すっかり片がついたら、あんたはそのままわたしたちのところへ来ればいいんですよ、わたしたちがなにもかも面倒をみてあげますからね」

ガーダ・クリストウの頭のなかのもやもやしたものが、はっきり形をとってきた。彼女は怯えて、おろおろ声で言った。

「ジョンがいないで、あたし、どうしてやっていけばいいんでしょう？」

エルシー・パターソンはそれに対する答えをちゃんと用意していた。「あんたたには子供があるじゃないの。子供たちのために、生きていかなくちゃ」

ジーナはすすり泣いたり、「パパが死んじゃった……」と叫んだりして、ベッドに身を投げ出した。テレンスは青ざめた物問いたげな顔をしていたが、涙は流していなかった。

リヴォルヴァによる事故、子供たちにはそう説明しておいた――パパは事故にあったのだ。

ベリル・コリンズは（よく気のつく女だ）子供たちが見ないように、朝刊を隠してしまった。彼女は召使たちには言いふくめておいた。ほんとにベリルはやさしくて思慮ぶかい女だった。

テレンスは薄暗い応接間にいる母親のところに来たが、唇を固くとじ、顔は妙に蒼ざめて、ほとんど緑色といっていいくらいだった。

「お父さんはなぜ射たれたの？」

「事故だったんですよ――お母さんは――お母さんはなんにも知りませんよ」

「事故じゃないよ。お母さんはどうしてほんとのことを言わないの？　お父さんは殺されたんだ。殺人事件なんだ。新聞にそう出ているよ」

「テレンス、あなた、どこから新聞を手にいれたの？　コリンズさんが――」

彼はうなずいた——なんども繰り返しうなずいたが、妙にそれは年寄りじみていた。

「外へいって買ったんだよ、決まってるじゃないか。お母さんがぼくたちに教えてくれないことが、きっと新聞に出ているにちがいないと思ったんだ。そうじゃなければ、コリンズさんが隠すわけがないもの」

テレンスに事実を隠したって役には立たないのだ。いままでだって、その妙な、偏見のない好奇心が満たされなかったことはない。

「なぜお父さんは殺されたの、お母さん？」

ガーダはそこでついに泣きくずれ、ヒステリックになった。

「そのことはきかないでちょうだい——その話はしないで——お母さんにはわからないわ……とてもおそろしくて」

「でも、警察はきっと突きとめるんじゃないかな？　突きとめるはずだよ。それが必要なんだもの」

まったく筋の通った、偏見のない考え方だ。ガーダは叫びたくなり、笑い出したくなり、泣きたくなった。彼女は思った。「この子はなんとも思っていないのだ——思えない性質なのだ——いつまでも問いつづけるだけだ。泣きもしないで」

テレンスは伯母のエルシーの世話の手をのがれて、どこかへ行ってしまった。気むずかしそうな、くしゃくしゃした顔の、淋しがり屋なのだ。いままでも、彼は自分はひとりぼっちなのだと感じてきた。だが、今日までそのことはさしたる重大事ではなかった。今日はちがう、と彼は思った。だれか質問に筋の通った、納得のいく答えをしてくれる人はいないのだろうか？

明日、火曜日にはニコルソン・マイナーとニトログリセリンを作ることになっていた。彼はわくわくした気持でそれを楽しみにしていた。そのスリルも消えてしまった。たとえ、ニトログリセリンを作らなくても、そんなことはもうどうでもよかった。

テレンスはそんな自分にショックをうけた。科学の実験がどうでもよくなるなんて。だが、自分の父親が殺されたとなると……彼は考えた。「お父さんは——殺されたんだ」

なにかが芽生え——根をはり——生長していった——徐々に頭をもたげる怒りに。

ベリル・コリンズが寝室のドアをノックして入ってきた。顔は蒼ざめていたが、落ちついていて、態度もてきぱきしていた。

「グレンジ警部がお見えになりました」と彼女は言った。そして、ガーダがはっと息をのみ、おろおろした表情で見たので、ベリルは急いで言葉をつづけた。「奥さまにご心配をかけるほどのことはないのだ、と言っておられます。帰る前、奥さまにちょっとお話があるのだそうですけど、それもクリストウ先生のお仕事のことで、ほんの形式だけの質問だそうです。警部さんが知りたいことは、なんでもわたくしで間にあいますから」

「まあ、ありがとう、コリンズさん」

ベリルが急いで出ていくと、ガーダはほっと吐息をついて言った。

「コリンズがいてくれてほんとに助かるわ。とってもてきぱきしているから」

「ほんとにそうね」とパターソン夫人が言った。「きっと秘書としては有能だったんでしょうね。気の毒に、器量はぱっとしないけど。ええ、でも、あたし、いつも考えているんだけど、そのほうがいいんですよ。とくに、ジョンのような魅力のある男性にはね」

ガーダは姉にくってかかった。

「どういう意味なの、エルシー？　ジョンはけっして——そんな——まるで、きれいな秘書でもいたらジョンが浮気かなんかするような口振りね。ジョンは絶対にそんな人じゃありませんよ」

「そりゃそんなことはね。でも、男なんて当てにならないものなのよ」

診察室ではグレンジ警部が冷やかで、挑戦的なベリル・コリンズの視線とまともに向かいあっていた。挑戦的だな、と彼は思った。だが、それは当然かもしれない。「たいした女じゃない」と彼は考えた。「この女とあの医者とのあいだにはなんにもなかったんだな。いや、そうも言えないぞ。女のほうが惚れてたってこともある。そのため、こんなふうになるってこともよくあることだ」

だが、こんどの場合はそうじゃない、と彼は十五分後に椅子の背にもたれているときには、そういう結論に達していた。彼の質問に対するベリル・コリンズの答えは明快そのものであった。即座に答え、クリストウの仕事に関しては、ことの大小をとわず熟知していることは明らかであった。彼は話題をかえ、ジョン・クリストウと妻のあいだの関係へと、それとなく探りをいれてみた。

二人の仲は非常によかった、とベリルは言った。

「そりゃお二人とも、世間の夫婦なみに、ときには口喧嘩ぐらいすることはあったでしょう？」警部は気さくな、うちとけた調子できいた。

「喧嘩をしていらっしゃったところなんか見たこともありませんわ。奥さまは先生に身も心も捧げつくしていらっしゃって――奴隷みたいに献身的でした」

彼女の声にはなんとなく軽蔑の響きがこもっていた。グレンジ警部にはそれが聞きとれた。

「女性解放論者だな、この女は」と警部は思った。

「まるで自分のことは考えなかったと言うんですか？」

「はい。なにもかもクリストウ先生を中心に動いていました」

「亭主関白だったんですな？」

ベリルは考えていた。

「いえ、そういうわけではありません。でも、ひどく利己的な方だったとでも申しましょうか。いつでも自分の考えに奥さまは同意するものだと、当然のことのように思っていらっしゃいました」

「患者とのいざこざはありませんでしたか——女性の患者、という意味ですが？　秘密をもらすというふうに考えなくていいんですよ、ミス・コリンズ。医者とそういうごたごたとはつきものだということはだれでも知っていますからね」

「まさかそんなことは！」ベリルの声には軽蔑の調子がこもっていた。「クリストウ先生はそういった面では、どんな問題でも同じように扱っていらっしゃいました。患者に対しては非のうちどころのない態度で接しておいでになりまして」それから彼女はつけ加えた。「ほんとにすばらしいお医者さまでしたわ」

彼女の声には怨みがましいほどの讃美の念があらわれていた。

「どこかの女性と関係ができていたというようなことはありませんでしたか？　忠義だてはよしてくださいよ、ミス・コリンズ。これは重要なことで、われわれとしてはどうしても知っておかねばならないのです」

「はい、そのことはよくわかっております。わたくしが知っているかぎりではそんなことはございません」

すこしぶっきらぼうすぎる、と彼は思った。知らないにしても、たぶん、憶測ぐらいはしているだろう。

「ミス・ヘンリエッタ・サヴァナクのことをどう思いますか？」と彼は鋭い口調できいた。

ベリルはぐっと唇を結んだ。

「あの方は家族ぐるみの親しいお友だちです」

「そんなことをきいてるんじゃない――その人のことでクリストウ夫妻のあいだに、なにかいざこざでも？」

「もちろん、ございません」

はっきりした答えであった。（はっきりしすぎるようだ？）

警部は話題をかえた。

「ミス・ヴェロニカ・クレイはどうです？」

「ヴェロニカ・クレイ？」

ベリルの声には驚きの色がはっきりあらわれていた。

「クリストウ博士の友だちだったんでしょう？」

「そんな方のことは聞いたこともございませんわ。ただ、名前だけは知ってるような気もいたしますけど——」

「映画女優ですよ」

寄せていたベリルの眉がもとにもどった。

「ああ、そうですか！　どうりで名前に聞きおぼえがあると思いましたわ。でも、先生がその方をご存じだとは知りもいたしませんでした」

その点に関して、彼女が嘘をいっているとも思えなかったので、警部はすぐに話をうちきった。そして、先週の土曜日のクリストウ博士の様子の質問にうつった。ここではじめてベリルの答えに確信のかげが薄らいだ。彼女はゆっくりした口調で言った。

「ご様子がふだんとはすこしちがっておりました」

「どんなふうにちがっていたんですか？」

「どこかぼんやりしたご様子でした。最後の患者さんをお呼びになるまで、だいぶ時間がありました——ふだんなら、お出かけになるときは、いつも急いで診察をおすませになるんですけど。それで、わたくし——ええ、先生はなにか気にかかることがおありなのだ、とはっきり思ったのです」

だが、彼女にもそれ以上はっきりしたことは言えなかった。

グレンジ警部は自分の調査にあまり満足ではなかった。動機がどうにもわからないのだ——そして、動機が立証できなければ起訴まで持っていくことはできない。

ガーダ・クリストウが夫を射殺したことは、彼自身つよく確信していた。動機としては嫉妬ではないかと考えていた。しかし、いままでのところ、これ以上は一歩もすすめなかった。クームズ部長刑事がメイドたちを尋問していたが、話すことはみんな同じだった。クリストウ夫人は夫が歩いたあとの地面ですら崇拝するような女性だった、と言うのである。

なにか起こったとすれば、それはホロー荘で起こったに相違ない、と彼は考えた。そして、ホロー荘のことを思い出すと、なんとなく不安を感じた。あそこにいる連中は妙な人間ばかりだ。

机の上の電話が鳴った。ミス・コリンズが受話器をとった。

「あなたにですわ、警部さん」と彼女は言って受話器を渡した。

「もしもし、グレンジだ。なんだって？」ベリルは警部の口調が変ったのに気づいて、好奇心にかられた眼で彼を見ていた。木像のような顔は相変らず無表情だった。警部は不満そうに話したり——じっと聞いたりしていた。

「うん……うん、そのことならわかってる。絶対にまちがいないんだな？　うん……うん、そっちへ行くよ。こっちはだいたいすんだ。うん」

警部は受話器を置くと、しばらく身動きもせず、そのままじっとしていた。ベリルは物問いたげに彼を見ていた。

彼は気をとりなおすと、いままでとはまるでちがった声でたずねた。

「こんどの事件について、あなた自身の意見は持っておいでじゃないでしょうな、ミス・コリンズ？」

「とおっしゃいますと——」

「つまり、クリストウ博士を殺した人物の心当りは、という意味ですがね」

彼女はにべもなく言った。

「まるでございません、警部さん」

グレンジはゆっくりした口調で言った。

「死体が発見されたとき、クリストウ夫人は、そばにリヴォルヴァを手にして立っていたんですが——」

彼女はわざと中途で言葉を切った。

彼女は待ちかまえていたように答えた。興奮もせず、冷やかに、裁判官のように。

「奥さまが先生を殺したとお考えなら、それは間違いだと、はっきり申しあげられます。奥さまは暴力に訴えるような方ではございません。おとなしくて従順で、なにもかも先生の言いなりになさっておいででした。かりそめにも奥さまが先生を射ったと考える人がいるなんて、わたくしにはまるでばかげたことに思えます。たとえ、状況がどんなに奥さまにとって不利であろうともです」

「では、夫人でないとしたら、だれの仕業です？」と警部は鋭い調子できいた。

「わかりませんわ」とベリルはゆっくり言った。

警部はドアのほうへ歩いて行った。

「お帰りになる前に奥さまにお会いになりますか？」とベリルがきいた。

「いや——そうだな、会ったほうがいいでしょうね」

またしてもベリルは訝《いぶか》しく思った。警部は電話がかかる前に質問していたときとは、まるで人がちがったようだった。これほど変るとは、いったいどんな報せをうけたのだろう？

ガーダがおずおずと部屋に入ってきた。みじめな、途方にくれた顔をしていた。そして、低い、ふるえる声で言った。

「ジョンを殺した人のことで、その後なにか新しいことがわかりまして？」

「まだです、奥さん」

「あんなことになるなんて、とても考えられませんわ――ええ、とても考えられませんん」

「でも、事実起こったんですよ、奥さん」

彼女はうなずき、眼を伏せ、ハンカチを小さな玉のようにまるめていた。

彼は静かに言った。

「ご主人には敵がありましたか、奥さん？」

「ジョンに？　まあ、とんでもない。主人はいい人でしたもの。みんな好意を持っておりましたわ」

「だれかご主人に恨みを抱いていた、そんな人物に心当りはありませんか」――ちょっと間を置いて――「あるいは奥さんに？」

「わたくしに？」彼女は呆気にとられた様子だった。「まさかそんなこと、警部さん」

グレンジ警部は溜め息をついた。

「ミス・ヴェロニカ・クレイはどうです？」

「ヴェロニカ・クレイ？　ああ、あの晩、マッチを借りにきた方のことですか？」

「ええ、その女です。お知り合いですか？」

ガーダは首を振った。

「あのときまで会ったことはございませんわ。ずっと昔、ジョンの知り合いだった方です――すくなくとも、あの方はそう言っておいででした」

「あの人が、奥さんはご存じないことで、ご主人に恨みを抱いていたと考えられないことはありませんね」

ガーダは威厳をこめて言った。

「ジョンに恨みを抱いている人がいるなんて、わたくしには信じられません。主人はとても心やさしくて、ひとさまのことしか考えなくて――ええ、とても立派な人でしたわ」

「いや、なるほど。検死審問のことはご存じですね？　マーケット・デプリーチで、水曜日の十一時。ごく簡単なことです――なにも心配なさるほどのものじゃありません――われわれの捜査をもっと進めておけるように、一週間延期されるでしょうがね」

「わかっております。ご苦労さまでございました」

彼女はグレンジ警部が出ていくのをじっと見送っていた。彼女は自分が第一の容疑者であることを、いまでも気づいていないのだろうか、と彼は思った。

彼はタクシーを呼んだ——いまさっき電話で聞いた情報のことを考えれば、当然許されてしかるべき出費だ。その情報によって局面がどう展開するのか、彼にはわからなかった。見たところ、まるで辻褄《つじつま》が合わないように思われる——支離滅裂だ。どだい意味をなさない。とはいえ、自分にはまだわかっていないところで、辻褄が合うのにちがいない。

このことから引き出せるただ一つの結論は、この事件は、彼がいままで考えていたほど単純なものではないということであった。

17

ヘンリー卿は不思議そうにグレンジ警部を見つめていたが、ゆっくりと言った。

「きみの言うことがよくわからないのだがね、警部」

「きわめて簡単なことですよ、ヘンリー卿。あなたの銃器のコレクションをもう一度調べていただきたいとお願いしているのです。みんな目録を作って、照合できるようになっていると思いますが」

「そりゃ当然だよ。だが、あのリヴォルヴァはわたしのコレクションのうちにあったものだと、すでに確認済みだよ」

「ことはそれほど単純ではないのです、ヘンリー卿」グレンジは一瞬ためらった。本能的に彼は情報を外にもらさないよう、つねに心がけているのだが、いまのような特殊の場合はやむを得ない。ヘンリー卿は重要人物なのだ。彼が要求されたことに応じることは疑いないが、同時にその理由をたずねるだろう。警部は理由を話すことも、この際やむをえないと思った。

彼は静かに言った。

「クリストウ博士は、昨日、あなたに確認していただいたリヴォルヴァで射たれたのではないのです」

ヘンリー卿は眉をあげた。

「考えられん！」

グレンジはなんとなくほっとした気持になった。考えられん、というのは、まさに彼が抱いたとおりの気持だったのだ。彼はそう言ってくれたヘンリー卿をありがたいと思ったし、また卿がそれ以上言わないこともありがたかった。さしあたり、彼らに言えるのはそこまでなのだ。考えられないこと——この言葉以上は言ったたって筋道が通らない。

ヘンリー卿がたずねた。

「あの弾丸が発射された銃器が、わたしのコレクションの一つだったときみが考えるのには、なにか理由があるのかね？」

「理由なんかありません。しかし、はっきりさせなくてはならないのです、しいて言えば、コレクションの一つではないことをですよ」

ヘンリー卿はうなずいて承諾の意を示した。

「きみの意図はよくわかったよ。では、早速はじめよう。すこし手間がかかるよ」

卿は机をあけて革表紙の手帳をとり出した。

そして、それを開きながらまた同じことを言った。

「照合するのにすこし手間がかかるよ――」

その声にこもっているなにかにグレンジは注意をひかれた。彼はさっと見あげた。ヘンリー卿の肩がすこし落ちていた――急に年をとり、前より疲れた男のように見えた。

グレンジ警部は眉をよせた。

「ここの連中をいったいどう考えたらいいのだろう?」と彼は考えた。

「あっ――」

グレンジはさっと振り向いた。時計を見ると、ヘンリー卿が「すこし手間がかかるよ」と言ってから三十分――二十分はたっていた。

グレンジは鋭い調子で言った。

「どうしました?」

「三八口径のスミス・アンド・ウェッソンがなくなっている。茶色のホルスターにいれて、この引き出しの掛け釘のはじにかけてあったのだ」

「ほう!」警部はつとめて穏やかな声で言ったが、興奮していた。「それで、そこにあったのをあなたが最後にごらんになったのはいつのことですか？」

ヘンリー卿はちょっと考えていた。

「そいつはなんとも言いかねるよ、警部。わたしがこの引き出しを開けたのは一週間ばかり前のことだが、考えてみると——いや、はっきり言っていいと思うが——あのリヴォルヴァがそのときなくなっていたら、隙間があいているのに気づいたはずだ。だが、この眼で見たとはっきりは言いかねるね」

グレンジ警部はうなずいた。

「どうもありがとうございました。よくわかりました。では、わたしは仕事がありますので」

彼はなにか目的でもあるように、急いで部屋を出ていった。

ヘンリー卿は警部が出ていったあと、しばらくじっと立っていたが、やがてフランス窓からテラスへゆっくり出ていった。ルーシーは庭仕事用のバスケットと手袋を手に、忙しく働いていた。剪定鋏《せんていばさみ》で珍しい灌木の刈込みをしているところであった。

彼女は陽気に彼のほうに手を振った。

「警部さんはなんのご用でしたの？　また召使たちを悩ませたりしないといいんですけどね。だってね、ヘンリー、召使たちはそんなことをされるのが嫌なんですよ。わたしたちみたいに、おもしろがったり、めったにない経験っていうふうに受けとれないんですよ」

「わたしたちはそういうふうに受けとっているかな？」

彼の口調に彼女は注意をひかれた。彼女はやさしくほほえみかけた。

「とても疲れていらっしゃるようね、ヘンリー。こんどのことで、そんなに心配なさらなくてはなりませんの？」

「殺人とは心配になるものだよ、ルーシー」

アンカテル夫人はうわの空で枝を刈り込みながらちょっと考えていたが、すぐ顔をくもらせた。

「あら、たいへん――これが剪定鋏の困るところなのよ、あまりよく切れるものだから――いつも刈るつもりじゃないところまでうっかり刈ってしまう。なんの話でしたっけ――殺人は心配なものだとかいうことでしたわね？　でもね、ヘンリー、わたしにはその理由がわかりませんよ。だって、どうせ死ななければならないんですもの、癌で死ぬかもしれないし、どこかの明るくて気味のわるい療養所で、結核で死ぬかもしれないし、でなければ卒中で――ぞっとしますわ、顔がすっかり片っぽうにゆがむんですよ――でなければ、射たれるとか、刺されるとか、首を絞められるとか。でも、結局はみんな同じことですわ。つまり、ただ死ぬということだけ！　それでおしまい。心配ごとなんか消えてしまいます。それでいて、親戚はもめごとだらけ——お金のことで言い争ったり、喪服を着たものか着ないものかとか——セリーナ伯母さんの書きもの机はだれがもらうのかとか——そんなことでね」

ヘンリー卿は笠石に腰をおろした。

「これはわたしたちが考えていたより、ずっと大変なことになりそうなんだよ、ルーシー」

「でもね、あなた、それに耐えていかなくちゃならないんですよ。なにもかも片がついたら、どこかへ行きましょう。いま起こっている問題なんかくよくよ考えないで、これから先のことを考えましょうよ。それを思うと、ほんとに楽しくなるんですよ。ずっと前から、クリスマスにエインズウィックに行くのはどうかしら、と、わたし、考えているんですの——それとも、復活祭まで延ばしましょうか。あなた、どうお思いになる？」

「クリスマスの計画をたてるのには、まだたっぷり時間があるよ」

「ええ、でも、心のなかでいろんなことを考えるのが、わたし、好きなんですの。復活祭ね……そうだわ」ルーシーは楽しそうにほほえんだ。「それまでにはあの人もきっとこんどのことから立ち直っていることでしょうし」

「だれのことだい？」ヘンリー卿は面くらってきいた。

アンカテル夫人は穏やかに言った。

「ヘンリエッタですよ。あの二人が十月に式をあげるとしたら——来年の十月ですよ、そしたら、来年のクリスマスまで滞在していてもいいですわね。わたし、考えてるんですけどね、ヘンリー——」

「考えないでおいてもらいたいね。おまえは考えすぎるよ」

「納屋のことは知ってらっしゃるでしょう？　あそこは申し分のないアトリエになりますわ。ヘンリエッタにはアトリエがいるんですから。とても才能のある人ですものね。きっとエドワードはヘンリエッタのことを誇りに思うようになりますわ。男の子が二人に女の子が一人がいいでしょうね——それとも、男の子が二人に女の子が二人がいいかしら」

「ルーシー——ルーシー！　どこまで先走りするんだい」

「だって、あなた」アンカテル夫人はきれいな眼を大きく見ひらいた。「エドワードはヘンリエッタ以外の人とは絶対に結婚しませんよ。あの人はそりゃとても一途なところがありますのよ。その点、わたしの父とそっくり。そうと決めこんでるんですもの！

だから、当然ヘンリエッタはエドワードと結婚するに決まっています——それに、ヘンリエッタだって承知しますよ、もうジョン・クリストウはいないんだから。あんな人が現れるなんて、ヘンリエッタにとっては、ほんとに大変な不運だったんですわ」

「気の毒にな！」

「どうして？　ああ、ジョンが死んだから、そうおっしゃるのね？　ええ、でも、人間いつかは死ななくてはならないんですよ。わたし、人が死ぬことなんか気にしないことに……」

ヘンリー卿はいぶかるように彼女を見た。

「おまえはクリストウに好意を持っていると思っていたんだがね、ルーシー？」

「おもしろい人だとは思っていましたわ。それに魅力もありましたし。でも、わたし、相手がだれであろうと、世の中にその人しかいないみたいに考えるのは、よくないと思っていますのよ」

そう言ってから、アンカテル夫人はにこやかに笑いながら、すいかずらにそっと容赦なく鋏をいれた。

18

エルキュール・ポアロが窓から外を見ていると、ヘンリエッタ・サヴァナクが小道を玄関へと歩いてくる姿が眼に入った。あの悲劇の起こった日と同じ緑色のツイードを着ている。スパニエルを連れていた。

彼は急いで玄関にいってドアを開けた。彼女はほほえみかけた。

「入って、おうちのなかを拝見してもよろしいですか？　わたし、よそのお宅を見るのが好きなんです。ちょっと犬を散歩につれ出したものですから」

「ええ、どうぞ。犬に散歩をさせるとはまったくイギリス的ですな！」

「ええ、わたしもそう思っています。こんなすてきな詩をご存じですか。『日はゆるやかに過ぎていく、一日、そして一日と。わたしは家鴨《あひる》に餌をやり、女房に叱言《こごと》を言い、横笛で吹くはヘンデルのラルゴ、そして犬を散歩につれてゆく』」

そしてまたほほえんだ。はれやかな、夢のような微笑だった。

ポアロは居間に通した。彼女はきちんと整えられた部屋を見まわしてうなずいた。

「すてきですわ。なにもかも対《つい》になっていますのね。わたしのアトリエをごらんになったら、ぞっとなさいますわ」

「どうしてぞっとするのですか？」

「だって、なんにでも粘土がくっついてるんですもの――それに、あっちこっち、気にいったものが一つぽつんと置いてあって、それが対《つい》になっていたら、まるで効果がなくなるんです」

「でも、よくわかりますよ、マドモアゼル。あなたは芸術家ですからね」

「あなたも芸術家じゃありませんの、ムシュー・ポアロ？」

ポアロは首をかしげた。

「それは疑問ですな。でも、概して言えば否《ノー》でしょうね。これまでに芸術的な犯罪は見てきましたよ――想像力の偉大な働きでした。ところが、それを解決するということとなると――いや、必要なのは創造的な力ではありませんな。要求されるのは、真実を追求する情熱です」

「真実を追求する情熱」ヘンリエッタは深く考えこんだように言った。「その情熱を持っていらっしゃるために、あなたが危険な人物に見られることは、わたしにもよくわかりますわ。真実を知れば満足なさいます？」

ポアロは興味ありげに彼女を見た。

「それはどういう意味ですか、ミス・サヴァナク？」

「あなたが知りたいとお思いになるのは理解できます。でも、知ることだけで充分でしょうか？　一歩進んで、知ったことを行動に移さなくてはいられないんじゃありませんの？」

ポアロは彼女の考え方に興味をおぼえた。

「もしわたしがクリストウ博士の死の真相を知ったなら、ということを言っておられるんですな――わたしはそのことを胸のうちにしまっておいて、満足しているかもしれません。あなたは博士の死の真相をご存じなのですか？」

ヘンリエッタは肩をすくめた。

「表面的には、明らかにガーダということになりそうですわね。いつでも最初に嫌疑をかけられるのは妻か夫というのは、ずいぶん皮肉な話ですわ」

「でも、あなたはそうは思わないんですな？」

「わたしはつねに偏見のない気持を持っていたいと思っております」

ポアロは静かに言った。

「なんのためにここにいらしたのですか、ミス・サヴァナク？」

「わたしがあなたのように真実を追求する情熱を持っていないことは認めますわ、ムシュー・ポアロ。犬を散歩に連れ出すというのは、いかにもイギリスの田舎らしい、りっぱな口実ですわね。でも、もちろん、アンカテル家には犬はおりません――このあいだおいでになってお気づきでしょうけど」

「そのことを見逃してはおりませんよ」

「だから、庭師のスパニエルを借りてまいりましたの。おわかりでしょうけど、わたし、あまり正直じゃありませんわね」

またしても、あの明るい、夢のようなほほえみが浮かんだ。その微笑に、なぜ抵抗できないほど心を動かされるのだろう、とポアロは不思議に思った。彼は静かに言った。

「さよう、だが、あなたは誠実さをお持ちですよ」

「なぜそんなことをおっしゃいますの？」

彼女は驚いていた――狼狽しているといっていいくらいだ、とポアロは思った。

「そうだと信じているからですよ」

「誠実」とヘンリエッタはしみじみとした口調で言った。「誠実とは、ほんとはどういう意味なんでしょうね」

彼女は身じろぎもせず、絨毯に眼を落していたが、やがて顔をあげて、じっとポアロを見た。

「わたしがなんのために来たのか、お知りになりたくはありませんか？」

「たぶん、それを言葉にするには、あなたにもむずかしいでしょうな」

「ええ、そうだと思います。検死審問は、ムシュー・ポアロ、明日ですのよ。心を決めておかねばなりませんわ、どの程度まで――」

彼女は言葉を切った。そして、立ちあがると、マントルピースまでゆっくりと歩いて行き、一つ二つ置き物の場所を変え、紫苑《しおん》のさしてある花瓶をテーブルの中央からマントルピースのいちばんはじに移した。それから後ろへさがって、首をいっぽうにかしげて、その配置をじっと見ていた。

「いかがですか、ムシュー・ポアロ？」

「ぜんぜん気に入りませんな、マドモアゼル」

「そうだろうと思っていました」彼女は声をたてて笑って、すばやく、器用な手つきで、みんなもとの場所にもどした。「人は言いたいことがあったら、言わなくちゃいけませんね！　あなたは、どういうものか、打ち明けて聞いてもらえる気のする方ですわ。思いきってお話しします。わたしがジョン・クリストウの女だったことを、警察は知る必要があるとお考えになります？」

声は淡々として、まるで感情はこもっていなかった。眼はポアロではなく、頭の上の壁を見ていた。片方の人さし指で、紫色の花をいけた花瓶の曲線をなぞっている。その指の動きのなかに感情のはけ口があることに彼は気づいた。

エルキュール・ポアロは直截に、同じように感情をまじえずに言った。

「なるほど。恋仲だったんですね？」

「そんな言葉をお使いになりたければね」

ポアロは興味ぶかそうに彼女を見た。

「あなたが言ったのは、そういう意味ではなかったのですね、マドモアゼル」

「そうです」

「どうして？」

ヘンリエッタは肩をすくめた。それから、彼のほうに来ると、そばのソファに腰をかけた。そして、ゆっくりした口調で言った。

「人は物事を正確に表現したいと思うものです――できるかぎり」

ヘンリエッタ・サヴァナクに対する彼の興味はますます強くなった。

「あなたはクリストウ博士の愛人だった――いつから？」

「半年ばかり前からです」

「警察はそんなことぐらいわけなく嗅ぎ出すと思いますがね？」

ヘンリエッタは考えていた。

「わたしもそう思います。そんなことまで探り出そうとしているなら、という意味ですけど」

「そりゃ探り出そうとするでしょうな。それは断言できますよ」

「ええ、警察ならするだろうと思います」彼女はそこで言葉を切り、膝に置いた手の指を伸ばしてそれを見ていたが、やがて、ちらっと親しみのこもった視線をポアロに投げた。「では、ムシュー・ポアロ、どうしたらいいのでしょう？　グレンジ警部のところに行って、打ち明ける――あんな髭の人になにを話せばいいのでしょう？　あれは世帯じみた、家庭的な髭ですわ」

ポアロは誇らしげに生えた自分の装飾のほうへ手をやった。

「わたしのはいかがですかな、マドモアゼル？」

「あなたの髭は、ムシュー・ポアロ、すばらしい芸術品ですわ。ほかのものとは関係なく、それだけ独立していますす。ほんとにユニークだと思います」

「いかにも」

「わたしがいまのようにお話ししているのも、たぶん、そのせいですわ。ジョンとわたしのことを警察に話すことは当然としても、公表することが必要になるでしょうか？」

「それは場合によりけりです。もし当局がそれはこの事件と関係がないと判断すれば、そこは慎重にやりますよ。あなたは――その点がひどく気がかりなのですな？」

ヘンリエッタはうなずいた。そして、しばらくじっと指を見つめていたが、急に顔をあげて言った。もはや感情のない、快活な声ではなかった。

「ガーダはいまでさえ大変なのに、これ以上どうして辛い思いをさせなくてはならないのですか？　あの人はジョンを崇拝していました、そのジョンが死んだんです。あの人はジョンを失ったんです。どうして、また一つ重荷を負わせなくてはならないんでしょう？」

「あなたの頭にあるのは、あの方のことなのですね？」

「偽善的だとお思いになりますか？　わたしがガーダの心の平和を考えていたのなら、はじめからジョンの愛人なんかにはならなかったはずだ、と思っていらっしゃるんでしょうね。でも、おわかりにはならないでしょう――そういうふうではなかったのです。わたし、ジョンの結婚生活を壊すようなことはいたしませんでした。わたしはそんな――そんな女たちの一人にすぎなかったんです」

「ほう、そういうことだったんですか？」

彼女ははげしくくってかかった。

「ちがいます、ちがいます、ちがいます！　あなたが考えていらっしゃるようなことではないんです。わたしがいちばん心配しているのはそこなのです。世間の人がジョンの人柄のことで、まちがった考えを持つのではないかということです。だからこそ、いまこうしてあなたにお話ししているのですわ——あなたにならわかってもらえるのではないかと、そんな漠然とした期待があったからなのです。ジョンがどういう人だったか、わかっていただきたいんです。これからどんなことになるか、手にとるようにわかりますわ——新聞の大見出し——医師の恋愛遍歴——ガーダ、わたし、ヴェロニカ・クレイ。ジョンはそんな人ではありませんでしたわ——現実には、女のことなどあまり考える人ではありませんでした。あの人がいちばん関心を持っているのは女ではなく、仕事でした。あの人が興味や興奮——ええ、あの人の冒険精神とでもいうものを、ほんとに注ぎこんでいたのは、仕事だったのです。ジョンがぼんやりしているところを狙って、いまいちばん頭にある女の名前をきいたら、だれの名前をあげるかおわかりになります？——クラブトリーばあさん」

「クラブトリーばあさん？」ポアロは眼をぱちくりさせた。「それで、そのクラブトリーばあさんとは、どういう方なのですか？」

ヘンリエッタは話をつづけたが、その声には涙とも笑いともつかないものがこもっていた。

「おばあさんです——醜くて、汚くて、皺くちゃで、とても負けん気のつよい女性です。ジョンの頭にはその人のことしかありませんでした。聖クリストファー病院の患者なのです。リッジウェイ病にかかっているのです。とても珍しい病気で、かかったら、あとは死ぬのを待つよりほかないそうです——治療法はありません。ところが、ジョンはその治療法を見つけかけていたのです——わたしには学問的な説明はできません——とても複雑なんですもの——なんでもホルモンの分泌の問題でした。ジョンは実験に実験をかさねていて、クラブトリーばあさんはジョンにとってかけがえのない患者だったのです——なにしろ勇気があって、生きる希望を捨てないで——それに、ジョンが好きだったのです。おばあさんとジョンは一緒になって闘っていました。なにをおいてもジョンの心を占めていたのは、リッジウェイ病とクラブトリーばあさんだったのです、ながいあいだ——夜も昼も——ほかのことなんか問題ではありませんでした。ジョンという人は、ほんとはそんな医者でした——ほかのハーリー街の医者なんかとはちがって、お金持の、でぶでぶの女なんて、ほんのつけたしみたいなものでした。強い科学的な興味と、それを成功させることだけ。あなたに――ああ、あなたにそれがわかっていただけたら」

彼女は妙に絶望的な仕草で両手を投げ出した。エルキュール・ポアロは、とても美しくて、感じやすい手だと思った。

「あなたはよく理解しておられるようですな」

「ええ、そうですとも、わたしは理解しておりました。ジョンはよく話をしにきました――おわかりになりますかしら？　わたしにではなく――半分は自分に向かってだと思います。そんなふうに話をして、考えを整理していたのです。ときには絶望しかけていたこともありました――毒性が強くなるのを、どうして解決するかわからなかったのです――そのうちにちがった治療法を思いつきました。わたしにはうまく説明できませんけど、それは、ええ、戦いみたいなものでした。とてもあなたには想像もおつきになりませんわ――その激しさ、精神の集中――そして、ええ、ときには責苦のこともありました。また、ときにはまったくの疲労ばかり……」

彼女はしばらく黙っていたが、その眼は思い出にかげっていた。

ポアロは興味ぶかそうに言った。

「あなた自身もある程度の専門的知識をお持ちなんでしょうね？」

彼女は首を振った。

「そうとも言えません。ただジョンの話についていける程度です。本を手にいれて、その病気のことを読んだんです」

彼女はまた黙りこんだが、顔は和らぎ、唇をすこし開いていた。思い出にふけっているのだ、とポアロは思った。

一つ溜め息をつくと、彼女は現実にかえった。そして、藁《わら》にでもすがるような眼でポアロを見た。

「あなたにわかっていただけたらと――」

「いえ、わかりましたとも、マドモアゼル」

「ほんとに！」

「ええ。話を聞けばちゃんとわかるものですよ」

「ありがとうございます。でも、グレンジ警部に説明するとなると、とてもそれほどやさしくはないと思います」

「たぶん、そうでしょうな。警部は個人的な観点にばかり注意を向けるでしょう」

ヘンリエッタは激しい口調で言った。

「そんなこと、とるにたりない問題です――まるでとるにたりない問題です」

ポアロの眉がゆっくりとあがった。彼女は無言で示された彼の異議に答えて言った。

「だって、そうなんですもの！　わたし――しばらくすると――ジョンとジョンが考えていることのあいだに入りこんでしまったのです。わたしはあの人の心を乱しました、女として。ジョンは自分の好きなように、心を仕事に集中することができなくなりました――わたしのために。わたしを愛しはじめたことが恐くなったんです――あの人はだれも愛したくはなかったのです。あの人――わたしのことばかり考えていたくなかったので、言い寄ったのです。それまでの女との関係と同じように、軽い、なんでもない関係にしておきたかったのです」

「それで、あなたは――」ポアロはじっと彼女を見つめた。「満足していたのですね――そんな関係で」

ヘンリエッタは立ちあがった。そして、またもとのような感情のない声で言った。

「いいえ、わたし――満足してはいませんでした。なんといったって人間ですから……」

ポアロはしばらく待ってから言った。

「では、なぜです、マドモアゼル――」

「なぜですって？」彼女はぐるりと彼のほうに向きなおった。「ジョンを満足させたかったからです、ジョンの欲しがっているものを与えたかったからです。あの人が関心を持っていること——仕事をつづけさせてやりたかったのです。ジョンが心を傷つけられたくない——二度と心の傷を負いたくないと思っているのなら——だって——だって、わたしのほうはそれでいいんですもの」

ポアロは鼻をなでた。

「いまさっき、ヴェロニカ・クレイの名が出てきましたね、ミス・サヴァナク。その人もジョン・クリストウの友人だったのですか？」

「こないだの土曜日まで、十五年間、会ってなかったのです」

「十五年前は知っていたんですね？」

「婚約していました」ヘンリエッタはまた腰をおろした。「なにもかもはっきりさせなくてはいけないようですね。ジョンは熱烈にヴェロニカを愛しておりました。ところが、ヴェロニカはとんでもない女だったのです、いまでもそうですけど。世のなかに二人といないエゴイストなのです。ジョンがやりたいことをすべて諦めて、ミス・ヴェロニカ・クレイの飼いならされた夫になることが条件でした。ジョンは全部ご破算にしました——当然のことですけどね。でも、ジョンはひどく苦しみました。そして、考えついたのはただ一つ、できるかぎりヴェロニカとはちがった人と結婚することでした。そこでガーダと結婚したんですけど、あなただって、ガーダのことを類のないほど野暮《やぼ》な女とお思いになるでしょう。それはそれで結構だし無難ではあったんですけど、やはり、あんな気のきかない女と結婚すれば、いらいらしてくるのはだれにでもわかりきったことでした。ジョンはいろんな女と関係しました――どれも一時の関係です。ガーダは、もちろん、なんにも知りません。でも、この十五年のあいだ、ジョンにはなにかふっきれないものが――なにかヴェロニカに関することであったのではないか、とわたしは思っています。ほんとうにはヴェロニカのことで気持の整理がついていなかったのです。そして、あの土曜日に、二人は再会したというわけです」

ながい沈黙のあと、ポアロは夢みるように言った。

「ジョン・クリストウは、あの晩、ヴェロニカをうちまで送っていって、午前三時にホロー荘に帰ってきた」

「どうしてご存じなのですか？」

「メイドが歯痛《はいた》をおこしましてな」

ヘンリエッタは見当ちがいのことを言った。「この家には召使が多すぎますわ」

「でも、あなた自身もそのことを知っていたんですよ、マドモアゼル」

「ええ」

「どうして知ったんですか？」

秒でもかぞえられないほどの短い間を置いてから、ヘンリエッタはゆっくりと言った。

「窓から外を見ていると、ジョンが帰ってくるのが見えたんです」

「あなたも歯が痛かったんですか、マドモアゼル？」

彼女はポアロにほほえみかけた。

「まるで別の痛みですわ、ムシュー・ポアロ」

彼女が立ちあがってドアのほうに行くのを見てポアロは言った。

「散歩がてらお送りしましょう、マドモアゼル」

二人は道を横ぎり、門をくぐって栗林に入った。

ヘンリエッタが言った。

「プールのそばは通らなくてすみますね。左のほうへのぼって行って、頂上の小道から花壇に出られますもの」

小道は急な勾配で登りになっていて森へ通じていた。しばらく行くと、栗林の上の丘の中腹で直角に折れている、もっと広い道に出た。やがてベンチがあったので、ヘンリエッタは腰をおろした。ポアロもそばに座った。上のほうも後ろのほうも森で、眼の下は隙間なく植えられた栗の林だった。ベンチのすぐ前は曲がりくねって下りになった小道があって、青い水がかすかに光っているのが見えた。

ポアロは無言のままヘンリエッタを見ていた。顔は和らいで、緊張はとけていた。前よりふっくらとして、若くみえる。少女時代の顔だちがわかるような気がした。

やがて、ポアロはやさしく言った。

「なにを考えているのですか、マドモアゼル？」

「エインズウィックのことですの」

「エインズウィックとはなんですか？」

「エインズウィック？屋敷のことですか？」

半ば夢みるように、彼女はエインズウィックのことを話してきかせた。白い、優雅な家、それより高くそびえた木蓮の樹、樹々の茂った丘に囲まれた円形劇場の舞台装置のような全体のたたずまい。

「あなたのお宅だったのですか？」

「そうではないんです。わたしはアイルランドに住んでいました。わたしたちみんな、休暇をすごしにそこに行ったものです。エドワードとミッジとわたし。ほんとはルーシーの実家だったのです。ルーシーのお父さんのものでした。その方が亡くなったあと、エドワードが相続したのです」

「ヘンリー卿ではなくて？　しかし、爵位を持っているのは卿ですよ」

「あら、あれはバス勲爵士ですわ。ヘンリーは遠縁にあたるだけなのです」

「では、エドワード・アンカテルのあとは、だれのものになるのですか、そのエインズウィックは？」

「そういえば変ですわね。わたし、そんなこと、本気で考えたこともありませんわ。もしエドワードが結婚しなかったら――」そこで彼女は言葉を切った。顔に一抹のかげりがかすめた。エルキュール・ポアロは、いったいどんなことが彼女の心を通りすぎているのだろうと思った。

「たぶん」とヘンリエッタはゆっくりした口調で言った。「デイヴィッドのものになるんでしょうね。だからこそ――」

「だからこそ、なんですか？」

「だからルーシーがあの子をここに呼んだのでしょう……デイヴィッドとエインズウィック？」彼女は首を振った。「なんとなくしっくりしません」

ポアロは眼の前の小道を指さした。

「あの小道ですか、マドモアゼル、昨日、あなたがプールへおりてきたのは？」

彼女は身震いした。

「いいえ、屋敷寄りの小道です。この道を来たのはエドワードです」彼女は急に彼のほうを向いた。「まだこの話をつづけなくちゃいけませんかしら？　わたし、あのプールなんか見るのもいやです。ホロー荘までがいやなんです」

ポアロは低い声で呟くように言った。

いとわしき森の奥なる暗き洞窟《ホロー》
そは赤き血のヒースに縁どられ
赤く畝なす岩棚に恐怖の血、音もなく滴る
なにを求むるも木霊《こだま》の答えるは、ただ『死』

ヘンリエッタは驚いた顔をポアロに向けた。

「テニソンですよ」とエルキュール・ポアロは得意そうにうなずきながら言った。「お国のテニソン卿の詩ですよ」

ヘンリエッタはその詩を繰り返していた。

「なにを求むるも木霊《こだま》の答えるは……」彼女は独白のようにつづけた。「でも、もちろん――わかりましたわ――あれがそれだったんですわね――木霊って」

「どういう意味ですか、木霊とは？」

「この屋敷ですわ——ホロー荘です！　前にもそのことにもうすこしで気づきかけていました——土曜日にエドワードと二人で尾根まで歩いて行ったときに。エインズウィックの木霊。わたしたちみんながそうなんです。わたくしたちアンカテル一族が。木霊！　わたしたちは現実の人間ではないんです——ジョンは現実の人でしたけど」彼女はポアロのほうを振り返った。「あなたにもあの人を知っていただきたかったと思います、ムシュー・ポアロ。わたしたちはみんな、ジョンに比べれば影なんです。ジョンは現実に生きていました」

「それはわかっていました、あの方が死にかかっていたときでさえね、マドモアゼル」

「ええ、わかります。だれでもそう感じましたもの……それなのにジョンは死んでしまって、わたしたち、木霊は生きている……まるで悪ふざけみたいですね」

彼女の顔から、ふたたび若さが消えてしまった。唇は突然襲ってきた苦悩のため、いたいたしく歪んでいた。

ポアロが問いかけているのに、しばらくのあいだは、彼の言っていることがわからない様子だった。

「ごめんなさい、なんておっしゃったのですか、ムシュー・ポアロ？」

「伯母さんのアンカテル夫人は、クリストウ博士に好意を持っていたかどうかときいていたのです」

「ルーシーのこと？　あれは従姉《いとこ》です、伯母ではありませんの。ええ、とても好意を持っておりましたわ」

「それで――これもやはり従兄《いとこ》ですか？――ミスター・エドワード・アンカテルですが――あの方はクリストウ博士に好意を持っていましたか？」

それに答えたときのヘンリエッタの声はすこし不自然だ、とポアロは思った。

「いえ、特別には――でも、あの人、ジョンをよく知らないんですから」

「それから――これもまた従弟《いとこ》ですか？――ミスター・デイヴィッド・アンカテルは？」

ヘンリエッタはほほえんだ。

「デイヴィッドはわたしたちみんなが嫌いだったようです。なにしろ、図書室にとじこもって、ブリタニカ百科辞典を読んで暇をつぶしているんですもの」

「ほう、真面目な性格なんですな」

「デイヴィッドも気の毒な子ですわ。家庭のなかが大変だったんです。母親というのがすこしおかしいので――病気なのですよ。いまのあの子が自分をまもるには、自分はだれよりもえらいのだ、と思うように努めるしか道はないのです。うまくいってるあいだはいいんですけど、ときどきなにかの拍子にそれが崩れて、弱いデイヴィッドが顔をのぞかせるんです」

「クリストウ博士に対しても、自分のほうが勝《すぐ》れていると思っていたのですか？」

「そう思おうと努めていました――でも、うまくいっていたとは思いませんわ。ジョン・クリストウはデイヴィッドがあんなふうになりたいと憧れていた人物ではないかと思うんですけど。あの子はジョンを嫌っていました、そのために」

ポアロは考えこんだ様子でうなずいた。

「さよう――自信、胆力、逞しさ――すべて強い、男性的な特質ですね。おもしろい――非常におもしろい」

ヘンリエッタは答えなかった。

栗の木のあいだを通して、下のほうのプールのそばで、一人の男がかがみこんで、なにかを探している、いや、探しているらしい姿が、エルキュール・ポアロの眼に入った。

彼はつぶやいた。「はて――」

「なんですの？」

「あれはグレンジ警部の部下だ。なにか探しているらしい」

「手がかりでしょう。刑事って手がかりを探すものなんでしょう？　煙草の灰とか、足跡とか、マッチの燃えさしとか」

彼女の声には辛辣な皮肉めいた響きがこもっていた。ポアロは真面目に答えた。

「さよう、そういったものを探します――そして、うまく見つけることもあります。でも、こんどのような事件では、ほんとの手がかりはね、ミス・サヴァナク。ふつう関係者の人間関係のなかにあるものですよ」

「よくわかりませんけど」

「ちょっとしたことなのです」とポアロは言って、頭を後ろにさっと引き、なかば眼をとじた。「煙草の灰でも、ゴム底の靴跡でもありません――ちょっとした身振り、表情、思いがけない動作……」

ヘンリエッタは急に振り返ってポアロを見た。彼はその視線を感じたが、振り向かなかった。

「考えておいでになることがあるんですか――なにか特別のことを？」

「あなたがどういうふうに進み出て、クリストウ夫人の手からリヴォルヴァをとりあげ、そして、それをプールに落したか、そんなことを考えていたのですよ」

彼は彼女がわずかにはっと息をのんだのを感じた。だが、声は平常とかわらず落ちついていた。

「ガーダはね、ムシュー・ポアロ、あまり気のつく人ではないんです。あのときのショックで、それに、万一リヴォルヴァに弾丸が残っていたら、引き金をひいて——だれかを傷つけないとはかぎりませんもの」

「だが、あなたもあまり気のつくほうじゃありませんな、プールに落すなんて？」

「それが、わたしもやっぱりショックを受けていましたので」彼女はちょっと言葉を切った。「なにを言おうとしていらっしゃるんですか、ムシュー・ポアロ？」

ポアロは座りなおし、彼女のほうを振り向ききびきびした、事務的な口調で言った。

「もし、あのリヴォルヴァに指紋がついていたら、つまり、クリストウ夫人が手を触れる前についた指紋という意味ですが、それがだれのものかわかるとなると、これは興味あることですからね——しかも、いまとなってはそれもわからなくなったのです」

ヘンリエッタは静かに、だが、しっかりした声で言った。

「わたしの指紋だと思っているという意味ですのね。わたしがジョンを射っておいて、ガーダが来たとき、リヴォルヴァを拾いあげ、それを持っているように仕向けるため、死体のそばに置いたとおっしゃるのですね。そうおっしゃりたいんでしょう？　でも、わたしが殺したのだったら、最初から自分の指紋を拭きとっておくぐらいの頭は持っていると考えていただきたいですね！」

「しかし、あなたが自分の指紋を拭きとって、リヴォルヴァにはクリストウ夫人以外の指紋がついていなかったとしたら、それこそかえっておかしなことになると気づくぐらいの頭は持っておいでになるはずですよ！　というのは、あなた方はみんな、その前日、あのリヴォルヴァで射撃をしていたのですからね。ガーダ・クリストウがそれを使う前に、指紋を拭きとるとはとても考えられません――そんなことをする必要はまるでないのですから」

ヘンリエッタはゆっくりと言った。

「では、わたしがジョンを殺したと考えていらっしゃるんですか？」

「クリストウ博士は死ぬとき『ヘンリエッタ』と言ったのですよ」

「あれは犯人を指摘したのだとお考えなのですね？　それはちがいます」

「では、なんですか？」

ヘンリエッタは足をのばし、爪先でなにか模様のようなものを描いていたが、やがて低い声で言った。

「お忘れなのですか――ついさっき、わたしがお話ししたことを、つまり――わたししたちの関係を？」

「ああ、そうでした――あなたの恋人だったのですね――だから、死ぬ間際に、ヘンリエッタと言った。なかなか感動的な話ですな」

彼女はぎらぎらした眼を彼に向けた。

「ばかになさるんですか？」

「ばかにしているのではありません。しかし、わたしは嘘をつかれるのは好きではないのです――しかも、どうやらあなたは嘘をついているようです」

ヘンリエッタは静かに言った。

「わたし、あまり正直な女でないことは、もう申しあげておいたはずです――でも、ジョンが『ヘンリエッタ』と言ったのは、わたしが殺したのだと指摘したのではありません。わかっていただけませんかしら、わたしのようにものを作っている人間には、人の命を奪うようなことはとてもできません、ムシュー・ポアロ。相手がだれであろうと、人を殺すことなんかわたしにはできません。これはだれが考えてもわかりきった事実です。あなたはただ、死ぬ間際に、自分の言っていることすらはっきりわかっていない人が口にした名前だけで、わたしを疑っているんですね」

「クリストウ博士は自分の言っていることはちゃんとわかっていたのですよ。あのときの博士の声は、患者の命にかかわる手術をしている医者が、一刻の猶予も許さない、鋭い声で『鉗子《かんし》』と言うときのように生き生きとした意識のある声でしたよ」

「でも――」彼女はたじたじとして、答える言葉もない様子だった。エルキュール・ポアロは間も置かずにつづけた。

「それに、ただクリストウ博士の死にぎわの言葉だけで言っているのではないのですよ。あなたに計画的な殺人ができるとはけっして思っていません――その点は信じています。激情に駆られた瞬間なら、あなたでもあんなふうに引き金をひかないとはいえない――そして、もしそうだとしたら――もしそうだとしたら、マドモアゼル、あなたは創造的な想像力を持っているし、証跡をくらます能力も持っています」

ヘンリエッタは立ちあがった。そして、しばらくそのまま顔面蒼白になって震えながら、じっとポアロを見つめていた。それから、急に愁いのこもった微笑を浮かべて言った。

「でも、わたしに好意を持っていてくださると思っておりましたわ」

エルキュール・ポアロは溜め息をついた。それから、悲しげに言った。

「わたしにとっても、そこが弱いところなのです。あなたが好きなのですよ」

19

ヘンリエッタが帰ったあとも、ポアロはそのまま座っていた。すると、下のほうでグレンジ警部が決然とした、ゆったりした足どりで、四阿のそばの小道を歩いて行く姿が見えた。

警部はなにか目的があって歩いて行く様子だった。

とすれば、レストヘイヴンかダヴコートに向かっているのにちがいないが、ポアロにはどちらかはわからなかった。

彼は立ちあがり、来た道を引き返した。グレンジ警部が自分のところへ来ているのだとしたら、どんな話を持ってきてくれるのか、ポアロは興味があった。

だが、レストヘイヴンに帰ってみても、人が訪ねてきている様子はなかった。ポアロはダヴコートのほうへ行く小道をじっと見あげた。ヴェロニカ・クレイはまだロンドンへ帰っていなかった。

ヴェロニカ・クレイに対して興味が湧いてくるのをおぼえた。淡い光沢のある銀狐の毛皮、積みあげられたマッチ箱、充分な理由があるとはいえない、土曜日の夜の不意の訪問、そして最後に、ヘンリエッタから聞いたジョン・クリストウとヴェロニカに関する話。

興味ある模様《パターン》だ、と彼は思った。彼はそういうふうに見た、パターンだ、と。からみあった感情と個性の衝突が織りなす模様。憎悪と欲望の黒い糸が縦横に走っている、妙に入りくんだ模様。

ガーダ・クリストウが夫を射ったのだろうか？　それとも、それほど単純な事件ではないのだろうか？

彼はヘンリエッタとの会話を思い出し、これはそれほど単純な事件ではないと判断した。

ヘンリエッタは自分が犯行の嫌疑をうけている、とせっかちに思いこんでいる様子だが、彼は心のなかではそこまで考えていなかった。ただ、ヘンリエッタは何かを知っている、と確信しているだけだった。何かを知っている、あるいは何かを隠している——だが、はたしていずれだろうか？

彼は納得がいかなそうに首を振った。

プールのそばの場面。作られた場面。芝居の舞台の場面。だれの手によって上演されたのか？　だれのために上演されたのか？

第二の問題に対する答えは、エルキュール・ポアロのためではないか、と彼は強い疑念を抱いた。あのとき、彼はすぐそう思った。だが、そのときも、それは見当ちがいだ――冗談《ジョーク》だ、と思ったものだった。

見当ちがいであることはいまも同じである――だが、冗談《ジョーク》ではない。

では、第一の問題に対する答えは？

彼は首を振った。わからない。見当すらつかない。

彼は眼をなかば閉じ、登場人物のことを――一人残らず――思い浮かべ、心の眼のなかに彼らの姿をはっきりと描いてみた。ヘンリー卿は高潔で責任感が強く、信頼できる大英帝国の行政官である。アンカテル夫人は影のようで捉えどころがなく、逞しいエネルギーで脈絡のない思いつきを次から次へと口にして、人の意表をつき当惑させる魅力を持っている。ヘンリエッタ・サヴァナクは自分自身よりもジョン・クリストウを愛していた。物静かで消極的なエドワード・アンカテル。ミッジ・ハードカースルというブルネットの積極的な女。リヴォルヴァを手にして呆然と戸惑ったようなガーダ・クリストウの顔。若者らしさが傷つけられたデイヴィッド・アンカテルの個性。

彼らはすべて法の網のなかにある。突然の殺人事件の容赦ない余波のなかに、ここしばらくのあいだは縛りつけられている。めいめいが自分の悲劇とその理由、各自それぞれ背後の事情を持っているのだ。

そして、個性と感情が交錯するなかのどこかに真相が隠れているのだ。

エルキュール・ポアロにとって人間性の探究よりも心をひかれるのはただ一つ、それは真実の追求だった。

彼はジョン・クリストウの死の真相を探ろうと意を決した。

「もちろん、警部さん」とヴェロニカは言った。「お役にたつことならどんなことでもいたしますわ」

「ありがとう、ミス・クレイ」

ヴェロニカ・クレイは警部が想像していた女とは、なんとなく違っていた。

彼は魅惑的な、わざとらしい、おそらくは誇張した挙措の女を予想していたのだ。たとえ彼女がある種の演技をしたところで、彼はすこしも意外とは思わなかっただろう。

事実、彼女が演技をしていたことは、警部も抜け目なく見てとった。しかし、それは彼が予想していたような演技ではなかった。

女の魅力を過度に振りまくこともなく——魅力をとくに強調しているところもない。むしろ、高価な服を着て、非常に美貌な、それでいて同時に、てきぱきとことに対処できる女と対座しているという感じだった。ヴェロニカ・クレイはばかではない、と彼は思った。

「われわれははっきりした供述を求めているだけです、ミス・クレイ。あなたは、土曜日の夜、ホロー荘へおいでになったのですね？」

「はい。マッチを切らしたものですから。田舎ではこんなものでもどれほど大切か、つい忘れてしまうものです」

「わざわざホロー荘までいらしたんですね？　どうしてお隣のムシュー・ポアロのところにいかなかったんですか？」

彼女はほほえんだ——じつに見事な、自信にみちたカメラ用の微笑であった。

「お隣がどんな方か知らなかったのです——でなければ、当然、行っていましたわ。どこかの、小男の外国人だと思っていただけですし、おつきあいをはじめると、わずらわしくなるのではないかと思ったものですから——こんな近くに住んでるんですもの」

なるほど、もっともらしい話だ、とグレンジは思った。こういう場合のために、うまい口実を考えておいたのだろう。

「マッチを借りた、ところが、一座に古いお知り合いのクリストウ博士がいるのに気づかれたわけですな？」

彼女はうなずいた。

「ジョンも気の毒に。あたくし、十五年もあの人に会ってなかったんですのよ」

「そうですか？」警部の口調には、あからさまではないが、非礼にわたらぬほどの疑いがこもっていた。

「そうなのです」彼女の声は非常に断固とした調子であった。

「お会いになって嬉しかったでしょうな！」

「とても嬉しかったですわ。昔の友だちにひょっこり出会うのは、いつでも楽しいものですもの、そうお思いになりません、警部さん？」

「場合によってはそういうこともあるでしょうね」

ヴェロニカ・クレイはそれ以上質問されるのを待たずに言葉をつづけた。

「ジョンは家まで送ってきてくれました。警部さんはあの人がなにかこんどの事件に関係がありそうなことを話さなかったか、お聞きになりたいでしょうし、あたくしもそのときの会話を丹念に思い返してみたんですけど――思いあたる節《ふし》はまるでありませんでした」

「どんなことを話しあったんですか、ミス・クレイ？」

「昔の話です。『これを覚えている、それから、あれは？』なんて」彼女は物思いに沈んだ表情でほほえんだ。「あたくしたち、フランスの南部で知り合ったんです。ジョンはほとんど変っていませんでした——そりゃ年をとって、昔より自信にあふれてはいましたけど。医者としてはとても有名なんでしょうね。自分の個人的な生活のことはなんにも話しませんでした。結婚生活は、たぶん、あまりうまくいっていないのだろう、という印象をうけました——でも、それはほんの漠然とした印象にすぎません。奥さんというのは、あまりぱっとしない、やきもちやきの女ではないかと思います——きれいな女の患者のことで、しょっちゅう騒ぎたてるような」

「そりゃちがいますな。そういうふうにはまるで見えませんよ」

ヴェロニカは急いで言った。

「というと——そんなことは表には全然あらわれていなかった、とおっしゃるんですのね？　ええ——そうですわ、そのほうがずっと危険だと思いますわ」

「では、あなたはクリストウ夫人が射ったとお考えなんですね、ミス・クレイ？」

「そんなことを口にすべきではありませんでしたわ。裁判の前には、意見を言ったりしてはいけませんのね——そうなんでしょう？　申しわけございません、ほんとうに。ただ、あたくしのところのメイドが、あの人はリヴォルヴァをまだ手に持ったまま、死体を見おろしているところを見つかったんだと話してくれたものですから。こんな平穏な田舎では、なんでも大袈裟になって、召使たちがそれを次から次へと伝えていくんですよ」

「召使は、ときによっては非常に役にたつものなんですよ、ミス・クレイ」

「ええ、警部さんもそちらのほうからそうとうの情報を手においれになるんだと思いますけど？」

グレンジはそのことにはおかまいなしにつづけた。

「もちろん、問題は動機を持っているのはだれかということですがね――」

彼はそこで言葉を切った。ヴェロニカがかすかに愁いをおびた微笑を浮かべて言った。

「そして、真っ先に嫌疑をうけるのは、いつでも妻に決まっていますわね？　なんて皮肉なことでしょう！　でも、たいてい、いわゆる『もうひとりの女』というのがいますわね。そして、その女にも動機があることになるんじゃありませんかしら？」

「クリストウ博士の生活に、もうひとりの女がいたとお考えになるんですね？」

「ええ――まあね、そんな女があったのではないかと想像しますわ。人間はなんとはなく印象をうけることがありますものね」

「印象も、ときによっては、非常に役にたつものですよ」

「あたくしの印象では——彼の話からですけど——あの彫刻家の女とはとても親密な間柄のようですわね。でも、そんなことはみんなもうご存じなんでしょう？」

「当局としては、そういうことも調べなくてはなりませんのでね、もちろん」

グレンジ警部の答えはどこから見ても当り障りのないものであったが、相手の大きな青い眼にすばやく、悪意のこもった、満足の色が浮かんだのを、見ないふりをしていたものの、彼はけっして見逃さなかった。

彼はわざと型どおりといった調子で質問した。

「クリストウ博士が家まで送ってくれた、と言いましたね。別れたのは何時ですか？」

「そんなこと覚えているわけないじゃありませんか！　しばらく話をしていました、そのことは覚えているんですけど。きっとずいぶん遅かったにちがいありません」

「クリストウ博士は家に入りましたか？」

「ええ、飲物をさしあげました」

「そうですか。それで、あなた方はプールのそばの——あの——四阿でもお話をなさったと思いますがね」

彼女の瞼がぴくぴくするのが見えた。彼女はほとんど一瞬の逡巡もなく言った。

「あなたのような方をほんとの探偵と言うんですね。ええ、あたくしたち、あそこでしばらく煙草をのんだりお話をしたりしました。どうしておわかりになりましたの？」

彼女の顔に巧みな手品の種明かしをせがんでいる子供のような、嬉しさと熱心さのまじった表情が浮かんでいた。

「あなたはあそこに毛皮を置き忘れていましたよ、ミス・クレイ」と彼はとくに語調を強めもせずに言った。「それに、マッチも」

「ええ、そうでしたわ」

「クリストウ博士がホロー荘に帰ってきたのは、午前三時でした」と警部は、こんどもまたとくに語調を強めることもなく言った。

「そんなに遅かったんですか？」ヴェロニカはほんとうに驚いている様子だった。

「ええ、そうですよ、ミス・クレイ」

「そりゃ、話すことは山ほどありましたしね——なにしろお互いにながいあいだ会っていなかったものですから」

「クリストウ博士とそんなにながくお会いにならなかったというのは確かなんですね？」

「十五年間会っていないと、たったいまさっき申しあげたはずですわ」

「たしかに記憶ちがいではありませんね？　わたしにはたびたびお会いになっていたのではないかという気がするんですが」

「どうしてまたそんなふうにお考えなんですの？」

「まあ、たとえばこの手紙ですな」グレンジ警部はポケットから一通の手紙をとり出し、ちょっとそれを見て、咳払いを一つしてから、読みはじめた。

「今日、午前中にいらしてください。ぜひお目にかかりたいのです。ヴェロニカ」

「そうです」彼女はほほえんだ。「ちょっと押しつけがましいかもしれません。ハリウッドというところは、人間を——すこし傲慢にするんではないでしょうか」

「クリストウ博士は、次の日の朝、この呼び出し状によって、あなたの家に行った。そこであなた方は言い争いをした。どうでしょう、ミス・クレイ、なにが原因でそんな言い争いが起こったのか、お聞かせ願えませんか？」

警部は砲門を開いた。すぐに炎をあげる怒りと、不機嫌そうに固く結んだ唇を見てとった。彼女は叩きつけるように言った。

「あたくしたち、言い争いなんかしません」

「ところが、たしかにしてるんですよ、ミス・クレイ。あなたの最後の言葉はこうでした。『あなたが憎い。こんなに人を憎めるなんて、夢にも思わなかったくらいだわ』ってね」

こんどは彼女は黙っていた。彼女が考えているのが——すばやく、そして油断なく考えているのがわかった。女のなかには猛然としゃべり出すものもいる。しかし、ヴェロニカはそんなことをするほどばかではなかった。

彼女は肩をすくめると、軽くいなすように言った。

「わかりました。また召使たちの噂話ですね。うちのメイドは想像力のたくましい女でして。ものも言いようです。あたくし、あのときはそんなメロドラマみたいな気持じゃありませんでしたわ。ほんのちょっとふざけ半分に言っただけですの。売り言葉に買い言葉でね」

「あの言葉も本気で受けとられると思って言ったんじゃないというんですね？」

「もちろん、ちがいます。はっきり申しあげておきますけど、警部さん、ジョン・クリストウと会ったのは十五年ぶりなんですよ。そのことはご自分で確かめてごらんになればよろしいでしょう」

彼女は落ちつきをとりもどし、悠然として、自信にみちた態度になった。

グレンジはその問題のことで議論したり追求したりはしなかった。彼は立ちあがった。

「さしあたってはこれだけで結構です、ミス・クレイ」と彼は愛想よく言った。

それから、彼はダヴコートを出て小道をおり、レストヘイヴンの門をくぐった。

エルキュール・ポアロはひどく驚いて警部を見つめた。彼は信じられないといった口調で警部の言葉を繰り返した。

「では、ガーダ・クリストウが持っていて、そのあとプールに落ちたリヴォルヴァは、ジョン・クリストウを射ったリヴォルヴァではないというのですね？　しかし、それはまた考えられもしないことですな」

「たしかにそうですね、ムシュー・ポアロ。率直に言って、辻褄《つじつま》が合いませんよ」

ポアロは呟くように静かに言った。

「さよう、辻褄が合いませんな。だが、やはりどこかで辻褄が合うはずですよ、そうでしょう、警部？」

警部は大きく溜め息をついた。「そのとおりですよ、ムシュー・ポアロ。辻褄の合う道筋を見つけ出さなくてはならんのです――ところが、いまのところ、わたしには皆目見当もつきませんな。ともかく、犯行に使用された拳銃を発見できないことには、一歩も先へ進まないというのが現実なんです。その拳銃がヘンリー卿のコレクションの一つだというのは確かです――すくなくとも、一つ紛失していますからね――ということは、すべてが依然としていきつくところはホロー荘ということになりますね」

「さよう、依然としていきつくところはホロー荘ということになりますな」

「単純で、見かけどおりの事件に見えましたがね」と警部はつづけた。「ところがどっこい、それほど単純でもなければ、見かけどおりでもないんですよ」

「さよう、単純な事件ではありませんな」

「でっちあげの可能性があることも、この際、頭に置いておく必要があります——つまり、すべてはガーダ・クリストウを巻き添えにするように仕組まれたということです。しかし、もしそうだとしたら、ガーダに拾わせるため、どうして犯行に使用されたリヴォルヴァを死体のそばに残しておかなかったのですかね？」

「夫人はそれを拾いあげなかったかもしれません」

「たしかにそうです、だが、たとえ拾いあげなかったにしても、ほかの人物の指紋がついていないのですから——つまり、使ったあと、指紋が拭きとられたものとしても——夫人に嫌疑がかかるのは当然ですよ。犯人の狙いはそこではないでしょうか？」

「そうでしょうか？」

グレンジは眼をみはった。

「しかし、かりにあなたが人を殺したとしたら、うまく、そしてすぐに、だれかほかのものに犯行をなすりつけようとするんじゃありませんかね？　それが犯人の通常の反応だと思いますよ」

「さよう。だが、そうは言っても、われわれが相手にしているのは、いささか通常でないタイプの犯人なのですよ。そこがこの事件を解決する鍵だと考えられないことはありません」

「解決の鍵とは？」

ポアロは考え考え言った。

「通常でないタイプの犯人ということです」

グレンジ警部は好奇心をそそられてポアロを見つめた。

「とすると——犯人の意図は？　彼、あるいは彼女の狙いは？」

ポアロは溜め息とともに両手をひろげた。

「わかりません——まるで見当もつきません。だが、こんなふうに思えるのです——漠然とだが——」

「どんなことですか？」

「犯人は、ジョン・クリストウは殺したかったが、ガーダ・クリストウを巻き添えにはしたくなかった人物だということです」

「ほう！　だが、実際には、われわれは夫人を真っ先に疑いましたよ」

「いや、そのとおりです、だが、それは拳銃に関する事実が明るみに出るまでの、単なる時間の問題にすぎないし、それによって、新しい見方に傾くのは仕方がなかったのです。そのあいだ、犯人には時間が――」ポアロの言葉が、そこでぴたりととまった。

「なにをする時間です？」

「ああ、わが友《モナミ》よ、痛いところを突きますね。こんどもまた、わかりませんと言うよりほかはありませんな」

グレンジ警部は一、二度部屋のなかを行ったり来たりしていたが、やがて、ポアロの前で立ちどまった。

「今日の午後、こちらにうかがったのには、ムシュー・ポアロ、二つの理由があるのです。一つには――これはもう署内でもよく知れわたっていることですが――あなたが広い経験の持主で、これまでにもこんどのような事件をみごとに解決された方であることを知っているからです。それが第一の理由です。しかし、ほかにも理由があります。あなたは現場においでになった。目撃者なのです。事件をご自分の眼でごらんになったのです」

ポアロはうなずいた。

「さよう、たしかにこの眼で見ましたよ――でも、眼というものはね、グレンジ警部、はなはだ頼りにならない目撃者なのですよ」

「といいますと、ムシュー・ポアロ？」

「眼は、ときによって、見るように計画されたものを見るものだからです」

「では、あれは前もって計画された犯罪だとお考えなんですね？」

「ではないかと思っています。あれは芝居の場面そっくりでした。わたしははっきり見ていました。射たれたばかりの男と、その男を射って、使ったばかりのピストルを手にしている女。わたしが見たのはこんな情景ですが、一つの点でこの情景がまちがっていることが、すでにわたしたちにはわかっています。その拳銃はジョン・クリストウを射つために使われたのではなかったのですからね」

「なるほど……」警部は垂れさがった髭を強く引っぱった。「あなたが言いたいのは、あなたが見た情景は、ほかの点でも、あるいはまちがっている怖れがあるということなんですな？」

ポアロはうなずいて言った。

「現場にはほかに三人いました――見たところ、どうやらその場に来たばかりと思われる三人の人物がね。しかし、これにしても、あるいは事実ではなかったかもしれない。

プールは深い栗の若木の林に囲まれています。プールからは小道が五本出ていて、一本は屋敷へ、一本は上の森へ、一本は上の花壇へ、一本はプールから下の菜園へ、一本はこの道路に出る道です。

その三人はそれぞれ別の小道から来たのです、エドワード・アンカテルは上の森のほうから、アンカテル夫人は下の菜園から、ヘンリエッタ・サヴァナクは屋敷の上のほうの花壇から。この三人は犯行現場に、ほとんど同時に着いたのです。ガーダ・クリストウより、ほんのちょっと遅れて。

ところが、この三人のうち一人はね、警部、ガーダ・クリストウより先にプールに来て、ジョン・クリストウを射ち、どれかの小道を上るか下るかして逃げ、それから引き返してきて、ほかの人たちと同時に着くこともできないではありません」

「ええ、できないことはありませんね」とグレンジ警部は言った。

「それに、そのときは思いつかなかったが、もう一つ考えられることがあります。何者かが道路から小道伝いに来て、ジョン・クリストウを射ち、姿を見られずに同じ道を引き返すこともできないではありません」

「たしかにおっしゃるとおりです。ガーダ・クリストウのほかに、もう二人、犯人として考えられる人物がいるわけですな。われわれが考える動機は一つ——嫉妬ですよ。これは明らかに痴情による犯罪ですね。ジョン・クリストウにはほかに二人の女が絡んでいます」

警部はここで言葉を切って、さらにつづけた。

「クリストウはあの日の朝、ヴェロニカ・クレイに会いにいっています。そして、言い争いをしています。ヴェロニカはクリストウに、こんな仕打ちをするなら、いまにきっと思いしらせてやるとも言っているし、あなたが憎い、こんなに人を憎めるなんて、夢にも思わなかったくらいだ、とも言っています」

「おもしろいですな」とポアロは呟いた。

「あの女はハリウッド帰りです――新聞で読んだのですが、あそこでは、ときどき射ちあいをやるそうですな。あの女は前の晩、四阿に置き忘れた毛皮をとりにきたと考えられないことはありません。そして、彼に出会う――前の口喧嘩にまた火がつく――女は相手を射つ――そのとき、だれかが来る音を聞いて、女は来た道をこっそりと引き返す、これは考えられないことじゃありませんよ」

警部はちょっと言葉を切ったが、じれったそうにまた言った。

「ここまでくると、なにかも行き止りにぶつかるのです。あのいまいましい拳銃ですよ！　ひょっとすると」彼の眼が輝いた。「あの女は自分の拳銃でクリストウを射ち、ホロー荘の人たちに嫌疑をおっかぶせるために、ヘンリー卿の書斎から盗んできておいた拳銃を落しておいたのかもしれませんよ。銃腔の旋条から、使われた銃が確認できることを、あの女は知らなかったのでしょうな」

「どれだけの人がそのことを知っているでしょうかね？」

「そのことはヘンリー卿にきいてみましたよ。相当多数の人が知っているだろうということでした——これも推理小説のせいだそうでね。新しいものでは『手がかりは流れだす噴水』という小説の名をあげて、ジョン・クリストウも土曜日にそれを読んでいたそうで、その小説はとくにその点を強調したものだと卿は言っていました」

「しかし、それにはヴェロニカ・クレイはなんとかしてヘンリー卿の書斎から拳銃を持ち出さなくてはなりますまい」

「そうです、とすると、これは計画的な犯行ということになりますな」警部はここでまた髭を引っぱっていたが、やがてポアロを見つめて言った。「しかし、あなたはほかにも一つ可能性があると言っていましたよ、ムシュー・ポアロ。ミス・サヴァナクです。ここであなたが目撃したもの、いや、耳撃と言うべきですかな、こいつがまた問題になってくるんですよ。クリストウ博士は死に際に『ヘンリエッタ』と言っています。あなたはそれを聞いておられる——みんなも聞いている。もっとも、アンカテル氏にはよく聞きとれなかったらしいんですが」

「エドワード・アンカテルは聞かなかったって！　それはおもしろいですな」

「しかし、ほかの人たちは聞いていますよ。ミス・サヴァナクは自分に話しかけようとしたのだと言っています。アンカテル夫人は、クリストウ博士は眼をあけ、ミス・サヴァナクの姿を見て『ヘンリエッタ』と言ったと言っています。夫人はそのことをたいして重要だとは思っていないようですがね」

ポアロはほほえんだ。「さよう——あの人ならそんなことを重要だとは思わないでしょうな」

「ところで、ムシュー・ポアロ、あなたはどうなのです？　あなたは現場にいた——あなたは見ている——聞いている。クリストウ博士はみんなに、自分を射ったのはヘンリエッタだと言おうとしたのでしょうか？　要するに、あれは犯人を告発するための言葉だったのでしょうか？」

ポアロはゆっくりと言った。

「あのときはそうとは受けとりませんでしたよ」

「それで、いまは、ムシュー・ポアロ？　いまはどうお考えなのですか？」

ポアロは溜め息をついた。それから、ゆっくりした口調で言った。

「あるいはそうだったかもしれない。それ以上のことは言えません。あなたが訊くから印象を話したまでで、その瞬間が過ぎると、そのときにはなかった意味まで、いろいろなことのなかに意味を読みとろうという誘惑があるものです」

グレンジは急いで言った。

「もちろん、これは非公式《オフ・レコード》です。なにをムシュー・ポアロが考えようと、それは証拠にはなりません――それぐらいはわかっていますよ。わたしが手に入れたいのは、ヒントだけです」

「いや、よくわかりました――目撃者の印象は非常に役立つことがありますよ。でも、お恥しい次第ですが、わたしの印象は役には立ちません。クリストウ夫人が夫を射ったばかりだという、眼にうつった証拠のために、わたしは先入観にとらえられていたからです。ですから、クリストウ博士が眼をあけて『ヘンリエッタ』と言ったとき、それが犯人をさすものだとは考えもしなかったのです。振りかえって考えてみると、あの場面のなかに、そのときはそこになかったものを、いまさらながら読みとりたいという誘惑に駆られますね」

「あなたのおっしゃる意味はわかります。しかし『ヘンリエッタ』というのが、クリストウ博士が最後に言った言葉だったからには、二つの意味のうちどちらかをさしているはずだというふうに思えますね。犯人をさす言葉か、でなければ——そうですな、まったく感情的なものか、どちらかです。あの女は彼が愛していた女だし、彼は死にかけていたのです。そこで、すべてのことを考えあわせて、あなたには二つのうちどちらだと思われますか？」

ポアロは溜め息をつき、からだを動かし、眼をとじ、また開き、いかにも困りはてたというように両手をひろげた。

「クリストウ博士の声は切迫した調子でした——わたしにはこうしか言えません——切迫した調子だったと。犯人の告発だとか、感情的なものだとかいうふうには、わたしには思えませんでした——だが、切迫した調子であったことは確かです！　それに、もう一つ、確かなことがあります。最後まで博士の意識ははっきりしていたことです。博士の口のきき方は——さよう、医者のようでした——それも、至急手術を要する患者——出血のため死にかかっている患者を任された医者のような口調でした」ポアロは肩をすくめた。「お役に立てるのは、わたしとしてはここまでが精いっぱいです」

「医者のように、ですか？　なるほど、三つ目として、そういう見方もありますな。射たれて、死ぬのじゃないかと思い、急いで手当をしてもらいたかった。そして、もし、アンカテル夫人が言うように、眼をあけたとき、最初に眼にうつったのがミス・サヴァナクだったとしたら、おそらく彼女に訴えかけるでしょうね。しかし、どうも納得できません」

「この事件で納得のいくことなんかありませんよ」とポアロは吐き出すように言った。

ポアロを出しぬくために計画され演出された殺人場面——そして、それはまんまと彼を出しぬいたのだ！　いや、どうにも納得できない。

グレンジ警部は窓越しに外を見ていた。

「やあ」と彼は言った。「部長刑事のクラークが来ましたよ。なにかつかんだようです。召使を当たらせておいたんですが——人当りがいいんでね。なかなかの好男子で、女の扱い方を心得ているんですよ」

クラーク部長刑事がすこし息を切らしながら入ってきた。自分の仕事に満足していることがすぐにわかったが、慎みぶかい職務的な態度の下に、それを抑えていた。

「報告しにまいったほうがいいと思ったのです、警部、どこへ行かれたのかわかっておりましたので」

彼はためらってうさんくさそうな視線をポアロに投げた。ポアロの異国的な風貌は、職務上の秘密をまもるという彼の感覚からすれば、好ましからざるものに思えたのである。

「話してかまわないよ」とグレンジ警部が言った。「このムシュー・ポアロは気にしなくていいんだ。捜査のことなんか、これから先きみが何年経験したって及びもつかんほどのことを知っておいでなのだから」

「わかりました。じつはこういうことなんです。台所メイドから聞き出したことですが――」

グレンジがそれを遮った。そして、得意そうにポアロのほうを向いた。

「言ったでしょう？　台所メイドのいるところ、つねに希望ありですよ。召使もそうは置かなくなり、メイドなんてどこの家庭でも雇わなくなったいまのご時世では、まさに天の助けですね。台所メイドはおしゃべりで、口をすべらすもんです。いつも料理人や上のほうの召使に頭をおさえられているものだから、自分の知ってることを、聞きたがっている人に話す、こりゃ人情ってものですよ。さあ、つづけてくれ、クラーク」

「メイドの話ってのはこうなんです。日曜日の午後、執事のガジョンがリヴォルヴァを持って、ホールを通るのを見かけたそうです」

「ガジョンが？」

「はい、そうです、警部」クラークは手帳に眼をやった。「これから先はメイドの言った言葉どおりです。『あたし、どうしていいかわかりませんけど、あの日見たことを話すのがいちばんいいと思います。あたし、ガジョンさんを見たんです、リヴォルヴァを持ってホールに立っていました。様子がとっても変でしたわ』

わたしの考えでは」とクラークは言った。「様子が変だったということの件《くだ》りは、たいして意味があるとは思いません。たぶん、自分の考えを付けたしただけのことでしょう。でも、すぐ報告しておいたほうがいいと思いましたのでね」

グレンジ警部は立ちあがった。これから自分のやるべき仕事が見つかったとでもいいたげに、しごく満足のていで、また、こういうことはたしかに彼にふさわしい仕事であった。

「ガジョンだって？　よし、これからすぐガジョンの奴と話してみよう」

20

ふたたびヘンリー卿の書斎に舞いもどったグレンジ警部は、眼の前の男の無表情な顔を見つめていた。

いままでのところ、ガジョンは彼なりにまだ体面を保っていた。

「まことに申しわけございません」と彼はなんども繰り返して言った。「そのことは申しあげておかなくてはならなかったのでございますが、つい忘れておりまして」

彼はすまなさそうな顔で、警部からヘンリー卿へと視線をうつした。

「あれはたしか五時半ごろでございます。投函しておく手紙でもありはしないかとホールを通っておりますと、ホールのテーブルの上にリヴォルヴァが置いてあるのに気がついたのでございます。ご主人さまのコレクションの一つだろうと思いまして、このお部屋に持ってまいりました。マントルピースの横の棚には、そのリヴォルヴァが納めてあった隙間がございましたので、もとの場所にもどして置いたのでございます」

「それはどのリヴォルヴァかね？」とグレンジは言った。

ガジョンは立ちあがり、話に出た棚のほうへ歩いて行った。警部はすぐそのあとについていった。

「これでございます」ガジョンの指が列のいちばんはじのモーゼル拳銃をさした。

それは二五口径で――きわめて小型の拳銃だった。ジョン・クリストウを殺した拳銃でないことは確かだった。

グレンジはガジョンの顔を見つめたまま言った。

「それはリヴォルヴァじゃなくて、自動拳銃《オートマティック》だ」

ガジョンは咳払いした。

「さようでございますか？　わたくしは銃器類のことはあまり詳しく存じませんので。リヴォルヴァという言葉をすこし大雑把に使ったかもしれません」

「だが、これはきみがホールで見つけて、ここへ返しておいた拳銃であることにはまちがいないんだね？」

「それはもう、絶対にまちがいございません」

グレンジはガジョンが手をのばしかけたのをとめた。

「触っちゃいかん。指紋や、弾丸がこめてあるかどうかを調べなくちゃならんから」

「弾丸はこめてないと存じます。ヘンリー卿のコレクションの拳銃は、みんな弾丸は抜いてあります。それから、指紋のことでございますが、もとにもどすとき、ハンカチで拭きましたので、わたくしの指紋しかついていないと存じます」

「なんでそんなことをしたのだ？」とグレンジは鋭い口調できいた。

だが、ガジョンのすまなさそうな微笑は相変らず動揺もしなかった。

「埃がついてはいないかと存じましたもので、はい」

ドアが開いて、アンカテル夫人が入ってきて、警部にほほえみかけた。

「いらっしゃい、グレンジ警部さん。リヴォルヴァとかガジョンとか、これはどうしたことですの？　お勝手のあの子、泣いてばかりなんですよ。ミセス・メドウェイから叱《こ》言《ごと》のありったけをくってるものですからね――でも、あの子にしてみれば、自分でそうすべきだと思ったのなら、見たことを話すのは当然だと思いますわ。わたくしだって、どっちが正しいのか間違っているのか、とまどうことがしょっちゅうですのよ――正しいほうが自分の気に入らなくて、間違ってるほうが受けいれやすい場合、そりゃ簡単ですわ、だって、自分の立場がはっきりしていますもの――でも、これがあべこべだと困ってしまいますわ――でも、だれだって自分が正しいと思うことをしなくちゃいけないと思うんですけど、そうじゃありませんかしら、警部さん。あの拳銃のことを、あなた、なんて話していたの、ガジョン？」

ガジョンは過度にわたらない程度に言葉を強めて言った。

「拳銃はホールの中央のテーブルにあった、と申しあげていたところでございます、奥さま。どうしてそこに置いてあったのかは、まるで存じません。わたくしはそれをこのお部屋に持ってまいって、もとの場所にもどしたのでございます。警部さんに、ただいまのように申しあげましたところ、充分に納得していただきました」

アンカテル夫人は首を振り、穏やかに言った。

「そんなふうに言ってはいけなかったのよ、ガジョン。警部さんにはわたくしが自分でお話しします」

ガジョンはちょっとからだを動かしたが、アンカテル夫人はやさしく言った。

「あなたの気持はうれしく思います、ガジョン。いつもあなたが、わたくしたちが厄介なことに巻きこまれないよう気をつかっていてくれるのはよくわかっています」夫人は引き退《さが》るように、やさしく言った。「さあ、もうこれでいいでしょう」

ガジョンはちょっとためらい、ヘンリー卿のほうにちらと眼をやり、それから警部のほうを見ていたが、頭をさげると、ドアのほうへ歩いて行った。

グレンジは引きとめようとでもするような仕草をしたが、どうしたわけか自分でも心を決めかねて、そのまま腕をおろした。ガジョンは部屋を出てドアを閉めた。

アンカテル夫人はゆったりと椅子に腰をおろし、二人の男にほほえみかけて、気軽に言った。

「ほんとに、あれがガジョンのいいところだと思いますわ。とても封建的でしてね、わたくしの言う意味がわかっていただけますかしら。ええ、封建的という言葉がいちばんぴったりします」

グレンジはぎごちなく言った。

「奥さま、この問題について、奥さまはもっとよくご存じだと考えてよろしいのでしょうか？」

「もちろんですわ。ガジョンが拳銃を見つけたのはホールじゃございません。卵をとり出すとき見つけたんです」

「卵？」グレンジ警部は眼をまるくして夫人を見た。

「バスケットからですよ」

夫人はこれですべて明らかになったと思っているようだった。ヘンリー卿がものやわらかに言った。

「もうすこし詳しく話してくれないか。グレンジ警部もわたしも、まだなにがなにやらわからないでいるんだよ」

「まあ」アンカテル夫人は詳しく話す気になったようだった。「ごらんになった拳銃はバスケットのなか、卵の下にあったんです」

「どのバスケットで、どの卵ですか、奥さま?」

「わたくしが菜園に持っていったバスケットですよ。拳銃はそのなかに入っていたんです、そして、わたくし、その上に卵を入れたんですけど、そのことをすっかり忘れてましてね。ジョン・クリストウがプールのそばで死んでいるのを見つけたとき、あんまりショックが大きかったので、ついバスケットを取り落したんですけど、うまくガジョンが受けとめてくれましたの(卵が入っていたからですよ。もし落しでもしたら、卵はみんな割れてたでしょうね)そして、家に持って帰ってくれたんです。あとで、卵に日付けを書いておくように頼みましたの——わたくし、いつもそうするんですよ——そうしておきませんと、古いのより先に新しいのを食べることがありますから。そしたら、ガジョンは万事始末しておきましたって言いました。いまになって考えてみると、なんだかそのことを強調してたようでしたわね。わたくしが封建的だと言ったのは、こういうところなんですよ。ガジョンは拳銃を見つけて、この部屋にもどしておいたのです——それというのも、家のなかにお巡りさんがいるからだと思います。召使というのは、お巡りさんがいると、いつも気をつかうものですよ。とても主人思いです――でも、いっぽうから言えば、気がきかないんですよ、だってね、警部さん、あなたがお聞きになりたいのは事実なんでしょう?」

アンカテル夫人は警部に晴れやかな微笑を投げかけて話を結んだ。

「そうです。わたしが手に入れようと思っているのはその事実なのですがね」とグレンジはいささか陰気に言った。

アンカテル夫人は溜め息をついた。

「大変な騒ぎじゃございません? いえ、ここで嗅ぎまわっている人たちのことですけどね。わたくし、ジョン・クリストウを射ったのがだれだったにしろ、ほんとに射つ気だったとは思いませんわ――本気でっていう意味ですけど。もし犯人がガーダだとしたら、なおさらですわ。ほんとのところ、わたくし、あの人が射ちそこなわなかったのが不思議なほどですのよ――ガーダのことを考えれば、だれだってそう思いますよ。それに、ガーダはとても優しい人なんですもの。もし警察であの人を捕えて、刑務所にいれて、死刑にでもしたら、いったい子供たちはどうなります? たとえ、あの人がジョンを射ったにしても、たぶん、いまはひどく後悔していますわ。父親が殺されたというだけでも、子供たちにとってはひどい打撃なのに――そのうえ、その罪で母親までが死刑になったりしたら、子供たちはどんなにひどい打撃をうけることでしょう。あなた方警察官は、こういうことをお考えにならないのじゃないかと思うことがよくありますわ」

「いまのところ、わたしたちはだれかを逮捕しようとは思っておりませんよ、アンカテル夫人」

「いずれにしろ、それは分別のあることですよ。でも、わたくし、はじめから思ってたんですのよ、グレンジ警部さん、あなたはとても話のわかる方だって」

またしても、あの魅力的な、まぶしいほどの微笑が浮かんだ。

グレンジ警部は眼をぱちくりさせた。そうせずにはいられなかったのだ。だが、気をとりなおし、断固として問題の要点にたちかえった。

「いまおっしゃいましたように、アンカテル夫人、わたしが手に入れたいのは事実なのです。あなたはこの部屋から拳銃を持ち出した――ところで、それはどの拳銃だったのですか？」

アンカテル夫人はマントルピースの横の棚のほうに顎をしゃくってみせた。「はじから二番目。二五口径のモーゼルですわ」夫人のきびきびした専門的な話し方のなかの何かが、グレンジの心にひっかかった。いままで頭のなかでアンカテル夫人のことを〝雲をつかむような〟そして〝すこし頭のおかしな〟人というレッテルを貼っていたので、なんとなく、銃器類についてこれほど専門的な精密さで説明するとは思っていなかったのである。

「あなたはこの部屋から拳銃を持ち出し、バスケットに入れた。なぜですか？」

「そのことをおたずねになることはわかっていましたわ」とアンカテル夫人は言った。その声には、意外にも、得意そうな調子がこもっていた。「もちろん、理由がなくてはなりませんわね。そうお思いにならない、ヘンリー」夫人は夫のほうを振り返った。「あの朝、わたくしが拳銃を持ち出したのには、なにか理由がなくてはならないとお思いにならない？」

「そりゃ、そう考えるのが当然だよ」とヘンリー卿はぎごちない調子で言った。

「人間って、自分でなにかをしたくせに」とアンカテル夫人は、考えこんでじっと眼の前を見つめながら言った。「なんでそんなことをしたか思い出せないことがありますわ。でもね、警部さん、そんなときでも理由はあるものです、ただ思い出せるかどうかです。わたくしがバスケットに拳銃を入れたときには、頭のなかには、なにか考えがあったにちがいありません」夫人は警部に向かって訴えるように言った。「それはいったいどんな考えだったとお思いになります？」

グレンジは夫人を見つめた。夫人は当惑した様子は見せていなかった——ただ、子供っぽい熱心さだけだった。それには彼も抵抗できなかった。いままでルーシー・アンカテルのような人には会ったことがなく、しばらくはなにをどうしていいかわからなかった。

「妻はね」とヘンリー卿が言った。「ひどいうっかり屋なのですよ、警部」

「そうらしいですね」とグレンジは言った。あまり愛想のいい言い方ではなかった。

「なぜわたくしがあの拳銃をとったとお思いになります？」とアンカテル夫人は打ち明け話でもするように警部にたずねた。

「わかりませんな、わたしには、アンカテル夫人」

「わたくしはこの部屋に入ってきました。それまではシモンズに枕カヴァのことを話していたんです――それから、ぼんやり覚えていますけど、暖炉のほうへ行って――新しい火掻き棒を買わなくちゃと考えながら――教区牧師《レクター》じゃなくて、牧師補《キュレイト》（小型火掻き棒の意あり）――」

グレンジ警部は眼をまんまるくした。頭がぐるぐるまわるような気がした。

「それから、覚えていますけど、あのモーゼルを手にとって――小型で、手ごろな拳銃なので、前から気に入ってたんですよ――それをバスケットに入れて――そのバスケットは温室から持ってきたんですけど――でも、いろんなことで頭がいっぱいで――シモンズのことや、紫苑にからまったつる植物のことや――それから、ミセス・メドウェイがこってりした〈白シャツの黒人《ニガー・イン・ヒズ・シャツ》〉をこさえてくれるといいんだけど、とか――」

「白シャツの黒人？」グレンジ警部は思わず口をはさんだ。

「チョコレートに卵――それにホイップド・クリームをかけるんですよ。昼食《おひる》のあとで出すと外国の方が喜ぶお菓子なんですの」

グレンジ警部は、眼の前に張っている細い蜘蛛の巣を払いのけるような気持で、強い、ぶっきらぼうな口調で言った。

「拳銃に弾丸をこめましたか？」

彼は彼女の不意をつくつもりであった――いや、すこしは怯えさせたいとさえ思ったのだが、アンカテル夫人はただじっと考えこんでいるだけだった。

「さあどうだったかしら？　ほんとにばかみたいですわね。まるで思い出せません。でも、きっと弾丸はこめただろうとお思いになりませんか、警部さん？　だって、弾丸のこめてない拳銃なんか役に立たないじゃありませんか？　あのとき、なにを考えていたか、はっきり思い出せさえしたらね」

「ねえ、ルーシー」とヘンリー卿が言った。「おまえがなにを考えているかとか、なにを考えていないかとかなんて、おまえをよく知っているものは、とっくの昔から考えるのをあきらめているよ」

彼女はやさしい微笑を投げた。

「いま思い出そうとしているところなんですよ、ヘンリー。人間ってほんとに妙なことをするものですわね。このあいだの朝も、わたくし、電話の受話器を取りあげて、ふと気がつくと、とまどってそれを見ているんです。なにをしようとしていたのか思い出せないんですものね」

「たぶん、どなたかに電話をかけようとしていらっしゃったんでしょうな」と警部が冷やかに言った。

「ところが、そうじゃありませんの、変な話ですけどね。あとになって思い出したんですけど――わたくし、庭師のおかみさんのミアーズが、どうして赤ちゃんをあんな妙な恰好で抱いているのかしらって考えていたんです。それで、人は赤ちゃんをどんなふうに抱くか試してみようと思って受話器をとってみたんですけど、もちろんわかりましたわ、ミアーズのおかみさんは左利きだもんだから、赤ちゃんの頭をあべこべにして抱いていたんですよ」

彼女は得意そうに二人の顔を見た。

「まあ、世間にはこんな人がいるのかもしれないな」と警部は思った。

しかし、はっきりそうとも言えないような気がした。

この話がもともと嘘八百かもしれない、と彼は思ったのだ。たとえば、あのメイドはガジョンが持っていたのはリヴォルヴァだったとはっきり言っている。それでも、そのことをあまり重要視するわけにはいかない。あのメイドは銃器類のことはなにも知らないのだ。この事件に関した話のなかでリヴォルヴァという言葉を耳にしていただけで、彼女にとってはリヴォルヴァも拳銃もみんな同じなのだ。

ガジョンとアンカテル夫人ははっきりモーゼル拳銃と言っている――だが、二人の言うことを立証するものはない。実際には、ガジョンが手にしていたのは紛失したリヴォルヴァだったかもしれないし、ガジョンはそれを書斎にではなく、アンカテル夫人に返したのかもしれない。この家の召使どもは、みんなこのいまいましい女に心酔しきっているようだ。

だが、かりにジョン・クリストウを射ったのが、実際は夫人だったとしたら？（だが、なぜ彼女が？　彼にはその動機がわからなかった）召使たちは、それでも夫人に味方して嘘をつくだろうか？　彼らならそんなことぐらい平気でするだろうと思うと、彼は不安な気持になった。

ところで、思い出せないという夫人のいかにも頼りにならない話だが――たしかにあれよりいくらかましな話を考え出してもよさそうなものだ。しかも、あの話をしていて、不自然な様子はなかった――まるで追いつめられた様子もなければ、不安そうな様子もなかった。ちくしょう！　文字どおりの事実を話しているという印象しかうかがえなかったのだ。

彼は立ちあがった。

「もうすこし詳しいことを思い出していただけましたら、おしらせくださいアンカテル夫人」と彼はそっけない口調で言った。

「そりゃもちろん、おしらせいたしますわ、警部さん。思わぬときに、ふと思い出すことがありますもの」

グレンジは書斎を出た。広間まで来ると、彼はカラーの内側に指を突っこんでぐるりとまわし、大きく息をついた。

すべてが薊《あざみ》の冠毛のなかでもつれあっているような気がした。

彼に必要なのは使い古して世にも汚くなったパイプと一パイントのビール、それにうまいステーキとポテトチップ。単純で、なにか形のあるものであった。

21

書斎ではアンカテル夫人がひょいひょいと動きまわりながら、あちらこちらのものを人さし指で触っていた。ヘンリー卿はゆったりと椅子に腰をおろして彼女を見ていた。

やがて彼は言った。

「なぜ拳銃なんかをとり出したんだ、ルーシー?」

アンカテル夫人はしとやかに椅子に身を沈めた。

「それがはっきりわからないんですよ、ヘンリー。なんとなく事故が起こりそうな気がしたんだと思いますわ」

「事故?」

「ええ、そうですよ。木の根っこみたいで」とアンカテル夫人はなにやらわからないことを言い出した。「突き出ていて——よくつまずくことがありますわね。だれかが的に向かって何発か射って、一発だけ残しておくことがないともかぎりませんわ——もちろん、うっかりしてですけど——でも、人間ってうっかりするものですもの。わたくし、前から思ってたんですけど、そんなことをするのが、いちばん事故のもとになりやすいんじゃありませんかしら。そりゃその人はひどく後悔して、不注意だった自分を責めるでしょうけど……」

彼女の声は次第に細く消えていった。ヘンリー卿は夫人の顔から眼もはなさず、じっと見ていた。やがて、こんどもまた前と変らぬ静かな、注意ぶかい声で言った。

「だれがあうと思っていたのだ——その事故に？」

ルーシーはちょっと夫のほうに顔を向け、意外そうな面持ちで見た。

「ジョン・クリストウですわ、もちろん」

「なんということを言うのだ、ルーシー——」

彼女はむきになって言った。

「まあ、ヘンリー、わたくし、前からひどく気がかりだったんですよ。エインズウィックのことが」

「そうかい。エインズウィックのことだったのか。昔からおまえはエインズウィックのことを気にかけすぎてるよ、ルーシー。どうかすると、おまえが気にかけているのはエインズウィックのことだけなのじゃないかと思うことがあるよ」

「エドワードとデイヴィッドで最後なんですのよ――アンカテル家は。それに、デイヴィッドはだめですわ、ヘンリー。結婚しませんよ、あの子は――母親やなんかのことがありますもの。エドワードが死んだら、あの屋敷はあの子のものになるし、結婚はしない、そして、あの子がまだ中年にもならないうちに、あなたもわたくしも死んでいるでしょう。あの子がアンカテル家の最後の一人になり、そして、なにもかも消えてなくなるんですよ」

「それがそれほど大切なことなのかい、ルーシー？」

「そりゃ、もちろん、大切なことですわ！　ああ、エインズウィック！」

「おまえが男の子だったらよかったのにね、ルーシー」

そう言いながらも、彼はちょっとほほえんだ――女であること以外のルーシーなんて、彼には想像できなかったからである。

「なにもかもエドワードが結婚するかどうかにかかってるんですよ――ところがエドワードはとても頑固でしてね――あの頭の長いところなんかも、わたしの父そっくり。エドワードがヘンリエッタのことは忘れて、だれかいい人と結婚してくれればいいのにと思ってたんですけどね――それも望みなしだとわかりましたの。そのうちに、ヘンリエッタとジョンのことは、おきまりのコースをたどるだろうと考えました。ジョンの女性関係は永続きしたためしがないんですもの。ところが、こないだの晩、ジョンがヘンリエッタを見ている眼を見ましたの。ジョンはほんとにヘンリエッタが好きだったんです。ジョンさえいなければ、ヘンリエッタもエドワードと結婚するんじゃないかという気がしましたのよ。ヘンリエッタは思い出をはぐくんで、過去に生きるといった女じゃありませんもの。だから、ね、行きつくところは――ジョン・クリストウを消してしまえば」

「ルーシー。まさかおまえは――いったいなにをしたんだい、ルーシー？」

アンカテル夫人はまた立ちあがった。そして、花瓶の枯れた花を二つ抜きとった。

「まあ、あなた、まさかこのわたくしがジョン・クリストウを射ったなんて思ってらっしゃるんじゃないでしょうね。そりゃたしかに、わたくし、事故が起こるんじゃないかなんて、余計な心配はしていましたわ。でも、考えてみれば、ジョン・クリストウを招待したのはこちらなんですよ――あの人が自分から来たいと言ったんじゃありませんわ。ひとをお客に呼んでおいて、事故が起こるように仕向けるなんてできるわけがありませんわ。アラブ人だって、お客をもてなすにはひどく気をつかうものですよ。だから、心配しないで、わかってくださるわね、ヘンリー？」

夫人は立ったまままぶしいほどの、情愛のこもったほほえみを浮かべて夫を見た。彼はおもおもしく言った。

「いつでもおまえのことが心配でならないんだよ、ルーシー」

「なにも心配なさることはないんですよ、あなた。それに、結局なにもかもうまくいったじゃありませんか。わたくしたちがなにもしなくてもジョンの片はついたし。それで思い出しましたけど、あのボンベイの男、わたくしにひどい失礼な態度をとった。あの男はそれから三日後に汽車にひかれて死にましたわね」

彼女はフランス窓をあけて、庭に出ていった。

ヘンリー卿はじっと腰をおろしたまま、小道をぶらぶらと歩いて行く妻のほっそりした背の高い姿を見ていた。彼は急に老《ふ》け、疲れきったように見え、その顔は恐怖と背中あわせに生きている男の顔だった。

台所ではドリス・エモットがガジョンの厳しい叱言《こごと》を浴び、涙を浮かべてしょげかえっていた。ミセス・メドウェイとミス・シモンズはギリシャ劇の合唱隊の役割をしていた。

「出しゃばって早合点するのは、世間知らずの女がすることだ」

「そうですよ」とミセス・メドウェイが言った。

「わたしが拳銃を持っているところを見たのなら、なにはおいてもわたしのところに来て『ミスター・ガジョン、どういうわけか聞かしていただけませんでしょうか？』と言うのが順序というものじゃないかね」

「でなければ、わたしのところへ来てもよかったんですよ」とミセス・メドウェイが口をはさんだ。「わたしなら若い娘に、その子の知らない世間のことをどう考えてやればいいか、いつでも喜んで教えてあげますよ」

「それを、よりによって」とガジョンは手厳しく言った。「警察の連中にしゃべるとは――それも相手はたかが部長刑事じゃないか！　警察とはできるだけかかわりあいにならないでもらいたいね。警察の連中がお屋敷のなかにいるだけでもやりきれんというのに」

「まったくやりきれたものじゃないわ」とミス・シモンズが呟くように言った。「こんな目にあうなんて、わたし、生れてはじめてですわ」

「わたしたちなら」とガジョンはつづけた。「奥さまがどういう方かだれでも知っている。どんなことをなさろうと、いちいち驚きはせん――だが、警察の連中はわたしたちのように奥さまのことを知らないものだから、奥さまが拳銃を持って歩いていらしたというだけで、くだらん質問をしたり疑いをかけたりしてはいけないなんて考えないのだ。ああいうことはいかにも奥さまのなさりそうなことなんだが、警察の連中はあんな人殺しとか、けがらわしいことしか見えんような頭の持主なのだ。奥さまはうっかりしたところはあるが、蝿一匹殺すような方ではない。ただ、妙な場所にものを置く癖がおありなのはたしかだがね。忘れもせんが」とガジョンはある感慨をこめて言った。「奥さまが生きたロブスターを持ってお帰りになって、それをホールの名刺受けにお入れになったことがあってね。わたしは自分の眼を疑ったよ！」

「それはわたくしがこちらへ参る前のことですわ、きっと」とシモンズが先を聞きたそうに言った。

ミセス・メドウェイはドリスのほうをちらと見やって、こうした内証話にとどめをさした。

「いつかまた話してあげますよ。ところで、ドリス、いままでの話は、みんなあんたのためによかれと思ってしたことだからね。警察沙汰なんかに巻きこまれるのは下品なことなんだから、くれぐれもそのことを忘れないようにね。さあ、野菜の支度にかかっておくれ、そして、隠元豆《いんげん》は昨日よりもっと気をつけてするのよ」

ドリスは鼻をくすんと鳴らした。

「はい、メドウェイさん」と彼女は言って、流し台のほうへ行った。

ミセス・メドウェイは悪い予感がするとでもいう口調で言った。

「今日はおいしいペストリーが作れそうな気がしないわ、明日はあのいやらしい検死審問があるのよ。そのことを思い出すたびにいやな気分になるんですよ。こんなことが――わたしたちの身に起こるなんて」

22

門の閂《かんぬき》の音にポアロが窓から外を見ると、ちょうど玄関へ通じる小道を歩いてくる客の姿が見えた。それがだれであるか、一目でわかった。なんの用があってヴェロニカ・クレイが自分に会いにきたのか、ポアロにはまるで見当がつかなかった。

彼女が部屋に入るとともに、かすかな芳香が漂ったが、その香りはポアロにはすぐわかった。彼女はヘンリエッタと同じようなツイードと散歩靴という軽装だった――だが、ヘンリエッタとはまるで違うと彼は思った。

「ムシュー・ポアロ」その声は嬉しそうで、いくらか興奮しているような調子だった。「自分のお隣がどなただか、ほんのさっきわかりましたの。あたくし、前々からぜひお近づきになりたいと思っていましたのよ」

ポアロは差し出した彼女の手をとり、頭をさげた。

「お美しいですな、マダム」

彼女は微笑をもってその敬意に応え、お茶もコーヒーもカクテルも断った。

「結構ですわ。ただお話しに参っただけですから。真面目なお話を。あたくし、心配なことがあるんです」

「心配って？　それはいけませんな」

ヴェロニカは椅子に腰をおろし、溜め息をついた。

「ジョン・クリストウの死に関係のあることですの。検死審問は明日ですわね。ご存じなんでしょう？」

「ええ、ええ、知っておりますよ」

「あの事件全体がまるで信じられないことばかりで――」

彼女は言葉を切った。

「たいていの人はほんとと思ってくれないんです。でも、あなたならって思って、だって、あなたは人間性というものを知っていらっしゃるんですもの」

「人間性ならいくらか知っております」とポアロも認めた。

「グレンジ警部があたくしのところに来ましたの。あの人、あたくしがジョンと言い争いをしたと頭から思いこんでいるんです――そりゃある意味ではほんとですけど、あの人が言う意味の喧嘩ではないんです。あたくし、ジョンとは十五年も会っていないことを話したんですけど――まるっきり信じてくれないんです。でも、それはほんとなんですのよ、ムシュー・ポアロ」

「事実である以上、それを証明するのはわけないことです。では、なぜ心配なのです？」

彼女は彼の微笑に親しみをこめた笑顔で応えた。

「ほんとのことを申しますと、あたくし、土曜日の晩、実際にあったことを警部に話さなかったのです。とても想像もつかないことですので、警部が信じてくれるはずがないと思ったものですから。でも、だれかには話しておかなければという気がするんです。だから、あなたのところへ来たんです」

ポアロは静かに言った。「光栄の至りです」

彼女がこのことを当然のことだと思っているのに、ポアロは気づいた。この女は自分がかもし出している効果に大きな自信を持っているといった女なのだ、とポアロは思った。自信を持っているあまり、ときには失敗をしないともかぎらない。

「ジョンとあたくしは、十五年前、結婚の約束をしました。ジョンはとてもあたくしを愛していました――それがあまり激しいので、あたくし、これはいけないと思ったことがありました。あたくしにお芝居をやめてくれと言うんです――あたくし自身の考え方や生き方をするなと言うんです。とても所有欲が強くて、横暴で、あたくし、これではやっていけないような気がして、婚約を解消したのです。それがジョンにはひどくこたえたんではないかと思いますわ」

ポアロは慎みぶかく、同情を示すように軽く舌を鳴らした。

「それ以来、先週の土曜日まで会っておりません。ジョンはあたくしを家まで送ってくれました。あたくしたちが昔のことを話していたことは、警部にも言いました——ある意味では、ほんとなんです。でも、それだけではありませんでした」

「というと？」

「ジョンは興奮しました——ひどく興奮していました。自分は奥さまと子供を棄てるから、あたくしも夫と離婚して、自分と結婚してくれって言うんです。あたくしのことを片時も忘れたことはないって言いました——あたくしに会った瞬間、時が停止したんだって」

彼女は眼をとじ、ごくりと唾をのみこんだ。化粧の下の顔はひどく蒼ざめていた。

ふたたび眼をあけると、彼女はおずおずとポアロにほほえみかけた。

「ほんとだとお思いになりますか——そんな感情はあるものだということを？」

「あると思いますね、ええ」

「片時も忘れない――いつまでも待っている――計画をたてて――希望を失わない。ゆくゆくは自分の求めているものを手に入れようと、固く心に誓う。そんな男っているものですわね、ムシュー・ポアロ」

「そうです――それに、女も」

彼女は険しい眼でポアロを見つめた。

「あたくし、男のことを話しているんです――ジョン・クリストウのことを。まあ、そんな事情だったのです。あたくし、はじめは反対したり、笑ったりして、真面目にとりあげませんでした。それから、頭がどうかしているって言ってやりました。ジョンが帰ったのは、だいぶ遅くなってからでした。あたくしたち、そりゃ激しく言い争いました。でも、ジョンはまだ――気持を変えていないようでした」

彼女はまたしても唾をごくりとのんだ。

「そんなわけで、翌朝、手紙を持たせてやったんです。あたくし、ものごとをそんなふうに放っておけない性質《たち》なんです。あの人にわかってもらうより仕方がなかったんです。あの人が求めていることは――不可能だって」

「不可能ですかな?」

「もちろん不可能です! 手紙を見て、あの人は来ました。あたくしの言うことには耳も貸しません。執拗に言いはるのです。あたくし、いくら言っても駄目だ、あなたを愛してはいない、憎んでいるのだと言いました……」彼女は息をはずませて言葉を切った。「この問題では冷酷になるより仕方がなかったのです。そんなふうで、あたくしたち、怒ったまま別れました……そして、いまは――あの人も死んでしまって」

ポアロは彼女の握りしめた手や、曲がった指や、突き出た関節を見た。大きくて、残忍そうな手だった。

彼女が抱いている強い感情が、自然とポアロにも伝わってきた。それは後悔でも、悲嘆でもなかった――怒りだったのだ。思うことを叶えられなかったエゴイストの怒りだ、とポアロは思った。

「それで、ムシュー・ポアロ？」彼女の声はまた自制した、穏やかな声になっていた。「あたくし、どうしたらいいのでしょう？　このことを話すべきでしょうか、自分の胸のうちにおさめておくべきでしょうか？　事情はこのとおりなのです――でも、聞くほうに信じる気持がすこしはありませんと」

ポアロは考えこんで、ながいあいだ彼女を見つめていた。

彼はヴェロニカの話を真実だとは思わなかったが、それでいながら、その話の下には、真摯さが流れていることは否定できなかった。そんなことはたしかにあったのだ、と彼は思った、しかし、ヴェロニカが言うとおりではなかったはずだ。

突然、真相がわかった。それは裏返しにされた事実なのだ。彼女のほうがジョン・クリストウを忘れることができなかったのだ。はねつけられて思いをはたせなかったのは彼女のほうなのだ。そしていま、自分では正当と思っていた獲物を奪われた牝虎のような激しい憤怒を、黙って抑えておくことができず、傷ついた誇りを癒し、もう手の届かないところへいってしまった男に対する、やみがたい欲望をすこしでも満たそうと、事実を反対に書きかえたのだ。ヴェロニカ・クレイともあろう女が、自分の求めるものを手に入れることができなかったなど、とても認められないことだった！　そこで、すべてをまるであべこべに変えたのだ。

ポアロは大きく息をついてから言った。

「もし、そのことがジョン・クリストウの死になんらかの関係があるとしたら、話すべきでしょう、だが、もしそうでなかったら――そして、関係があるとは、わたしには思えないのですが――それなら、あなたの胸のうちにしまっておいて、ちっともかまわないと思いますがね」

彼女は失望したのではないか、とポアロは思った。いまの彼女の気持では、この話で新聞の紙面を飾りたかったのではあるまいかと彼は想像した。ヴェロニカはこのポアロのところに来た――その理由は？ この作り話の効果を試してみるつもりだったのか？ 彼の反応を見るためだったのか？ あるいはポアロを利用して――この話を次から次へと流させるためだったのか？

たとえ彼の穏やかな応答に失望したとしても、彼女はそれを表には出さなかった。彼女は立ちあがり、ながい、マニキュアの行き届いた手を差し出した。

「ありがとうございました、ムシュー・ポアロ。あなたのおっしゃることはもっとものような気がいたします。おうかがいしてほんとによかったと思います。あたくし――あたくし、どなたかに知っていただきたかったんですもの」

「あなたのご信頼を裏切りはいたしませんよ、マダム」

彼女が帰ると、彼は窓をすこし開けた。匂いが鼻についた。ヴェロニカの匂いが気にいらなかったのだ。高価な香水ではあるが、彼女の性格同様、人を辟易させ、威圧的だった。

カーテンをぱたぱたはたきながら、ポアロはヴェロニカがジョン・クリストウを殺したのだろうか、と考えた。

ヴェロニカなら平気で殺しただろう――そのことを彼は信じて疑わなかった。彼女なら引き金をひく感触を楽しんだことだろう――ジョン・クリストウがよろめいて倒れるのを見て満足したことだろう。

しかし、あの復讐に燃えた憤怒の背後には、冷やかで、抜け目のないなにものか、機をうかがい、冷静で、計算された知性的ななにものかがある。いかにヴェロニカ・クレイがジョン・クリストウを殺したいと思っていたにしろ、あの女がそんな危険をおかすとは彼には思えなかった。

23

検死審問は終った。それはまったくの形式的な手続きにすぎなかったので、予期はしていたものの、ほとんどの人が竜頭蛇尾という不満な気持を抱いたものだった。

警察側の要請によって、審問は二週間後に再開されることになった。

ガーダはパターソン夫人と一緒に、ロンドンからハイヤーのダイムラーで来ていた。彼女は喪服を着て、あまり似合わない帽子をかぶり、落ちつかない、おどおどした様子をみせていた。

ダイムラーに乗りこもうとしたとき、アンカテル夫人が近づいてきたので、彼女は足をとめた。

「ご機嫌いかが、ガーダ？　よく眠れないということはないでしょうね。思ったとおり、無事にすんだじゃないの？　一緒にホローに来ていただけないのは残念だけど、来ればかえって心の痛みがますことは、わたしにもよくわかります」

パターソン夫人はちゃんと紹介しないことをとがめるように、妹のほうにちらと眼をやりながら、明るい声で言った。

「これはミス・コリンズの考えなんですの——車で来て帰るというのは。そりゃお金はかかりますけど、わたしたちもそれだけのことはあると考えたものですから」

「ええ、わたしもそう思いますよ」

パターソン夫人は声を落した。

「ガーダと子供たちをすぐベクスヒルに連れていくことにしています。ガーダに必要なのは休養と静かさです。新聞記者たちったら！　想像もおつきになりませんわ！　ハーリー街じゅうをうようよしているんですから」

若い男がカメラを向けたので、エルシー・パターソンは妹を車に押しこむと、そのまま走り去った。

ほかのものには、わずかの隙に不似合いな帽子の鍔《つば》の下のガーダの顔が見えただけであった。その顔は空《うつ》ろで、途方にくれた表情で——頭のよわい子供のようだった。

ミッジ・ハードカースルが低い声で呟くように言った。「気の毒な人」

エドワードがいらだたしそうに言った。

「みんなはいったいクリストウをどう思っていたのかな？　奥さんは悲しみに打ちひし

がれている様子だよ」

「ご主人に夢中だったのよ」とミッジが言った。

「だが、なぜだい？　あの男は自分勝手で、そりゃ、ある意味ではいい夫だったろうが、でも——」エドワードはそこで言葉を切ったが、やがてたずねた。「ジョンのことを、きみはどう思う、ミッジ？」

「あたし？」ミッジは考えていた。そして、ようやく自分の言葉に驚きながらも言った。

「尊敬していたんだと思うわ」

「あの男を尊敬していた？　なんで？」

「そうね、自分の仕事のことは知っていたからよ」

「医者として考えているんだね？」

「ええ」

それ以上話す時間がなかった。

ヘンリエッタがミッジを車でロンドンまで送っていくことになっていたのだ。エドワードはホロー荘で昼食をするために帰り、それからデイヴィッドと午後の汽車でたつ予定だった。彼がミッジにそれとなく、「いつか、ぜひ昼食《おひる》でも」と言うと、ミッジはとても嬉しいが一時間しか昼休みがとれないと言った。エドワードは例の魅力的な微笑を浮かべて言った。

「特別の場合なんだよ。お店の人たちだって、きっとわかってくれるよ」

それから彼はヘンリエッタのほうへ行った。「電話するよ、ヘンリエッタ」

「ええ、そうしてね、エドワード。でも、しょっちゅう外出するかもしれないけど」

「外出？」

彼女はちらと冗談めかした笑顔をみせた。

「悲しみをまぎらせるために。まさかあたしが家にじっとして、ふさぎこんでいるとでも思ってるんじゃないでしょうね？」

彼はゆっくりした口調で言った。「このごろ、きみがわからなくなったよ、ヘンリエッタ。すっかり変ったね」

彼女の顔が和らいだ。そして、思いもかけなかったのに、「あなたはいい人ね、エドワード」と言って、さっと彼の腕をつよく握った。

それから、彼女はルーシー・アンカテルのほうを向いて言った。「来たくなったら、また来てもいいでしょう、ルーシー？」

ルーシー・アンカテルは言った。「かまいませんとも。それに、どうせ二週間先には検死審問がありますもの」

ヘンリエッタは駐車してあるマーケット広場のほうへ行った。彼女とミッジのスーツケースはもう車に入れてあった。

二人は車に乗り、出発した。

ながい坂道を登りきると、尾根を越える広い道路に出た。眼下には茶色や金色の木の葉が、淡い秋の日の冷気のなかで、かすかに震えていた。

だしぬけにミッジが言った。「逃げ出せてよかったわ――ルーシーからでさえ。いい人なんだけど、ときどき、からだがぞくぞくすることがあるのよ」

ヘンリエッタはじっと小さなバック・ミラーをのぞきこんでいた。

彼女はいくらか気のない調子で言った。

「ルーシーは飾り音符をつけないではいられないのよ――殺人にさえも」

「あたし、いままで殺人なんて考えたこともなかったわ」

「あたりまえよ。普通の人が考えるものじゃないわ。サツジンなんてクロスワードに使う四字の言葉か、本のなかのお楽しみでなくちゃお目にかかれないものよ。でも、本物となると――」

彼女は言葉を切った。ミッジがあとをつづけた。

「ほんとに起こったことなのよ。だから、みんなうろたえているのよ」

「あなたがうろたえることはないわ。あなたは関係ないんですもの。関係がないのは、たぶん、あなただけでしょうね」

「いまじゃ、あたしたちみんな関係なくなったのよ。もう抜け出したんですもの」

「そうかしら？」とヘンリエッタは呟くように言った。

彼女はまたバック・ミラーをのぞきこんでいたが、突然アクセルを踏んだ。車はそれに反応した。彼女はちらっとスピード・メーターに眼をやった。五十マイルは越えている。まもなく針は六十に達した。

ミッジは横目でヘンリエッタの横顔を見た。向こうみずに運転するなどヘンリエッタらしくなかった。ミッジはスピードを出すのは好きであったが、曲がりくねった道でこんなスピードで走るなんて無茶だ。ヘンリエッタの口もとには不気味な微笑が浮かんでいた。

「振りかえってごらんなさい、ミッジ。ずっと後ろに車が見えるでしょう？」

「ええ？」

「ヴェントナー一〇よ」

「そう？」ミッジはとくに興味はなかった。

「便利な小型車なの、燃料もくわないし、走行性もいいし、でも、スピードが出ないのよ」

「そう？」

おかしな人、とミッジは思った。ヘンリエッタが心を奪われるのは、いつも車とその性能なのだ。

「いま言ったように、あの手の車はスピードは出ないはず――ところが、あの車は、ミッジ、こっちが六十マイル以上も出しているのに、ちゃんとついてくるわ」

ミッジは驚いた顔をヘンリエッタに向けた。

「というと――」

ヘンリエッタはうなずいた。「警察は、きっと普通の車に特別のエンジンをつけるのね」

「では、いままでも警察はあたしたちみんなを見張ってるっていうの？」

「どうもそうらしいわね」

ミッジは身震いした。

「ヘンリエッタ、あなた、あの二つ目のピストルの意味がわかって？」

「わからないけど、あれのおかげでガーダは嫌疑からはずされたのよ。でも、それ以上のことは、あれでなんかわかるとは思えないわね」

「でも、もしあれがヘンリーのコレクションの一つだとしたら――」

「そうだとは言えないのよ。だって、まだ見つかっていないじゃないの」

「そうね、そりゃそうだわ。まるで関係のない人物ということも考えられるわね。あたしが、ジョンを殺したのはだれだったらいいと思っているかわかって、ヘンリエッタ？あの女よ」

「ヴェロニカ・クレイ？」

「ええ」

ヘンリエッタはなにも言わなかった。前方の道路にじっと眼をすえたまま車を走らせていた。

「考えられないことじゃないと思わない？」とミッジはなおも言った。

「そりゃ考えられなくはないわね」とヘンリエッタはゆっくりした口調で答えた。

「じゃ、あなたはそうは思って――」

「自分がそう考えたいからといって、そう考えたってなんにもならないわ。万事解決――あたしたちみんな、関係なしということになるからって！」

「あたしたち？　でも――」

「あたしたちは関係者なのよ――みんな。あなただってそうよ、ミッジ――とはいっても、あなたがジョンを射つ動機となると、これは警察も見つけるのに苦労するでしょうけどね。そりゃあたしだってヴェロニカが犯人だったらと思うわ。あの女が被告席で、ルーシーの言葉をかりれば、すばらしい演技を披露するのを見られたら、こんな楽しいことはないわ！」

ミッジはちらと相手に視線を投げた。

「ねえ、ヘンリエッタ、あなた、あのことがあるから復讐したい気持になってる？」

「というのは」――ヘンリエッタはちょっと言葉を切った――「あたしがジョンを愛していたこと？」

「ええ」

そう答えながら、ミッジはこの周知の事実が言葉にされたのはこれがはじめてだということに気づいて、軽い驚きをおぼえた。ヘンリエッタがジョンを愛していたことは、すべての人、ルーシーもヘンリーも、ミッジも、エドワードですら認めていたのだが、いままでだれもその事実を遠回しにでも言葉にして口に出したものはいなかったのだ。ちょっと話が途切れて、そのあいだヘンリエッタは考えこんでいるようだった。やがて彼女はしみじみとした口調で言った。

「あたし、自分の気持がよく説明できないの。たぶん、自分でもわかっていないのじゃないかしら」

もうアルバート橋にさしかかっていた。

ヘンリエッタが言った。

「アトリエに寄っていかない、ミッジ。お茶でも飲んで、それからあなたんちまで送っていくから」

ロンドンでは短い午後の陽射しが、すでに薄れかけていた。ヘンリエッタはアトリエの入口の前に車をとめると、ドアに鍵をさしこんだ。そして、なかに入り、電灯をつけた。

「寒いわ。ガス・ストーヴをつけましょう。あら、いやだわ――途中でマッチを買うつもりだったのに」

「ライターではだめなの？」

「あたしのは使えないのよ、それに、どうせライターではガス・ストーヴはつかないの。楽にしていてね。すぐそこの角に盲目のおじいさんが立ってるの。いつもその人からマッチを買うのよ。すぐ帰ってくるから」

アトリエにひとり残されて、ミッジはヘンリエッタの作品を見てまわった。だれもいないアトリエで、こうした木やブロンズの作品にかこまれているのは、なんとも薄気味わるい気持だった。

ブリキの帽子をかぶった、頬骨の高い、ブロンズの頭像があったが、これはたぶん赤軍の兵士だろう。リボンのようなアルミニウムをひねって作った幻想的な作品があったが、これには大いに興味をそそられた。ピンク色の花崗岩《みかげいし》の、大きな、どっしり腰をすえた蛙があったし、隅のほうにはほとんど実物大の木の彫像があった。

彼女がそれを見ていると、ドアの鍵がまわる音がして、ヘンリエッタがすこし息をきらしながら入ってきた。

ミッジは振りかえった。

「これはなんなの、ヘンリエッタ？　なんだかこわいみたい」

「それ？《祈る人》って題なの。国際グループ展に出品するのよ」

ミッジはじっとそれを見つめながら、またしても言った。

「こわいわ」

ガス・ストーヴをつけるためにひざまずきながら、ヘンリエッタは顔だけ振り向けて言った。

「あなたがそんなことを言うなんておもしろいわね。なぜこわいと思うの？」

「そうね——まるで表情がないからだわ」

「よくわかるわね、ミッジ」

「とてもいい作品ね、ヘンリエッタ」

「材料の梨の木がよかったのよ」

彼女は立ちあがった。そして、大きなショルダー・バッグと毛皮のコートを長椅子に投げ出すと、マッチ箱を二つテーブルにほうり出した。

ミッジはヘンリエッタの顔に浮かんだ表情を見てはっとした――突然、不可解な歓喜の色があらわれていたのだ。

「さあ、お茶にしましょう」とヘンリエッタは言ったが、その声にはすでにミッジがその顔にかいまみたのと同じ、強い喜びがあふれていた。

それはなんとなくそぐわない感じだった――だが、ミッジは二つのマッチ箱を見て思いついた一連の考えのため、そのことを忘れてしまった。

「ヴェロニカ・クレイが持って帰ったマッチのこと、覚えている？」

「ルーシーがぜひ半ダース持っていけって押しつけたときのことね、覚えているわ」

「ヴェロニカがいつも家にマッチを置いていたかどうか、調べたものがいるかしらね？」

「警察で調べたと思うけど。なんでも徹底的にやるんだから、警察って」

得意そうなかすかな微笑がヘンリエッタの唇に浮かんだ。ミッジは狐につままれたような、ほとんど不愉快といってもいい気持になった。

彼女は考えた。「ヘンリエッタはほんとにジョンを愛していたのだろうか？　はたしてそうだろうか。きっと愛してはいなかったのだ」

「エドワードはそれほど待たなくても……」そんなことを考えているうちに、彼女は荒涼として、かすかな冷え冷えとした気持が、からだじゅうを駆けぬけていくような気がした。

そんな考えを素直に喜べないというのは、心が狭いのだ。自分はエドワードが幸せになるのを願っていたのではなかったか？　エドワードが自分のものになるわけではないし。エドワードにとって、自分はいつも〝かわいいミッジ〟なのだ。それ以上になったことはない。愛の対象となる一人の女であったことはないのだ。

エドワードは、あいにく誠実な人間だった。そして、誠実な人間は、たいてい、最後には自分の求めるものを手に入れるものなのだ。

エドワードとヘンリエッタがエインズウィックで……それで物語はめでたしめでたしなのだ。エドワードとヘンリエッタはいつまでも幸せに暮らすことだろう。

彼女はそのことが手にとるように見えた。

「元気をお出しなさいよ、ミッジ」とヘンリエッタが言った。「殺人事件なんかでくよくよしちゃだめよ。あとで、一緒に軽い食事でもしにいかない？」

だが、あわててミッジは下宿に帰らなくてはならないから、と言った。「仕事がたくさんたまっているのよ――手紙も書かなくてはならないし。ほんとうなら、お茶をすませたらすぐお暇《いとま》したほうがよかったんだけど」

「じゃ、いいわ。車で送るわね」

「タクシーでも拾えばいいんだから」

「なにを言ってるの。車があるんだから使いましょうよ」

二人は湿っぽい夜気のなかに出た。ミューズ街の端を通りすぎるとき、ヘンリエッタは道の片側にとめてある一台の車を指さした。

「ヴェントナー一〇よ。あたしたちを尾行してるのよ。見ててごらんなさい。ついてくるから」

「ひどいわね！」

「そう思う？　あたしはちっとも気にならないけど」

ヘンリエッタはミッジを下宿まで送りとどけるとミューズ街へ引き返し、車をガレージに入れた。

それから、またアトリエに入った。しばらくのあいだ、指でマントルピースを叩きながら、放心したように立っていた。やがて、溜め息をつくと、ひとり呟いた。

「さて——仕事でもしようか。時間を無駄にしてもつまらないから」

彼女はツイードの服をぬぎ、仕事着にきがえた。

一時間半後、彼女は身をひいて出来栄えを見た。頬には粘土がついているし、髪は乱れていたが、台座の上の原型に満足してうなずいた。

それはだいたい馬の形をしていた。粘土は不規則な大きな塊のまま叩きつけられてあった。騎兵隊の連隊長が見たら卒中でも起こしかねない馬で、いままで産み落されたいかなる生身の馬とも似ても似つかないものであった。アイルランド人の狩猟好きなヘンリエッタの先祖でも、これを見たら頭を抱えこむだろう。それでも、これは馬にちがいなかった——抽象的に表現された馬だった。

グレンジ警部がこれを見たらなんと思うだろうと考えると、その顔が眼の前に浮かんで、ヘンリエッタはいたずらっぽく口もとをすこしほころばせた。

24

エドワード・アンカテルはシャフツベリ通りの往き来する人の渦のなかに、ためらいながら立っていた。金文字で〈マダム・アルフリージ〉と書いた看板の出ている店に入ろうと、勇気を奮いおこしているところだった。

漠然とした直観によるものだったが、電話だけでミッジを昼食に呼び出す気になれなかった。ホロー荘で耳にした電話での会話の断片が気になっていたのだ――いや、気になるどころか、彼にはショックだったのだ。ミッジの声には絶対服従といおうか、卑屈ともいえる調子がこもっていて、それが彼をいたく憤慨させたのだった。

もともと自由で陽気であけすけに口をきくミッジが、あのような態度をとらなければならない。電話の相手の無礼と傲慢さに対して、明らかに彼女が示していたように我慢しなければならない。こういうことは、間違っている――すべてが間違っている！　しかも、彼が心づかいを示すと、彼女は、仕事を失うわけにはいかないこと、なかなか仕事は得られないこと、仕事を失わないようにするには、与えられた任務をただ遂行すること以上の不愉快さも忍ばなくてはならないのだというような、聞くだにうとましい事実を、率直に話したものだった。

そのときまで、エドワードは、近頃の多くの若い女性が職業を持っていることは、漠然とながら知ってもいたし認めてもいた。たとえ、そのことに考えおよんだにしても、そういう女性の大部分は仕事が好きだからなのだ——仕事を持つことは彼女たちの独立心をくすぐり、人生において自分だけの興味を与えてくれるからだ、と彼は考えていたのである。

お昼に一時間の休みをとるだけで、週日は九時から六時まで働かなくてはならないという事実が、有閑階級の娯楽や気晴らしなどを、若い女には無縁のものにしていることは、エドワードの頭に浮かびもしなかったのだ。ミッジが昼食時間を犠牲にしないかぎり、画廊に寄ってみることも、昼間のコンサートに行くことも、晴れた夏の日に車で町を離れることも、遠い郊外のレストランでゆっくり食事をすることもできず、田舎まで足をのばすのは土曜日の午後や日曜日までおあずけにして、混雑したライオン食堂か軽食堂で掻きこむような昼食をとらなければならないということは、彼には新しい、だが、はなはだおもしろからぬ発見であった。彼はミッジが大好きであった。かわいいミッジ

——彼は彼女のことをそんなふうにしか考えていなかった。休暇でエインズウィックに来たとき、着いたそうそうは内気そうで、眼をまんまるくしていて、最初はろくに口もきけないでいたが、次第にうちとけてくると、熱意にあふれ、こまやかな愛情をみせるようになったものだった。

エドワードは、現在に対してはいまだ試みたことのないものとして疑念を持ち、ひたすら過去に生きようとする傾向があるために、ミッジがちゃんと一人前の給料を稼いでいる大人であると認めるのがおくれたのだった。

ミッジが愛情こまやかな子供ではなく、一人の女なのだとはじめて気づいたのは、あの晩ホロー荘で、彼がヘンリエッタと妙なふうに衝突し、気もそぞろで、寒さに震えながら家に入ってくると、ミッジが暖炉に火をいれてくれたときだった。それを見て彼は狼狽した——一瞬、なにかを失ったような気がした——エインズウィックの貴重な部分を。そして、そんなふうに、突然、芽ばえてきた感情をおさえきれず衝動的に言ったのだった。「もっとしょっちゅう、きみに会ってればよかったのにね、ミッジ……」

月明かりのもとで、ながいあいだ愛しつづけてきたヘンリエッタとは、まるでちがったヘンリエッタと話をしていると——突然、彼は恐慌状態におちいった。そして、自分の鋳型にはまった生活が、いよいよ不安になってきた。〝かわいいミッジ〟もまたエインズウィックの一部だったのだ――ここにいる女はもはやかわいいミッジではなく、彼が知らなかった、勇気があって、愁いをふくんだ眼の大人なのだった。

それ以来、心にしこりが残り、ミッジの幸せや楽しみを考えようともしなかった自分の思慮のなさを激しく責めてきた。そして、ミッジがマダム・アルフリージの店であまり愉快でもない仕事をしているということがますます気になり出し、ついに、その店がどんなところか、自分の眼で確かめようと決心したのだった。

エドワードは細い金のベルトのついた小さな黒いドレスや、粋《いき》で、ひどく布地をけちしたジャンパー・スーツや、派手な色のレースの夜会服が飾ってあるショーウィンドウを、うさんくさい眼でのぞきこんだ。

エドワードは女性の服装に関してはなにもわからなかったので、直観に頼るしかなかったが、ここに陳列してあるのは、どことなく俗悪な部類に入るものだ、と手厳しい判断をくだした。これはミッジが勤めるような店ではない。だれかが――ルーシー・アンカテルでもいい――なんとかしてやらなければいけない。

やっとの思いで臆病さを振りきると、エドワードはいくらか猫背のからだをしゃんと伸ばして店に入った。

たちまち彼は面くらって立ちすくんだ。甲高い声をしたプラチナ・ブロンドの小娘が二人、ショー・ケースの衣裳をあれこれ見ていて、ブルネットの女店員がそばにかしずいていた。店の奥では、肉のふとい鼻と赤褐色の髪と耳ざわりな声をした小柄な女が、小肥りの当惑顔の客と、夜会服の仕立て直しのことで言いあっていた。隣の試着室からは女のがみがみいう声が聞こえてきた。

「ひどいわ——なんていっても、これじゃひどいわ——もうすこしちゃんとしたものはないの？」

それに答えて、ミッジの隠やかな声が聞こえた——うやうやしい、説得力のある声だった。

「このワイン・カラーの服はとてもスマートでございますよ——きっとお似合いになると思うんですけど。ちょっとお召しになってみては——」

「どうせ駄目だとわかっているものを着てみるほど、わたしは暇じゃありませんよ。ちょっとの手間じゃないのよ。わたしは赤はきらいなのよ。わたしが言ってることをちゃんと聞いていたら——」

エドワードは首筋まで真っ赤になった。彼はミッジがドレスをその憎たらしい女の顔にたたきつければいいのにと思った。ところが、そうはしないで、彼女は小さな声で言った。

「ほかのを見てまいりますわ。グリーンはお嫌いなのでございましょうね、奥さま。では、このピンクのは?」

「ぞっとするわ――ほんとにぞっとするわ! もう、結構、ほかのを見る気はしません。まったく時間の無駄で――」

マダム・アルフリージが例の小肥りの客のそばを離れ、エドワードのところに来て、不審そうに彼を見た。

彼は気をとりなおした。

「あの――ちょっと、その――ミス・ハードカースルはおいででしょうか?」

マダム・アルフリージは眉をあげたが、エドワードの服がサヴィル・ロウ仕立てであることを見てとるなり笑顔になった。この女は機嫌のわるいときより愛想のいいときのほうが気味がわるい。

試着室ではがみがみ声が一段と高くなった。

「気をつけてよ! なんて無器用な人でしょう。ヘアネットが破けてしまったじゃないの」

ミッジがおろおろ声で言った。

「申しわけございません、奥さま」

「しようのない無器用ものね」（声がなにかに押えられて小さくなった）「結構です、自分でします。ベルトをとって」

「ミス・ハードカースルはすぐ手があきますから」とマダム・アルフリージが言った。彼女の笑顔は流し目に近くなった。

砂色の髪をした、機嫌のわるそうな顔をした女が、いくつか包みを抱えて試着室から出てくると、通りへ出ていった。地味な黒い服を着たミッジが、その客のためにドアを開けてやった。彼女は顔色がわるく不幸せそうであった。

「お昼を誘いにきたんだよ」とエドワードは前置きもなしに言った。

ミッジは辛そうに時計を見あげた。

「あたし、一時十五分まで出られないのよ」

一時十分だった。

マダム・アルフリージが愛想よく言った。

「よかったら、もうお店はかまいませんよ、ミス・ハードカースル、せっかくお友だちが誘いにきてくだすったんですもの」

ミッジは低い声で「まあ、ありがとうございます、マダム・アルフリージ」と言って、エドワードには、「すぐ支度するわ」と言うと、店の奥に姿を消した。

エドワードはお友だちという言葉をばかに強調していたマダム・アルフリージに気勢をそがれ、手持ち無沙汰で待っていた。

マダム・アルフリージがいよいよ狙いさだめた話をはじめようとしたとき、ドアが開き、ペキニーズをつれた金のありそうな女が入ってきた。マダム・アルフリージは職業的直観で、すぐその新来の客のほうへ寄っていった。

ミッジがコートを着てあらわれると、エドワードは腕をとって、店から通りに連れ出した。

「なんということだ」と彼は言った。「あんなことまで、きみは我慢しなきゃならないのかい？　あのいまいましい女がカーテンの向こうできみに話しているのを聞いたよ。よくもまあ我慢できるもんだね、ミッジ。どうして服を顔に投げつけてやらなかったんだい？」

「そんなことをしたら、いっぺんで首よ」

「だが、あんな女にはなにか投げつけてやりたくならないかい？」

ミッジは強く息を吸った。

「そりゃなるわよ。とくにサマー・セールの暑い一週間の終りごろになると、我慢できなくなって、いつかはつい相手かまわず、お帰りはこちらなんて口走りそうなときがあるわ――ところが、ほんとうは『はい、奥さま』『いいえ、奥さま』とか――『ほかにないか見てまいります、奥さま』なんて言ってるんですものね」

「ミッジ、ねえ、かわいいミッジ、こんなことを我慢していちゃいけないよ」

ミッジは弱々しく笑った。

「そんなに興奮しないで、エドワード。それより、どうしてお店に来たの？　どうして電話をかけなかったの？」

「自分の眼で見たかったんだよ。心配だったんでね」彼はちょっと言葉を切ったが、すぐ堰をきったように話し出した。「いいかい、ルーシーなら皿洗いの女中にだって、あの女がきみに話していたような調子では話しかけやしないよ。あんな傲慢な失礼な扱いをうけて、それでも我慢しなくてはならないなんて、絶対にまちがっているよ。ねえ、ミッジ、いますぐにでもきみをあんな店から引っぱり出して、エインズウィックに連れていきたいよ。このままタクシーを呼んで、きみを押しこんで、二時十五分の汽車でエインズウィックに連れていきたい」

ミッジは立ちどまった。うわべだけよそおっていた無頓着そうな態度が消えた。骨の折れる客や、意地のわるいマダム・アルフリージを相手に、うんざりするような半日を送ってきたのだ。突然、むしょうに腹が立ってきて、彼女はエドワードにくってかかった。

「それなら、そうすればいいじゃないの？　タクシーならいくらでもいるわ！」

彼は彼女の突然の怒りに呆気にとられ、眼をまるくして彼女を見つめた。ミッジはますます腹が立ってきて、さらに言いつのった。

「どうしてわざわざそんなことを言いに来る必要があるの？　あなたは本気で言ってるんじゃないのよ。こんな地獄のような半日を送ったあとで、エインズウィックのようなところがあることを思い出させてもらったら、それであたしの気が休まるとでも思ってるの？　あなたがそこに突っ立って、どれほどあたしをこんな生活から引き離したいと思っているかを言いたてたら、あたしが感謝するとでも思ってるの？　言葉だけはやさしいけど、誠意はないわ。あなたはそんなこと、これっぽっちも本気で考えてはいないのよ。なにもかもから逃げ出して、二時十五分の汽車でエインズウィックに行くためなら、あたしが魂でも売る気でいることが、あなたにはわからないの？　あたし、エインズウィックのことは考えるだけでも耐えられない、わかって？　あなたのほうは悪気があって言ったんじゃないけどね、エドワード、でも、あなたは残酷よ！――口で言うだけ――ただ口で言うだけ……」

二人は昼休みで混みあっているシャフツベリ通りに立ちふさがったまま、向きあっていた。それでいながら、彼らは相手のことしか考えていなかった。エドワードは突然眠りからさめたように、彼女を見つめていた。

「よかろう、わかったよ。きみは二時十五分の汽車でエインズウィックに行くんだ！」

彼はステッキをあげて通りかかったタクシーをとめた。タクシーは歩道の縁にとまった。エドワードがドアを開けると、ミッジは軽い目眩《めまい》をおぼえながらも乗りこんだ。エドワードは運転手に「パディントン駅」と言って、自分もあとから乗りこんだ。

タクシーに乗っても二人は口をきかなかった。ミッジは唇をぐっと噛みしめている。眼は挑戦的で反抗的だった。エドワードはじっと前を見つめていた。

オックスフォード通りで信号待ちをしているとき、ミッジが吐き出すように言った。

「あたし、あなたのはったりにひっかかったみたい」

エドワードがぶっきらぼうに言った。

「はったりじゃないよ」

タクシーが急に動き出した。

エッジウェア・ロードでタクシーがケンブリッジ・テラスへ曲がったとき、突然エドワードはふだんの思慮ある態度にもどった。

「二時十五分の汽車には間にあわないよ」と彼は言って、仕切りのガラスを叩いて運転手に言った。「バークリーに行ってくれ」

ミッジは冷やかに言った。「どうして二時十五分に間にあわないの？　まだ一時二十五分よ」

エドワードは彼女にほほえみかけた。

「きみは身の回りのものをなんにも持っていないじゃないか、ミッジ。夜着も歯ブラシも散歩靴も。まだ四時十五分の汽車があるんだよ。お昼を食べながら、今後のことを相談しようじゃないか」

ミッジは溜め息をついた。

「いかにもあなたらしいわね、エドワード。実際的なことを思い出すなんて。衝動でとことんまで行くってことはないのね？　まあ、いいわ、つづいてるあいだは楽しい夢だったんだから」

彼女は自分の手を彼の手のなかにすべりこませ、昔どおりのほほえみを浮かべた。

「ごめんなさいね、道のまんなかに立って、魚売りのおかみさんみたいにどなり散らして。でもね、エドワード、あなたを見てるとじれったかったのよ」

「うん、そうだったろうね」

二人は肩をならべて楽しそうにバークリーに入った。そして、窓際の席につくと、エドワードはすばらしい食事を注文した。

チキンを食べてしまうと、ミッジが溜め息をついて言った。「急いで店に帰らなくちゃ。もう時間なの」

「今日はたっぷり時間をかけて食事をするんだよ、たとえ、ぼくが一緒に行って、店の衣裳を半分買わなくちゃならない羽目になるとしてもだ！」

「まあ、エドワード、あなたはほんとに優しいのね」

クレープ・シュゼットをすますと、ウェイターがコーヒーを持ってきた。エドワードは砂糖を入れてスプーンでかきまわした。

「きみはほんとにエインズウィックが好きなんだね？」と彼はやさしく言った。

「どうしてもエインズウィックのお話をしなくちゃいけないの？　二時十五分の汽車には乗れなかったわね——そして、四時十五分の汽車がもう問題にならないこともわかってるわ——でも、もうその話はしないで」

エドワードはほほえんだ。「いや、四時十五分の汽車に乗ろうと言ってるんじゃないよ。ただ、エインズウィックに来ないかと言ってるんだよ、ミッジ。いつまでもあそこにいてくれないかと言ってるんだよ——きみがぼくのような男で辛抱できればの話だけどね」

彼女はコーヒー・カップの縁から彼を見つめた——それから、震えそうになる手をなんとかおさえて、カップを置いた。

「それはどういう意味なの、エドワード？」

「ぼくと結婚してくれないかと言ってるんだよ、ミッジ。ぼくは自分がそれほどロマンティックな結婚相手だとは思っていないよ。退屈な男だ、それは自分にもわかっているし、なんのとりえもない。ただ本を読んで、そこらをぶらぶらする、ただそれだけの人間だ。あまりおもしろい男じゃないが、ぼくたちは昔からよく知りあった仲だし、それにエインズウィックが——その、埋めあわせをしてくれると思うんだ。エインズウィックでなら、きみも幸せになれるよ、ミッジ。来てくれないか？」

ミッジは、一、二度喉をごくりと鳴らしてから言った。

「でも、あたし——ヘンリエッタのことを考えると——」そこまで言うと、彼女は言葉を切った。

エドワードは動揺もなく冷静な声で言った。

「そうだよ、ぼくは結婚してくれとヘンリエッタに三度頼んだ。そのたびに断わられた。ヘンリエッタは自分の心に染まないことはわかっているんだよ」

しばらく沈黙がつづいたが、やがてエドワードがつづけた。

「そこで、ミッジ、どうなんだい？」

ミッジは彼を見あげた。声をつまらせていた。

「なんだかあんまり途方もない話なので——天国をお皿にのせて出されたみたいだわ、バークリーで！」

彼の顔が輝いた。彼はほんのちょっとのあいだ、彼女の手に手を重ねた。

「皿にのせた天国か。エインズウィックのことをそんなふうに思っているんだね。ああ、ミッジ。ぼくは嬉しいよ」

二人は幸せそうにしばらくじっとしていた。エドワードが勘定を払い、たっぷりチップをはずんだ。レストランの客はまばらになっていた。ミッジはやっとの思いで言った。

「もう行かなくちゃ。あたし、お店に帰ったほうがいいと思うの。ともかく、あたしを当てにしてるんですものね。黙ってやめるわけにはいかないわ」

「そうだね、一度帰って、辞表とか、退職通告とかを出すんだね。だが、あの店で働くことはないんだよ。それはぼくがいやなんだ。それより、まずボンド・ストリートの指輪を売っている店にいこう」

「指輪？」

「そうするものじゃないのかい？」

ミッジは笑った。

宝石店のほのぐらい照明のなかで、ミッジとエドワードはきらきら光る婚約指輪の並んだトレイに屈みこんだ。店員が控えめにうやうやしく、その二人を見ていた。

エドワードがビロードのトレイをかたわらに押しやって言った。

「エメラルドはだめだ」

グリーンのツイードを着たヘンリエッタ——中国の翡翠《ひすい》のようなイヴニング・ドレスを着たヘンリエッタ……

いや、エメラルドはだめだ。

ミッジは胸に突きさるような、そこはかとない痛みをかたわらに押しやった。

「あたしに似あうのを選んでね」と彼女はエドワードに言った。

彼は眼の前のトレイに屈みこんだ。そして、ダイヤモンドが一つだけついている指輪を抜き出した。それほど大きな石ではなかったが、きれいな色と輝きを持った石だった。

「これがいいよ」

ミッジはうなずいた。エドワードが示す的確な選択や、好みに対する潔癖さが好きだった。エドワードと店員がわきへ寄ると、彼女はそれを指にはめた。

エドワードは三百四十二ポンドの小切手を切り、にこにこしながらミッジのところにもどってきた。

「さあ、これからいって、マダム・アルフリージに仇討ちをしてやろう」

25

「まあ、よかったわね！」

アンカテル夫人は華奢な片手をエドワードのほうへ差し出し、一方の手でやさしくミッジに触った。

「これでいいんですよ、エドワード、ミッジにあのいやなお店をやめさせて、すぐここに連れてきたのはね。もちろん、これからはここで暮らして、ここからお嫁入りするんですよ。聖ジョージ教会は普通の道を通れば三マイル、森を抜けていけば一マイルしかないけど、でも、結婚式に行くのに森を抜けていく人はいませんわね。それから、教区牧師のことなんだけど——気の毒に、毎年、秋口にはきまってひどい風邪をひくんですよ。牧師補は例の甲高い聖公会ふうの声をしているから、こっちのほうが式だってずっと厳《おごそ》かになりますし——それに、宗教的にもね、わたしの言ってる意味はわかってくれると思うけど。牧師が鼻をぐずぐずいわせて話しているときに、敬虔な気持でいるなんて、なかなかできるものじゃありませんわ」

まさしくルーシー流の歓迎の仕方だ、とミッジは思った。笑いたいような、泣きたいような気持だった。

「あたし、ここからお嫁にいきたいんです、ルーシー」と彼女は言った。

「じゃ、話は決まったわね。オフホワイトのサテンに、象牙色の祈禱書――花束は持たないでね。花嫁の付き添いは？」

「いりませんわ。あたし、あまり大騒ぎしたくないんです。静かな結婚式がいいんですけど」

「あなたの言うことはわかりますよ、そして、たぶん、そのほうがいいでしょうね。秋の結婚式となると、たいてい菊の花がつきもので――あれはあまりぱっとした花じゃないと、わたし、いつも思ってるんですけどね。それに、よほど時間をかけて注意ぶかく選ばないと、花嫁の付き添いがその場に調和するってことはないといっていいし、たいてい、ひどく無器量なのが一人はいて、効果をめちゃめちゃにするものなんですよ――でも、普通、花婿の姉妹がつとめることになっていて、その人にしないわけにはいかないものだし。でも、もちろん――」アンカテル夫人の顔がほころんだ。「エドワードには女のきょうだいはいないんだから」

「どうやらそれがぼくの唯一のとりえのようですね」とエドワードがほほえみながら言った。

「でも、結婚式でいちばん困るのは子供ですよ」とアンカテル夫人は楽しそうに自分だけの考えをたどりながら言葉をつづけた。「みんな『まあ、かわいい！』なんて言うけど、ほんとは頭痛の種なのね！　子供たちは裳《も》裾《すそ》を踏んだり、でなければ、乳母を大声で呼んだりするかと思えば、よく病気になるものですよ。わたし、いつも不思議に思うんですけど、よくまあ花嫁は平気で祭壇の前の通路を歩いて行けるものだってね、後ろでなにが起こっているかわかったものじゃないのに」

「あたしの後ろにはなんにもなくっていいんです」とミッジは陽気に言った。「裳裾だって。上衣とスカートでも結婚はできますもの」

「まあ、いけませんよ、ミッジ、それじゃまるで未亡人みたいですよ。いいえ、オフホワイトのサテン、それも、マダム・アルフリージのお店のじゃないのをね」

「もちろん、マダム・アルフリージの店のはだめですよ」とエドワードが言った。

「わたしがミレイユに連れてってあげますよ」とアンカテル夫人は言った。

「あら、ルーシー、ミレイユのものなんか、あたしにはとても買えやしませんわ」

「なにを言ってるのよ、ミッジ。ヘンリーとわたしで、あなたの嫁入り支度はそろえますよ。それに、もちろん、ヘンリーがあなたを花婿に引き渡すんですよ。ヘンリーのズボンのベルトがきつすぎなきゃいいんですけどね。この前、結婚式に出てから、もう二年ちかくたっていますもの。それから、わたしが着るものは――」

アンカテル夫人は言葉を切って、眼をとじた。

「なんにするの、ルーシー？」

「あじさい色のブルーよ」とアンカテル夫人はうっとりした声で言った。「ねえ、エドワード、花婿の付き添いには、お友だちのだれかになってもらうつもりなんでしょうけど、そうでなければ、デイヴィッドだっているのよ。そんな役目を仰せつかれば、きっとあの子のためになると思うの。あの子も気持が安定するでしょうし、第一、みんながあの子に好意を持っていると思うでしょう。それがデイヴィッドにとっては大事なことなのよ。頭がよくて知的だというのに、それだからといって、だれも自分に好意を持っていないと思うのは、ずいぶん辛いことでしょうからね。そりゃすこしは危険もありますよ。指輪を失くすとか、いよいよというときに指輪を落すとかしかねませんからね。エドワードがさぞ気をもむことでしょうね。でも、同じ顔ぶれを揃えるのは、ある意味ではおもしろいでしょう、ここで殺人事件があったときと同じ顔ぶれを」

アンカテル夫人は最後のほうの言葉を、いかにもさりげない口調で言った。

「アンカテル夫人は、この秋、数人の友人を殺人事件に招待しました」とミッジは思わず言ってしまった。

「そうだわ」とルーシーは考えこんで言った。「そんなふうに見えるわね。射撃パーティ。あのことを考えると、あれはそのとおりだったんですよ！」

ミッジはかすかに身震いして言った。

「まあ、ともかく、済んだことですから」

「まだほんとには済んじゃいませんよ――検死審問は延期されただけなんですから。それに、あのグレンジ警部は屋敷じゅうを部下に捜させているんですよ、栗の林を踏みあらしたり、山鳥を驚かせたり、びっくり箱のように、まるで思いもかけないところから、ひょっこり姿を見せたりして」

「警察はなにを捜しているんでしょう？」とエドワードが言った。「クリストウを射ったリヴォルヴァでしょうか？」

「きっとそうだと思うけど。捜索令状まで持ってきたんですよ。警部さんはひどく恐縮して、気おくれしていましたけど、もちろん、わたしは喜んでお手伝いすると言いましたよ。だって、ほんとにおもしろいんですもの。警察はそれこそ隅から隅まで捜すんですよ。わたしはついてまわって、あの人たちが思いつかないような場所を一つ二つ教えましたよ。でも、なんにも見つからないの。がっかりしました。気の毒に、グレンジ警部はだんだん元気がなくなって、なんどもなんども髭を引っぱってるんです。奥さんは特別に栄養のある食事を作ってあげなくてはね、あれだけ苦労してるんですもの——でも、わたし、なんとなくそう思うんだけど、奥さんというのは、ちょっとした、おいしいお料理を作るより、リノリウムをぴかぴかにしておくような人じゃないかしら。それで思い出したけど、ミセス・メドウェイのところに行ってやらなくちゃならないんだったわ。おかしな話だけど、召使って警察の人がいやでいやでたまらないみたい。昨夜、ミセス・メドウェイが作ったチーズ・スフレはとても食べられたものじゃなかったわ。スフレとかペストリーとかで、作った人が動揺しているかどうか、すぐわかるんですよ。ガジョンがみんなをまとめていてくれなかったら、きっと召使の半分は暇をとったでしょうね。あなたたち二人で散歩にでも出かけて、警察がリヴォルヴァを捜しているのを手伝ってやったら？」

エルキュール・ポアロは、プールの上のほうの栗林を見おろすベンチに腰をおろしていた。アンカテル夫人が親切にも、好きなところをいつでも歩いていいと言ってくれたので、他人の屋敷に侵入しているという感覚はなかった。いまエルキュール・ポアロが考えているのは、アンカテル夫人の親切さであった。

ときどき、上のほうの森から小枝の折れる音が聞こえたり、下のほうの栗林のなかを動く人影が見えたりした。

そのうちにヘンリエッタが通りの方角から小道づたいに歩いてきた。そしてポアロの姿を見ると、ちょっと立ちどまったが、すぐに近寄ってきて彼のそばに腰をおろした。

「おはようございます、ムシュー・ポアロ。たったいまお宅におうかがいしたところですの。でも、お留守でした。あなたがそうしていらっしゃると、ほんとに堂々と見えますわ。捜査の監督でもしてらっしゃいますの？　警部さんはとても忙しく動きまわっていますわ。なにを捜してるんでしょう、リヴォルヴァかしら？」

「そうですよ、ミス・サヴァナク」

「見つかるとお思いになります？」

「そう思いますね。たぶん、もうすぐでしょう」

彼女は怪訝そうにポアロを見た。

「では、どこにあるかご存じなんですか？」

「いや、知りません。しかし、もうすぐ見つかるだろうと思っているのです。そろそろ見つかってもいい頃ですからな」

「妙なことをおっしゃるんですのね、ムシュー・ポアロ！」

「ここでは妙なことがいくらでも起こりますよ。ずいぶん早くロンドンからお帰りになったんですね、マドモアゼル」

彼女の顔がこわばった。彼女は皮肉っぽく笑った。

「犯人は現場にもどってくる、ですの？　古い迷信ですわ、そうじゃありません？　あなたもやっぱり、わたしが――わたしが犯人だとお考えですのね！　わたしは人を殺したりしない――そんなことはできないと申しあげましたけど、信用してくださらなかったんですわね？」

ポアロはすぐには答えなかった。だが、やがて、考え考え言った。

「そもそものはじめから、わたしにはこの犯罪は非常に単純なもの――あまり単純なので、その単純さが信じられないくらいのものか（単純さというのはね、マドモアゼル、不思議と人を惑わすものですよ）、あるいは、途方もなく複雑なものか、どちらかだという気がしていたのです。つまり、わたしたちは複雑で巧妙な計画を考え出す能力のある頭脳の持主を相手に闘っているのであって、わたしたちが真相に向かって進んでいると思っていると、そのたびに、実際は真相からそれた道を歩かされていて、行きつくところは――結局は無に到達するだけなのです。このように捜査が明らかに無益に終ったり、たてつづけになんらの収穫も得られないというのは、現実的ではありません——不自然です、計画されたものなのです。じつに巧妙で頭のいい人物が、つねにわたしたちを出しぬいているのです——まんまと」

「それで？」とヘンリエッタが言った。「それがわたしとどんな関係があるんですか？」

「わたしたちを出しぬいている人物は、創造的な頭の持主なのですよ、マドモアゼル」

「わかりましたわ——そこで、わたしの出番というわけですのね？」

それきり彼女は黙りこみ、唇をきっと結んだ。そして、上衣のポケットから鉛筆をとり出し、白いペンキを塗ったベンチに、眉を寄せたまま、風変りな木の絵のいたずら描きをしていた。

ポアロは彼女を見ていた。彼の頭になにかが閃いた——事件の日の午後、アンカテル夫人の応接間で、ブリッジの得点表を見おろしていたときのことが、そして、その翌朝、四阿でペンキを塗った鉄のテーブルのそばに立っていたときのことが、そしてまた、ガジョンに質問したときのことが。

「それはブリッジの得点表に描いていた——木ですね」

「ええ」ヘンリエッタはふと自分がしていたことに気づいた様子だった。「イグドラシルですの、ムシュー・ポアロ」彼女は笑った。

「なぜその木のことをイグドラシルと呼ぶのですか？」

彼女はイグドラシルの由来を説明した。

「だから、〝いたずら描き〟（この言葉でいいんでしたね？）をするときは、いつもイグドラシルを描くんですね？」

「ええ。いたずら描きっておかしなものですわね？」

「このベンチに――土曜日の晩はブリッジの得点表に――日曜日の朝は四阿で……」

鉛筆を持った手がこわばり、ぴたりと止まった。彼女はさりげなく、いたずらっぽい調子で言った。

「四阿で？」

「さよう、あそこの丸い鉄のテーブルに」

「ああ、それなら、きっと――土曜日の午後です」

「土曜日の午後ではありません。日曜日の十二時ごろ、ガジョンがグラスを四阿に持ってきたときには、テーブルにはなにも描いてありませんでした。ガジョンに訊いたのですが、ガジョンはそのことをはっきり否定しておりましたよ」

「じゃ、きっと」――彼女はほんの一瞬ためらった。「もちろん、日曜日の午後だったんでしょうね」

だが、それでもなおおもしろそうにほほえみながら、ポアロは首を振った。

「そうではないと思いますね。日曜日は午後じゅう、グレンジの部下がプールのそばにいて、死体の写真をとったり、水からリヴォルヴァを引き揚げたりしていました。暗くなるまであそこを離れていないのです。四阿に入ったものがいれば、部下たちの目にとまったはずですよ」

ヘンリエッタはゆっくり言った。

「やっと思い出しましたわ。夜おそくなって——お夕食のあとで行ったんです」

ポアロはきっとなって言った。

「暗闇で〝いたずら描き〟するものなんかいませんよ、ミス・サヴァナク。あなたは、夜中に四阿に入っていって、テーブルのそばに立ち、自分が描いているものが見えもしないのに、木の絵を描いたなんて言うのですか？」

ヘンリエッタは落ちつきはらって言った。

「わたし、ほんとのことを申しあげているのです。当然のことですけど、あなたは信じてくださいません。あなたにはご自分の考えがおありになるんですものね。ところで、あなたの考えというのは、どんなことなんですか？」

「あなたは日曜日の十二時に、ガジョンがグラスを持ってきたあと、四阿にいたのではないかと言っているのです。あなたはテーブルのそばに立って、だれかを見張るか、待ちうけるかしているうちに、無意識のうちに鉛筆をとり出し、自分がしていることに気づかないまま、イグドラシルを描いたのです」

「わたし、日曜日のお昼には、四阿におりませんでした。しばらくテラスに腰かけていて、それから庭仕事用のバスケットを持って、ダリアの花壇にいって花を摘んで、乱れている紫苑を結えつけました。それから、ちょうど一時にプールへ参りました。このことはすっかりグレンジ警部に話しておきましたわ。一時まで、ジョンが射たれたすぐあとまで、プールには近づきもしませんでした」

「それはあなたの話です。だが、イグドラシルは、マドモアゼル、あなたに不利なことを立証しているのですよ」

「わたしが四阿にいて、ジョンを射った。そうおっしゃるのですか？」

「あなたは四阿にいてクリストウ博士を射った。あるいは、四阿にいて、クリストウ博士を射った人物を見た――でなければ、イグドラシルのことを知っている別の人物が、あなたに嫌疑をかけようと、テーブルにわざとその絵を描いておいたのです」

ヘンリエッタは立ちあがった。そして、きっと顎をあげてポアロのほうを向いた。

「あなたは、まだわたしがジョン・クリストウを射ったとお考えですね。わたしがジョンを射ったことを証明できると思っていらっしゃるんでしょう。では、これだけ言っておきましょう。あなたには証明できませんわ。絶対に！」

「あなたはわたしより利口だと思っているのですね？」

「あなたには証明できません」とヘンリエッタは言いすてて、プールへ通じる曲がりくねった小道を降りていった。

26

グレンジはエルキュール・ポアロのところでお茶をご馳走になろうとレストへイヴンに来た。お茶は彼が懸念していたとおりのものであった――ひどく薄くて、おまけに中国のお茶だった。

「外国人というものは」とグレンジは考えた。「お茶のいれ方をまるで知らない。教えようったってできるものじゃないのだ」しかし、お茶などどうでもよかった。いまの彼は、ここでもうひとつ不満なことがあれば、かえって無気味な満足感を覚えそうなくらい、悲観的な気分になっていたのだ。

彼は言った。「延期になっていた検死審問も、明後日に迫っているというのに、われわれの捜査はどこまで進んでいるというんでしょう？　まるで進んでやしない。あの拳銃はどこかにあるにちがいないのに、くそいまいましい！　第一、この国が気にくわん――どこまで行っても森ばっかり。こんな森んなかを気のすむまで捜すには、一連隊の軍隊がいりますよ。干草の山から一本の針を捜す、あの譬《たと》えどおりですな。どこにあるんだか見当もつかん。要するに、われわれは事実を認めざるを得ませんな——あの拳銃は金輪際《こんりんざい》見つからないってことを」

「見つかりますよ」とポアロは自信ありげに言った。

「それにしても、精いっぱいやってるんですがね！」

「見つかりますよ、おそかれ早かれ。それも間もなくですよ。もう一杯、お茶はどうですか？」

「いただきましょう——いや、お湯はもうそのくらいで」

「濃すぎやしませんか？」

「いや、濃すぎるなんてことはありませんよ」警部は自分でも控え目に言っていることがわかっていた。

彼は淡い藁色の飲物を憂鬱そうにすすった。

「この事件はわたしをからかってるような気がしますね、ムシュー・ポアロ——たしかにからかってるんですよ！ここの人たちも、わたしにはまるでわかりませんな。協力的なようにはみえます——ところが、あの人たちの話を一つ一つまともに聞いていると、当てのない追っかけっこをしているようなもので、どこかそっぽに連れていかれるんですよ」

「そっぽに？」とポアロは言った。その眼には、はっとしたような表情が浮かんだ。

「なるほど。そっぽに……」

警部はなおも不満をならべたてていた。

「拳銃のことにしたってそうです。クリストウが射たれたのは――医者の証言によれば――あなたが着くほんの一、二分前です。アンカテル夫人は例の卵のバスケットを持っていた。ミス・サヴァナクは摘んだダリアの花でいっぱいの庭仕事用のバスケットを持っていた。エドワード・アンカテルはゆったりした狩猟服を着ていて、大きなポケットには弾薬がいっぱい入っていたんです。どの一人をとってみても、リヴォルヴァを持っていくのはわけないことです。プールの近くにはどこにも隠されていません――部下があのあたりは徹底的に捜したんですから、問題はありませんよ」

ポアロはうなずいた。グレンジはつづけた。

「ガーダ・クリストウは罠にかけられたんですよ――だが、何者によって？　ここまでくると、わたしが追っている手がかりは跡形もなく消えてしまうようです」

「その人たちが午前中なにをしていたか、そのことについて説明に不審な点のある人物はいないのですか？」

「話の筋は通っていますよ。ミス・サヴァナクは庭仕事をしていました。アンカテル夫人は卵を集めていました。エドワード・アンカテルとヘンリー卿は銃猟をしていて、昼近くに別れた——ヘンリー卿は屋敷に帰り、エドワード・アンカテルは森を抜けてプールのほうへ来たんです。デイヴィッドという青年は寝室で本を読んでいました。（天気のいい日におかしなところで本を読むもんですが、あの青年は家に閉じこもって、本とにらめっこしてるのが好きなんでしょうな）ミス・ハードカースルは本を持って果樹園に行っていました。みんなとても自然で、ほんとうらしく思えますし、それを確かめる方法はありません。ガジョンは、十二時ごろ、グラスをのせたトレイを持って四阿に行っています。家の連中がどこにいたか、なにをしていたか、ガジョンは知らんそうです。言ってみれば、ほとんどのものが疑えば疑える情況ですな」

「そうですかな？」

「そりゃ、いちばんはっきりしているのはヴェロニカ・クレイですよ。なにしろクリストウと喧嘩をしているし、腹の底から憎んでいたし、クリストウを射っても不思議でない条件はそろっているんですが——あの女が射ったという証拠はまるっきり見つからないんです。ヘンリー卿のコレクションからリヴォルヴァを盗み出すチャンスがあったかどうか、これも証明できませんしね。あの日、プールに行くところか、帰ってくるところを見たものもありません。それに行方不明のリヴォルヴァは、あの女の持ち物のなかには絶対にないんですよ」

「ほう、それは確かめたのですね?」

「それがどうでしょう。捜査するについては、あの女はきわめて寛大でしたよ。あのブリキ缶のような別荘には、どこを捜してもリヴォルヴァなんかありませんでした。検死審問が延期になったあと、われわれはミス・クレイとミス・サヴァナクには打ち切ったと見せかけておいて尾行をつけ、二人がどこに行くか、なにをするか見張っていたのです。撮影所にも部下を一人やって、ヴェロニカを監視させました──あそこで拳銃を隠そうとした気配はありませんでしたよ」

「それで、ヘンリエッタ・サヴァナクのほうは?」

「こっちも収穫なしです。あの女はまっすぐチェルシーに帰りましたが、それ以来、見張りはつけてあります。リヴォルヴァはアトリエにも持ち物のなかにもありません。捜査をされるのを喜んでいましてね──おもしろがっている様子なのです。あそこにある奇妙な作品を見て、部下は度胆を抜かれていましたよ。あんなものを作る人の気がしれないと言っていました──でこぼこの塊や、出っぱりのある彫刻で、妙な形に真鍮やアルミニウムの切れっ端がひんまげてくっつけてあるんです。馬《ホース》なんですが、馬だとはだれにだって見当もつかんでしょうな」

ポアロがちょっと身動きした。

「馬、と言いましたね？」

「まあ、馬ですね、あれが馬と呼べるものなら！　馬を作りたいのなら、ほんとの馬を見にいくがいいと思いますがね」

「馬《ホース》」とポアロは繰りかえした。

グレンジは振りかえった。

「馬になにか興味のあることでもあるんですか、ムシュー・ポアロ。わたしには一向にわかりませんが」

「連想です——心理学の問題です」

「言葉の連想ですか？　荷馬車《ホース・アンド・カート》？　揺り木馬《ロッキング・ホース》？　衣桁《クロージズ・ホース》。いや、わかりませんな。いずれにしろ、一日二日したら、ミス・サヴァナクは荷造りして、またこちらに来ますよ。ご存じですね、そのことは？」

「ええ、さっきまで話をしていましたし、森のほうへ歩いて行くのも見ていましたよ」

「そわそわしていますね、たしかに。まあ、博士とは関係があったんだし、博士が死ぬ間際に『ヘンリエッタ』と言ったんですから、これは犯人の告発に近いものと見て差し支えないと思いますね。しかし、それだけで充分だとは言えませんな、ムシュー・ポアロ」

「さよう」とポアロは考えこんで言った。「充分だとは言えませんな」

グレンジは重々しく言った。

「ここの雰囲気にはなにかありますね——そのためにみんな混乱するんですよ！ だれも彼もがなにか知っているようなのです。たとえばアンカテル夫人ですが——あの日、拳銃を持ち出した理由を、納得のいくように説明できないのです。あんなことをするなんて気ちがいじみていますよ——ときどき、わたしは夫人をおかしいんじゃないかと思うことがあるんですがね」

ポアロはゆっくりと首を振った。

「いや、あの方は正気ですよ」

「それから、こんどはエドワード・アンカテルです。わたしはこの男にはなにかあると思っていました。アンカテル夫人が言っていましたが——いや、はっきり言ったわけじゃありませんが——ミス・サヴァナクがずっと昔から好きだったんだそうです。これで動機は成立します。ところが、エドワードが婚約したのは、ほかの女——ミス・ハードカースルだとわかりました。これでエドワードに不利だったこの疑惑もご破算になりました」

ポアロは低い声で同情の言葉を呟いた。

「それから、あの若者がいます」と警部は話をつづけた。「アンカテル夫人があの青年のことで、うっかり口をすべらせたことがありました。あの子の母親というのは保護施設で死んだらしいですな――被害妄想で――みんなが自分を殺そうと企んでいると思っていたんです。それが何を意味するかおわかりでしょう。もしあの子がそうした血を受け継いでいたとしたら、クリストウ博士に対して妄想を抱いていなかったとはいえません――博士が自分を病人と証明しようとしているのだ、と想像していなかったとはいえません。クリストウはその専門の医者でもないのに。消化器管に及ぼす神経の影響と、超――超なんとかいう病気。これがクリストウの専門なんです。しかし、あの子の頭がすこしおかしいとなれば、クリストウは自分を監視するために来ているんだと想像しないともかぎりません。なにしろ様子が変ですからね、あの青年は、猫みたいに神経質なんですよ」

グレンジはしばらくおもしろくなさそうに黙っていた。

「おわかりでしょう、わたしの言う意味は？　みんな疑わしいが、それが漠然としたもので、判断の材料にならないのです」

ポアロはまたからだをすこし動かし、低い声で言った。

「そっぽへいく——こちらに向かってではなく。なにかへではなく、から離れて。どこかへではなく、どこへも……さよう、もちろん、それはそうにちがいない」

グレンジは彼を見つめた。

「みんな変ですよ、アンカテル家の連中は。あの連中はなにもかも知ってるにちがいないと思うことが、ときどきありますね」

ポアロは静かに言った。

「知っていますよ」

「というと、あの連中はみんな真犯人を知っているとおっしゃるんですか？」と警部は半信半疑で言った。

ポアロはうなずいた。

「さよう、あの人たちは知っています。しばらく前からそう考えていました。それがいまでは確信に変りました」

「わかりました」警部の顔に無気味な決意の色が浮かんだ。「そして、自分たちのあいだで隠しているんですね。それならそれで、一泡ふかせてやりますよ。あの拳銃を見つけ出さずにおくものですか」

　これが警部のテーマ・ソングなのだ、とポアロは思った。

　グレンジは激しい怒りをこめてつづけた。

「奴らをとっちめるためなら、どんなことでもやりますよ」

「だれを――」

「奴らみんなですよ！　混乱させやがって！　なにかをほのめかす！　匂わせる！　部下には協力する――協力するんですよ！　みんなが蜘蛛の糸みたいなものばかりで、はっきりしたものは一つとしてない。わたしが求めているのは、ちゃんとした動かない事実なのですよ！」

　エルキュール・ポアロは、しばらく窓の外をじっと見つめていた。彼の眼は自分の敷地の左右対称を破っているものにひきつけられていた。

「動かない事実が欲しいのですね？　よろしい《エ・ビアン》、わたしの間違いでなければ、その動かない事実は、わたしの家の門のそばの生垣のなかにありますよ」

　二人は庭の小道を歩いて行った。グレンジは膝をつき、生垣の間に押しこんであるものがはっきり見えるように、小枝をうまく掻きわけた。そして、黒い鋼鉄製のものが姿をあらわすと、彼はほっと溜め息をもらした。

「たしかにリヴォルヴァです」

ほんの一瞬だったが、彼の眼が疑わしそうにポアロにそそがれた。

「いや、ちがいます」とポアロは言った。「クリストウ博士を射ったのはわたしじゃありませんし、自分の家の生垣にそのリヴォルヴァを突っこんでおいたのも、わたしじゃありません」

「そりゃわかっています、ムシュー・ポアロ！　失礼しました！　だが、ともかくリヴォルヴァが見つかったんです。見たところ、ヘンリー卿の書斎から失くなったやつのようですな。製造番号がわかれば、すぐ確認できますよ。そうなれば、これがクリストウを射った拳銃かどうかもわかるでしょう。もうこっちのものですよ」

細心の注意をはらい、絹のハンカチを使って、彼は生垣のなかからそっと拳銃をとり出した。

「これで指紋がとれれば、うまい具合なんですがね。どうやら、やっと運《つき》がまわってきたような気がします」

「結果をしらせてください」

「もちろん、おしらせしますよ、ムシュー・ポアロ。電話します」

ポアロは電話を二度うけた。最初の電話は、その晩かかってきた。警部は手ばなしで喜んでいた。

「ムシュー・ポアロですね？　おしらせすることがあります。あれは例の拳銃でしたよ、ヘンリー卿のコレクションから失くなっていた拳銃で、ジョン・クリストウを射った拳銃です！　間違いありません。はっきりした指紋もついていました。親指、人さし指、中指の一部です。言っておいたでしょう、運《つき》がまわってきたって？」

「だれの指紋かわかりましたか？」

「いや、まだです。クリストウ夫人のものでないことは確かです。あの人のはとってありますからね。大きさからいって、女ではなく男の指紋のようですな。明日、ホロー荘にいって理由を話し、みんなの指紋をとってくることにしています。そうすれば、ムシュー・ポアロ、こちらの出方もおのずから決まろうというものですよ」

「きっとそうなると思いますな」とポアロは礼儀正しく言った。

二度目の電話は翌日かかってきたが、その声には喜びのかけらもなかった。憂鬱そのものといった口調でグレンジは言った。

「たったいまわかったのですが、お聞きになりたいですか？　あの指紋はこの事件に関係のある人物のものではありませんでした！　大ちがいです！　エドワード・アンカテルのものでも、デイヴィッドのものでも、ヘンリー卿のものでもありません！　ガーダ

・クリストウのものでも、サヴァナクのものでも、例のヴェロニカのものでも、アンカテル夫人のものでも、あのブルネットの女のでもありません！　あの台所メイドのものでもありません――そのほかの召使は言うまでもありませんがね！」
ポアロは慰めの言葉を呟いた。悲しそうな警部の声がつづいた。

「というわけで、いずれにせよ、外部のものの仕業と思われますね。つまり、クリストウ博士に怨みを抱いていて、われわれのまるで知らない人物です。姿も見せず、音もたてず、書斎から拳銃を盗み出して、射ったあと、道路に通じる小道から逃げた人物です。お宅の生垣に拳銃を突っこんでおいて、跡形もなく消えうせた人物ですよ！」

「わたしの指紋もおとりになりますか？」

「そう願えればありがたいですな！　いま思いついたことなんですがね、ムシュー・ポアロ、あなたは犯行現場におられたんだし、全体からみれば、この事件では、あなたは最も疑いの濃い人物なんですよ！」

27

検死官は咳払いをすると、期待の色を浮かべて陪審員長を見やった。陪審員長は手にした紙に眼を落とした。喉仏が興奮のため上がったり下がったりしている。彼は慎重な声で読みあげた。

「われわれ陪審員は、故人が一人またはそれ以上の未知の人物により故殺されたるものと判定する」

ポアロは壁際の隅の席で、静かにうなずいた。それ以外の評決は考えられないのだ。

外に出ると、アンカテル家の人々がガーダ・クリストウと姉に声をかけようと、ちょっと待っていた。ガーダはこの前と同じ喪服を着ていた。顔にはやはり同じ空《うつ》ろで不幸せそうな表情を浮かべていた。こんどはダイムラーは見当らなかった。汽車の便が非常にいいからだ、とエルシー・パターソンは説明した。急行でウォーターールーまで行けば、一時二十分発のベクスヒル行きに充分間にあうというのだった。

アンカテル夫人がガーダの手をとってささやいた。

「連絡しなきゃいけませんよ。ロンドンで、いつかちょっと食事でもどう？　たまには買物に出てくることがあるんでしょう？」

「さあ——どうでしょうか」とガーダは言った。

エルシー・パターソンが声をかけた。「急がなくちゃだめよ、汽車なんだから」するとガーダはほっとした表情で向こうをむいた。

「ガーダも気の毒にね」とミッジが言った。「ジョンが死んでガーダにしてやれたことといえば、あなたのうるさいお節介から解放されたことだけね、ルーシー」

「ずいぶんひどいことを言うのね、ミッジ。わたしが心づくしをしなかったなんて、だれにも言わせませんよ」

「あなたが心づくしをすると、よけい悪くなるのよ、ルーシー」

「でもまあ、これでなにもかも済んだと思うとほっとしますよ」とアンカテル夫人は一同にほほえみかけて言った。「もちろん、グレンジ警部は別ですけどね。わたし、あの方のことはほんとにお気の毒だと思ってるんですよ。これからお昼にでもお招きしたら、すこしは元気が出るかしら？　お友だちとしてですよ」

「わたしならそっとしておくね」とヘンリー卿が言った。

「そのほうがいいんでしょうね」とアンカテル夫人は考えこみながら言った。「それに、どっちみち、今日のお昼は、あの方には向きませんわ。やまうずら《パートリッジ》・オウ・シュー――ミセス・メドウェイのお得意の、あのおいしいスフレ・サプライズなんですものね。グレンジ警部向きのお昼じゃありませんわ。すこし生焼けのステーキに、余計なもののついていない昔風のアップル・タルト――それとも、アップル・ダンプリングがいいかしら――わたしならグレンジ警部にはそんなお料理を作らせますわ」

「食べ物に関するおまえの直感は、いつも的を射てるよ、ルーシー。わたしたちも帰って、そのやまうずらのご馳走になろうじゃないか。もう涎《よだれ》が出そうだよ」

「ええ、お祝いをしなくちゃいけないと思っていたんですよ。すばらしいじゃありませんか、なにもかもが、いつもこの上ないいい結果になるなんて?」

「そうだね」

「あなたがなにを考えているか、ちゃんとわかっていますよ、ヘンリー、でも、心配なさらないで。今日の午後には、わたしがやっておきますから」

「こんどはなにをしようというんだい、ルーシー?」

アンカテル夫人は夫にほほえみかけた。

「大丈夫ですよ、あなた。ほころびた端っこを縫いこむだけですから」

ヘンリー卿は疑わしそうに彼女を見た。

ホロー荘に着くと、ガジョンが出てきて、車のドアを開けた。

「なにもかもすっかりうまくいきましたよ、ガジョン」とアンカテル夫人は言った。「ミセス・メドウェイやほかの人たちにも、そう伝えておいてね。みんながどんなに嫌な思いをしていたか、わたしにはよくわかっていますし、旦那さまもわたしも、みんなが見せてくれた忠誠にはとても感謝していますよ」

「わたくしどもは、奥さまのことを深く案じ申しあげていたのでございます」とガジョンは言った。

「優しいのね、ガジョン」とルーシーは応接間に入っていきながら言った。「でも、案じてくれることなんかなかったのよ。わたし、ほんとに楽しんでいたんだから――いつも見なれていることとはまるで違ってるんですものね。あなたはどう、デイヴィッド、こんな経験をすると、視野が広くなると思わない？　きっとケンブリッジとはまるで違うでしょうね」

「ぼくはオックスフォードです」とデイヴィッドは冷やかに言った。

アンカテル夫人はなんとなく、「あのボート・レース、懐かしいわね。とてもイギリス的だと思わない？」と言って、電話のほうへ行った。

彼女は受話器をとり、手に持ったまま、話をつづけた。

「ほんとに、デイヴィッド、あなたにはもう一度、泊りにきていただきたいわ。殺人事件がもちあがっては、人と知り合うこともなかなかできないでしょう？　それに、知的なお話をするなんて、とてもできっこないんですものね」

「ありがとう」とデイヴィッドは言った。「でも、ぼく、お金があったらアテネに行くことにしてるんです――イギリス人学校へ」

アンカテル夫人は夫のほうを振り向いた。

「いまの大使はだれでしたっけ？　ああ、そうだわ、ホープ＝レミントンでしたわね。だめだわ、デイヴィッドがあの人たちを好きになるとは考えられませんわ。あそこの娘さんたちは元気がよすぎますもの。ホッケーとかクリケットとか、なにかを網に入れる変な遊びばかりしてるんですから」

彼女は言葉を切って、受話器を見おろした。

「あら、わたし、こんなものでなにをするつもりだったのかしら」

「だれかに電話をかけるつもりだったんでしょう」とエドワードが言った。

「そうじゃなかったと思うけど」彼女は受話器をもとにもどした。「あなた、電話は好き、デイヴィッド？」

いかにもこの人がききそうな質問だ、とデイヴィッドは腹だたしげに考えた、知的な答えなどできやしない。電話は便利なものだと思う、と彼はそっけなく答えた。

「というと、挽肉器《ひきにく》のように？　それとも、ゴムバンドのように？　それにしても、やっぱり、だれも——」

ガジョンが入口にあらわれて、昼食の支度ができたことを告げたので、彼女は言葉を切った。

「でも、やまうずらは好きなんでしょうね」とアンカテル夫人は気がかりそうにデイヴィッドにたずねた。

デイヴィッドは好きだと答えた。

「ルーシーはほんとに頭がおかしいんじゃないかと思うことがあるわ」とミッジは、エドワードと一緒に屋敷を出て、森のほうへ行きながら言った。

やまうずらやスフレ・サプライズはおいしかったし、検死審問も終ったので、雰囲気からも重圧感は消えていた。

エドワードは考えながら言った。

「ルーシーはすばらしい頭を持っていて、それが言葉探し遊びのときのようにあらわれるのだ、とぼくはいつも思っているんだ。譬《たと》えを巧みに混ぜて——釘をつぎつぎに打っていって、釘の頭をまともに打ちそこねることのない金鎚のようにね」

「それでもやっぱり」とミッジは真面目な顔で言った。「ときどきルーシーが恐くなることがあるわ」それから彼女は軽く身震いしてつけ加えた。「近頃、この家も、あたし、恐いのよ」

「ホロー荘が？」

エドワードは驚いた顔を彼女に向けた。

「ぼくはここにいると、いつでもちょっとばかりエインズウィックを思い出すんだよ。もちろん、現実のホロー荘じゃないが——」

ミッジが遮った。

「そこなのよ、エドワード。現実でないものが、あたし、恐いのよ。その裏に隠れているものが、あなたにはわからないのね。まるで——そうよ、仮面みたいによ」

「あまり空想をはたらかせるもんじゃないよ、ミッジ」

昔、彼がよく聞かしてくれた、甘やかすような、懐かしい口調だった。その頃は、彼女もそれが好きだった。だが、いまはそれがかえって不安だった。自分が言っている意味を、なんとかはっきり伝え——彼が空想と言っているものの背後にある、ぼんやりと感知できる現実のものを示したいと思った。

「ロンドンにいるときは、そんなことを感じていなかったの、ところが、こうしてここに帰ってくると、またそれが襲ってくるの。だれがジョン・クリストウを殺したのか、みんな知ってるような気がするのよ。知らないのは――あたしだけ」

エドワードはいらだたしそうに言った。

「どうしてもジョン・クリストウのことを考えたり話したりしなければならないのかい？　ジョンは死んだんだ。死んで、もうこの世にはいないんだ」

ミッジはくちずさんだ。

　きみは逝き、すでにこの世のものならず
　きみは逝き、すでにこの世のものならず
　頭《こうべ》にはみどりの草ひともと
　足もとには冷たき石ひとつ

彼女はエドワードの腕に手をかけた。「だれがジョンを殺したの、エドワード？　ガーダだとみんなは思ってるわ――でも、ガーダじゃない。では、だれ？　あなたの考えを教えて。あたしたちの知らない人なの？」

彼はいらいらしたように言った。

「あれこれ憶測したって、まるで無駄なような気がするね。警察でも突きとめられないのなら、あるいは、これといった証拠が発見できないのなら、もう事件は落着したと見るべきだよ――そして、われわれはもうこの事件から解放されていいんじゃないかな」

「ええ――でも、それじゃ知ったことにはならないわ」

「なぜ知らなくてはならないんだい？　ジョン・クリストウがわれわれにどんな関係があるんだい？」

われわれに、エドワードとあたしに、と彼女は考えた。なんの関係もありゃしないんだわ！　考えただけで心が安らいだ――あたしとエドワード、結びついて、二人が一つになっているのだ。それでもなお――それでもなお――墓に埋められ、埋葬の儀式がとりおこなわれても、ジョン・クリストウはそれで済むほど深くは埋められていないのだ。「きみは逝き、すでにこの世のものならず」……だが、ジョン・クリストウは死んではいない、この世のものでなくなってはいない――エドワードがどれほどそう思いこもうとしていても。ジョン・クリストウはいまでもこのホロー荘に生きているのだ。

「どこへ行くんだい」とエドワードが言った。

彼の口調にひそむなにかに彼女ははっとした。

「尾根の頂上まで行きましょうよ。どう？」

「きみが行きたいのなら」

どういうわけか、彼はあまり気乗りしない様子だった。なぜだろう。いつもなら歩くのが好きな道なのだ。彼はヘンリエッタとよく歩いていたものだった――彼女の考えが、ここでぷつりと切れた。エドワードとヘンリエッタ！「この秋、もうこの道を歩いた？」と彼女は言った。

彼はぎごちなく言った。

「最初の日、ヘンリエッタと来たよ」そのまま二人は黙々と歩きつづけた。

彼らはやっと頂上までたどりつき、倒れた木に腰をおろした。

「エドワードとヘンリエッタも、たぶん、ここに腰をおろしたことだろう」とミッジは考えた。

彼女は指にはめた指輪をなんとなくまわした。ダイヤモンドが冷たい光を彼女に投げかけた。

（『エメラルドはだめだ』とこの人は言ったのだった）

彼女は気持を引きたたせるように言った。

「クリスマスをまたエインズウィックで過ごすなんて、すてきでしょうね」

彼には彼女の言葉が聞こえていないようだった。心はどこか遠くをさまよっているのだ。

「ヘンリエッタとジョン・クリストウのことを考えているのだ」と彼女は思った。

ここに腰をおろして、彼がヘンリエッタに、あるいはヘンリエッタが彼に、なにか話したのだ。ヘンリエッタは自分が知りたくもないことを、あるいは知っていたかもしれない、だが、エドワードはそれでもまだヘンリエッタのものなのだ。これから先も、彼はずっとヘンリエッタのものだろう……

突然、痛いほどの苦しみが彼女を襲った。この一週間、生きていた幸せな世界が、シャボン玉のように震えて破れた。

「こんなふうにしては、とても生きていけない――エドワードの心にいつもヘンリエッタがいては。とてもまともに受けいれることはできない。とても耐えられない」

木々のあいだを風が溜め息をつきながら通りすぎた――木の葉が先を急ぐように落ちていく――金色の葉はもうほとんど落ちて、残っているのは茶色の葉だけ。

「エドワード!」と彼女は言った。

ただならぬその声の調子に彼はわれに帰った。彼は振りかえった。

「ごめんなさい、エドワード」唇は震えていたが、彼女は声を落ちつかせ、抑えようとつとめた。

「なんだい？」

「話したいことがあるの。こんなこと無駄よ。あたし、あなたと結婚できないわ。うまくいきっこないわ、エドワード」

「だがね、ミッジ――きっとエインズウィックが――」

彼女は遮った。

「エインズウィックのためだけで、あなたと結婚するわけにはいかないわ、エドワード。あなたにも――あなたにもそのことはわかっていただかなくては」

彼は溜め息をついた、ながい、静かな溜め息だった。木の枝からそっと落ちていく枯葉のこだまのような溜め息だった。

「きみが言おうとしている意味はわかるよ。そうだね、きみの言うとおりだろうな」

「結婚しようと言ってくださって、あたし、あなたのことをいい方だと思ったわ、いい方だとも、優しい方だとも。でも、だめなのよ、エドワード。うまくいきっこないわ」

彼女としては、たぶん、彼が反対するのではないか、説き伏せようとするのではないか、と秘かに期待していたのだったが、どうということもなく、彼女と同じように思っている様子だった。ヘンリエッタの幻影がぴったりとそばに寄り添っていて、どうやら彼もうまくいかないことがわかっているらしかった。

「うん」と彼は彼女の言葉をそのまま繰り返した。「うまくいきっこないだろうね」

彼女は指輪を抜きとり、それを彼のほうへ差し出した。

彼女はいつまでもエドワードを愛し、エドワードはいつまでもヘンリエッタを愛し、かくて人生は変ることない地獄となるにちがいない。

彼女はすこし声をつまらせながら言った。

「きれいな指輪ね、エドワード」

「きみが持っていてくれると嬉しいんだがね、ミッジ。きみに持っていてもらいたいんだよ」

彼女は首を振った。

「そんなことはできないわ」

彼は唇をちょっとユーモラスにゆがめて言った。

「ほかの人にやるときは来ないんだがね」

心からの親しみがこもっていた。彼にはわからないのだ――これから先もけっしてわからないだろう――彼女がどんな気持でいるかは。皿の上の天国――その皿は割れ、天国は彼女の指のあいだから落ちていった、いや、天国なんて、おそらく、はじめからなかったのだ。

その日の午後、ポアロは三人目の客の訪問をうけた。

それまですでにヘンリエッタ・サヴァナク、ヴェロニカ・クレイの訪問をうけていた。こんどはアンカテル夫人だった。彼女は例の捉えどころのない様子で、飄々《ひょうひょう》と小道をあがってきた。

ポアロがドアを開けると、彼女はほほえみかけた。

「あなたに会いにまいりましたのよ」と彼女は言った。

妖精は生身の人間には、こんなふうにして特別の好意を示すのかもしれない。

「光栄に存じます、マダム」

彼は居間に案内した。夫人はソファに腰をおろすと、またしてもほほえんだ。

エルキュール・ポアロは考えた。「この人は年をとっている——髪は白い——顔には皺がよっている。それでいながら、不思議な魅力がある——いつまでも魅力を失わないだろう……」

アンカテル夫人は静かに言った。

「わたくしのためにやっていただきたいことがございますの」

「なんでしょう、アンカテル夫人？」

「その前にお話ししておかなくてはならないことがございますの――ジョン・クリストウのことで」

「クリストウ博士のことで？」

「ええ。こんどの事件にはもう終止符をうつのがいちばんいいと思うんですけど。わたくしの言う意味、おわかりでございましょうね？」

「ほんとにわかっていると、しかとは申しあげかねますが、アンカテル夫人」

彼女はまたしてもまぶしいほどの微笑を浮かべ、ながくて白い手を彼の腕にかけた。

「まあ、ムシュー・ポアロ、なにもかもご存じのくせに。警察はあの指紋の当人を突きとめようとするでしょうけど、見つかりっこありませんから、結局は、捜査を打ちきらなくてはならなくなりますわ。でも、あなたは打ちきったりはなさらないでしょうね」

「ええ、打ちきりはいたしません」

「やはり思ってたとおりですわ。わたくしが参りましたのもそのためなんですの。あなたが求めていらっしゃるのは真相ですわね？」

「たしかにわたしが求めているのは真相です」

「どうも言葉が足りなかったようですわね。わたくしが知りたいのは、なぜあなたがここで捜査をあきらめようとなさらないかということなのです。ご自分の名声のためではありません――といって、犯人を絞首刑になさりたいためでもありません。（いやな死に方ですわね、わたくし、昔からそう思っておりましたの――まるで中世的で）あなたは、ただ知りたいだけなのだ、と思いますわ。わたくしの言う意味、おわかりですわね？　もし真相をお知りになれば――もし、真相を教える人があったら――それで、たぶん、ご満足なのではないでしょうか？　それで満足してくださいます、ムシュー・ポアロ？」

「あなたが真相を話してくださろうとおっしゃるんですか、アンカテル夫人？」

彼女はうなずいた。

「では、あなたは真相をご存じなのですね？」

彼女は大きく眼を見ひらいた。

「ええ、知っておりますとも、それもずっと前から。あなたにはお話ししたいと思いますの。そうすれば、あのことは――ええ、あのことは片がついたことにするということで、あなたと相談がまとまるのではないでしょうか？」

彼女はほほえみかけた。

「いい取引きではございませんかしら、ムシュー・ポアロ？」

「いや、マダム、いい取引きとは申しかねますな」

これだけ言うのは、ポアロにとって大変な努力を要した。

彼としては、できることならここで身をひきたかった、それもただ、アンカテル夫人が頼むからだった。

アンカテル夫人はしばらく身動きもせずにいたが、やがて眉をあげた。

「どうでしょうね、あなたはご自分のしていらっしゃることが、ほんとにわかっていらっしゃるのかしら？」

28

ミッジはもう泣きつかれて涙も出なくなり、暗闇のなかで寝もやらず、輾転と寝返りをうっていた。ドアの掛け金がはずれる音と、彼女の部屋の前の廊下を通りすぎる足音が聞こえた。エドワードの部屋のドアで、エドワードの足音だった。彼女はベッドのそばのスタンドをつけ、そのそばの時計を見た。三時十分前だった。

夜も明けないこんな時刻に、エドワードが彼女の部屋の前を通り、階段を降りていく。変だ。

家のものはみんな十時半には早めに床についていた。彼女は寝つかれず、焼けつくような瞼と、はげしくさいなむ、涙も出ぬ、痛むほどの惨めさのうちに身を横たえていた。階下で時計がうつのが聞こえ、寝室の窓の外で梟《ふくろう》が鳴くのが聞こえた。夜半の二時には、憂鬱さが頂点に達するのをおぼえた。彼女は心に思った。「もう耐えられない――耐えられない。明日がきて――また、その次の日がくる。くる日もくる日も、なんとか過ごしていかなくてはならないのだ」

身から出た錆とでもいおうか、自分のせいでエインズウィックから追放されたのだ――あるいは自分のものになったはずの、エインズウィックのあのかけがえのない美しさから。

だが、エドワードとヘンリエッタの幻影とともに暮らすより、追放されたほうが、孤独であるほうが、単調で味気ない生活のほうがまだましだ。あの日、森でのことがあるまで、彼女は自分にこれほどひどい嫉妬をおぼえることができるとは知らなかった。

いずれにしろ、エドワードは彼女を愛していると言ったことはなかった。情愛と心優しさ、それ以上の気持を示そうとはしなかったのだ。彼女はその限界をそのまま受けいれ、心のなかでヘンリエッタを永遠に住まわせているエドワードの身近で生きていくことが、いかなる意味を持つかに気づくまで、彼女にとってエドワードの情愛が充分でないことがわからなかったのだ。

エドワードが部屋の前を通り、玄関への階段を降りていく。変だ――なんといっても変だ。いったいどこへ行くのだろう？

彼女の不安はつのっていった。それは、最近、彼女がホロー荘に対して感じるものに非常に近い不安であった。夜中のこんな時刻に、エドワードは階下でなにをするつもりだろう？　外へ出たのだろうか？

ついに、もはやじっとしていられなくなった。彼女は起きあがり、化粧着をひっかけると、懐中電灯を持ち、ドアを開けて廊下に出た。

真っ暗で、電灯はどこにもついていなかった。ミッジは左に曲がり、階段の上までいった。階下も同じように真っ暗だった。彼女は階段を駆けおり、ちょっとためらっていたが、すぐにホールの電灯をつけた。あたりは物音ひとつしなかった。玄関のドアは閉まっていて鍵がかかっていた。横手のドアも調べてみたが、これも鍵がかかっていた。とすると、エドワードは外へは出ていないのだ。どこに行く場所があるだろうか？

急に彼女は顔をあげ、匂いを嗅いだ。

匂いが、ごくかすかだが、ガスの匂いがする。

調理場に通ずる羅紗《らしゃ》を張ったドアがほんの少し開いていた。彼女はそのドアを通って中に入った——開けはなした調理場のドアから弱い光がもれていた。ここまで来るとガスの匂いは強かった。

ミッジは廊下を通って、調理場に駆けこんだ。栓をいっぱいに開けたガス・オーヴンに頭をつっこんで、エドワードが床に横たわっていた。

ミッジはてきぱきした女であった。彼女が最初にとった行動は鎧戸を開けることだった。窓の掛け金がはずせなかったので、彼女はガラス器拭きの布を腕にまきつけ、ガラスを叩き割った。それから息をつめ、屈みこんでエドワードをガス・オーヴンから引き出し、ガスの栓をしめた。

彼は意識不明で、呼吸も異常だった。しかし、意識不明になってからそう長くは経っていないことがわかった。こんな状態になったのはほんのいましがたなのだ。窓から開けはなしたドアへと吹いていく風で、たちまちガスの匂いは薄らいでいった。ミッジはエドワードを空気がいっぱいに吹きこむ窓際に引きずっていった。そして、座りこんで力強い、若々しい腕に彼を抱いた。

彼女ははじめそっと、やがて必死になって彼の名を呼んだ。「エドワード、エドワード、エドワード……」

彼は身動きし、呻き声をあげ、眼をあけて彼女を見あげた。そして、ひどく弱々しく、「ガス・オーヴン」と言って、眼をガス・オーヴンのほうへやった。

「わかってるわ、でも、なぜ――なぜ?」

彼は震えていて、手は冷たく、生気がなかった。「ミッジ?」と彼は言った。その声には訝しげな、驚きと喜びがこもっていた。

「あなたが部屋の前を通るのが聞こえたの。なにかわからなかったので――降りてきてみたのよ」

彼は溜め息をついた。はるかに遠くから聞こえてくるような、ながいながい溜め息であった。

「ほかに方法がなかったんだ」と彼は言った。すると、どうしたわけか、ミッジはあの事件の夜、ルーシーが言った『ニューズ・オヴ・ザ・ワールド』という言葉を思い出した。

「でも、エドワード、なぜ――なぜなの？」

彼は彼女を見あげたが、その眼の空《うつ》ろな、冷たい暗さに彼女は怯えた。

「ぼくはなんのとりえもない男だということがわかったからさ。いつも失敗ばかり。なにをやっても成功したためしがない。なにかをやるのはクリストウのような男だ。成功して、女にはちやほやされる。ぼくは駄目な人間なんだ――ほんとに生きてすらいないのだ。エインズウィックを相続して、食うには困らない――でなかったら乞食になっていただろう。職についても駄目――作家としてもうだつはあがらない。ヘンリエッタはぼくを必要としなかった。だれもぼくを必要としやしない。あの日――バークリーで――ぼくは考えた――だが、考えることは相変らず同じことだった。きみもぼくが好きになれなかったんだよ、ミッジ。たとえエインズウィックがあっても、ぼくに我慢できなかった。だから、ぼくは消えてなくなったほうがいいのだと考えたのだ」

言葉が彼女の口からほとばしり出た。「ああ、エドワード、あなたにはわかっていないのね。あれはヘンリエッタがいるからなのよ——あなたがいまでもヘンリエッタを愛していると思ったからなのよ」

「ヘンリエッタ？」彼はその名前を、まるで縁もゆかりもない人のことを言うように、ぼんやりと呟いた。「うん、とても愛していたよ」

そして、さらに遠くからのように彼が呟くのが聞こえた。

「ひどく寒いな」

「エドワード——あたしのエドワード」

彼女は彼をつよく抱きしめた。彼はほほえみかけて呟いた。

「きみはとても暖かいね、ミッジ——とても暖かいよ」

そうだ、絶望とはそういうものなのだ、と彼女は考えた。冷たいもの——限りなく冷たく孤独なものなのだ。絶望が冷たいものだとは、いままで彼女は知らなかった。それは熱くて情熱的なもの、荒々しくて激しいものだと思っていた。しかし、そうではなかった。これが絶望なのだ——冷たさや孤独を含んでいる、この外面の暗黒が絶望なのだ。

そして、牧師が説くところの絶望の罪とは、暖かく生きている人とのあらゆるつながりから、自らを引きはなす冷たい罪なのだ。

またしてもエドワードが言った。「きみはとても暖かいね、ミッジ」彼女は満ち足りて誇らかな自信にあふれた気持で考えた。「これこそこの人が求めているものだ――これこそ、あたしがこの人に与えてやれるものだ！」アンカテル家の人たちはみんな冷たい。ヘンリエッタですらアンカテル家の血が流れている、鬼火のようなもの、捉えどころのない、妖精じみた冷たさを内に持っている。エドワードには、触れることもできないし、手に入れることのできない夢として、ヘンリエッタを愛させておけばいい。エドワードがほんとに必要としているものは、暖かさであり、永遠であり、安定なのだ。エインズウィックにおける日々、ともにする生活と愛と笑いなのだ。

彼女は思った。「エドワードに必要なのは、家庭で炉に火を燃す人だ――そして、それをするのはこのあたししかいない」

エドワードは顔をあげた。そして、そこに見たものは、屈みこんでいるミッジの顔、暖かい色の肌、ゆたかな口、落ちついた眼、二枚の羽根のように額から後ろへ流れている黒い髪であった。

彼はヘンリエッタをつねに過去の投影として見ていた。成人《おとな》になった女のなかに、彼がはじめて愛した十七歳の少女を求め、見たいと願っていたにすぎなかった。ところが、いまミッジを見あげて、過去から現在にいたるまで変らぬミッジを見るような不思議な気持をおぼえた。二つに短く束ねた羽根のような髪を後ろにおどらせている小学生、そして、いまは顔を縁どっている黒いウェーヴのかかった髪を見たのだ、そしてまた、その髪がもはや黒さも消え、白いものが混じってきたときの様子を、はっきりと見たのであった。

「ミッジこそ現実なのだ」と彼は考えた。「ぼくが知っているただひとりの現実の女なのだ……」彼は彼女の暖かみを、力強さを——ブルネットで、積極的で、生き生きしている現実の女を感じた。「ミッジはその上にぼくの人生を築くことのできる岩なのだ」

「ミッジ、とても愛しているよ、もう二度とぼくから離れないでくれ」と彼は言った。

彼女が彼のほうへ屈みこむと、彼は唇に彼女の唇の暖かみを感じ、彼女の愛が自分を包み、自分を護ってくれるのを感じた。そして、彼がながいあいだ生きてきた冷たい砂漠のなかに幸せが花開いたのを感じたのだった。

だしぬけにミッジがよわよわしく笑った。

「あら、エドワード、ごきぶりが出てきて、あたしたちを見ているわ。かわいいごきぶりじゃない？　あたし、こんなにごきぶりが好きになれるなんて思ってもみなかったわ！」

彼女は夢みるように、なおも言葉をつづけた。「人生って、おかしなものね。まだガスの匂いのする台所の床の上に、ごきぶりに囲まれて座っていて、天国にいるみたいな気持になるなんて」

彼も夢みるように呟いた。「いつまでもここでこうしていたいな」

「さあ、すこし眠りましょうよ。もう四時よ。あの割れた窓のことを、ルーシーになんて説明したらいいかしら?」

ミッジは考えた。さいわい、ルーシーは言いわけの相手としては、桁はずれにやりやすい人なのだ!

ルーシーの習慣どおり、ミッジも六時に起きて彼女の部屋にいった。そして、率直に事実を話した。

「エドワードが夜中に降りていって、ガス・オーヴンに頭を突っこんだのよ。運よく、あたし、足音を聞いたのであとを追ったの。すぐに窓が開かなかったので、叩き割ったわ」

ミッジは認めないわけにはいかなかったが、ルーシーの態度はすばらしいものであった。

彼女は驚いたそぶりも見せず、やさしくほほえんだ。

「まあミッジ、あなたはどんなときでもしっかりしているのね。あなたがそばについていれば、エドワードはどれだけ安心していられるでしょう」

ミッジが部屋を出ていったあと、アンカテル夫人は横になったまま考えていたが、やがて起きあがると夫の部屋へ行った。ふだんとちがって今朝だけは鍵がかかっていなかった。

「ヘンリー」

「なんだ、ルーシー！　まだ夜が明けていないんだよ」

「ええ、でも聞いてちょうだい、ヘンリー、とても大切なことなんですから。お料理をするのには電気にしなくちゃいけませんわ、あのガス・オーヴンはやめにして」

「だが、あれで間にあってるんじゃないのかい？」

「ええ、そりゃそうですわ。でも、あんなものがあると、人はいろんなことを考え出すものですし、誰でもミッジみたいにしっかりしているとはかぎりませんからね」

彼女は幻のように出ていった。ヘンリー卿はぶつぶつ言いながら寝返りをうった。やがて、うとうとしかけたと思うと、はっとして眼をさました。「夢だったのかな」と彼は呟いた。「それともほんとにルーシーが来て、ガス・オーヴンのことを話したのかな？」

廊下に出ると、アンカテル夫人は浴室にいって、ガスこんろにヤカンをかけた。朝早く、お茶がほしくなる人がいるのを知っていたからだ。われながらよく気がつくと悦にいりながら火をつけ、ベッドにもどり、人生と自分自身に満足して、枕に頭をつけた。

エドワードとミッジはエインズウィックで――検死審問も終った。もういちどムシュー・ポアロのところにいって話をしよう。いい人だ……

突然、またほかのことが頭に浮かんだ。彼女はベッドの上にまっすぐ起きあがった。

「あの人はあのことを考えていたのかしら」と彼女は考えてみた。

彼女はベッドから出ると、廊下を通ってヘンリエッタの部屋にいき、例によってまだ声も届かないところから話しはじめた。

「そしたら、ふと思いついたんですよ、あなたは、あのことを見落しているんじゃないかって」

ヘンリエッタは眠そうに呟いた。

「どうしたっていうの、ルーシー、まだ小鳥だって起きていないのよ」

「ええ、わかってますよ、すこし早いようね、でも、いろんなことがあったんで、よく眠れなかったのよ……エドワードやガス・オーヴンやミッジや台所の窓や――それに、ムシュー・ポアロになんと言えばいいかなんて考えたりなんかして――」

「申しわけないけどね、ルーシー、あなたの言ってることはまるでちんぷんかんぷんだわ。あとにしていただけない？」

「ホルスターのことですよ。あなたがホルスターのことを考えにいれていなかったのじゃないかと思ってね」

「ホルスター？」ヘンリエッタはベッドの上に起きあがった。急にはっきり眼がさめた。「ホルスターがどうかしたの？」

「ヘンリーのあのリヴォルヴァはホルスターに入れてあったんですよ。そして、そのホルスターがまだ見つかっていないんですよ。もちろん、だれも気がつかないでしょうけど——でもまた、ひょっとしてだれかが」

ヘンリエッタはベッドから跳び起きた。

「どんなときでも、なにか忘れたものがある——よく言われることだわね！　でも、ほんとにそうだわ！」

アンカテル夫人は自分の部屋にもどった。

そして、ベッドにもぐりこむと、たちまち、ぐっすり眠りこんだ。

ガスこんろにかけたヤカンはたぎりつづけていた。

29

ガーダはベッドのはじへからだを転がして起きあがった。

頭痛はいくらかよくなっていたが、それでも、みんなとピクニックにいかなくてよかったと思った。すこしのあいだだけでも、家にひとりでいるのは、心が安らいで、気持が落ちつくものだ。

エルシーは、もちろん、とても優しくしてくれた——とても優しく——とくに最初のうちは。まず、朝食はベッドでとるようにすすめ、トレイにのせた食事を寝室まで運んでくれた。みんないちばん座り心地のいい肘掛け椅子に座って、足を高くし、からだを使うことはなにもしないようにすすめてくれた。

みんなジョンのことではガーダをとても気の毒がっていた。彼女は自分を護ってくれる薄い靄のなかで、感謝しながらも身のすくむ思いで暮らしていた。考えたくも、感じたくも、思い出したくもなかった。

しかし、いまでは日毎にそれが近づいてくるのを感じた――ふたたび生活をはじめ、なにをして、どこに住むかを決めなくてはならなくなる。もうすでに、エルシーがじれったがっている気持を態度にあらわしている。「ああ、ガーダ、そんなにぼやぼやしないで！」

昔とまったく同じだ――ずっと昔、ジョンがあらわれて、連れ出してくれるまでと。みんなはガーダのことを愚図で頭のにぶい女だと思っている。ジョンのように、「きみの面倒はぼくがみてやるよ」と言ってくれるものはどこにもいないのだ。

頭痛がひどくなった。「自分でお茶をいれよう」と彼女は思った。台所に降りていってヤカンをかけた。もうすぐ沸くというとき、玄関のベルが鳴った。

メイドたちは休みをとっていた。ガーダは玄関にいってドアを開けた。驚いたことに、ヘンリエッタのしゃれた車が歩道の縁石にとめてあって、ヘンリエッタが玄関のステップに立っているのだった。

「まあ、ヘンリエッタ」と彼女は思わず大声をあげた。そして、一、二歩後ろにさがった。「さあ、お入りになって。あいにく姉も子供たちも出かけていますけど――」

ヘンリエッタが遮った。「いいのよ、そのほうが。あなたひとりのところで会いたかったの。ねえ、よく聞いてよ、ガーダ、あなた、ホルスターはどうした？」

ガーダは立ちどまった。急に眼が空《うつ》ろな、狐につままれたような表情になった。「ホルスターって？」と彼女は言った。

それから、彼女はホールの右側のドアを開けた。

「どうぞこちらへ。まだお掃除もできていませんで。なにしろ今朝は時間がなくて」

ヘンリエッタはただならぬ勢いで、またしても遮った。

「ねえ、わかってるの、ガーダ、あたしには話してくれなくちゃいけないのよ。ホルスター以外のものは、なにもかも大丈夫なの――絶対に大丈夫なの。あの事件をあなたと結びつけるものはなに一つないのよ。リヴォルヴァも、あなたが押しこんでおいたプールのそばの茂みのなかで見つけたわ。そして、あなたなら隠しそうもないところに隠しておいたわ――そのリヴォルヴァには警察だって確認できない指紋がついてるのよ。だから、問題はホルスターだけなの。あれをあなたがどう始末したか、どうしても知らなければならないのよ」

彼女はそこで言葉を切って、ガーダがすぐにも反応してくれることを、必死に願った。

彼女は自分がなぜこんなに切迫した気持になっているのかわからなかったが、事実、そんな気持になっているのだった。車は尾行されていない――それは確かだった。彼女はまずロンドンに向かう道路をとり、途中のガソリン・スタンドでガソリンを満タンにし、これからロンドンに行くところだと話しておいた。それから、ちょっと走って、南の海岸に通じる幹線道路に出るまで、田舎道を大きく曲がっていったのだ。

ガーダはまだ彼女を見つめていた。ガーダの困るところは、ひどく愚図なことだ、とヘンリエッタは思った。

「もし、まだ持っているのなら、ガーダ、あたしに渡してちょうだい。なんとかして始末するから。いまでは、あなたとジョンの死とが結びつくのはそれだけしかないのよ。持ってるの？」

ちょっと間を置いてから、ガーダはゆっくりうなずいた。

「そんなものをまだ持っているなんて命取りだってことがわからなかったの？」ヘンリエッタは焦燥を隠しきれない様子だった。

「忘れていたの。二階のわたしの部屋にあるわ」

それから彼女はつけ加えた。「刑事がハーリー街に来たときは、細かく切って、わたしの革細工と一緒に袋に入れておいたの」

「うまいこと考えたのね」とヘンリエッタは言った。

「みんなが考えてるほど、わたし、のろまじゃないのよ」そう言うと、ガーダは手を喉もとに持っていった。「ジョン――ジョン！」声がかすれた。

「わかってるわ、ガーダ、わかってるわ」

ガーダは言った。「でも、あなたにわかるはずないわ……ジョンは――あの人は――」彼女は口の利けないもののように黙りこんだが、妙に人の哀れを誘った。突然、眼をあげてヘンリエッタの顔を見た。「みんな嘘だったのよ――なにもかも！　ジョンのことでわたしが考えていたことはみんな。あの晩、わたしはあの女についていくときの主人を見たの。ヴェロニカ・クレイ。そりゃわたしだって、主人があの女を愛していたことは知っていたわ、ずっと昔、わたしと結婚する前に、でも、そのことは済んでしまったものだとばかり思っていたの」

ヘンリエッタはやさしく言った。

「でも、ほんとに済んでいたのよ」

ガーダは首を振った。

「いいえ、そうじゃないわ。あの女はホロー荘に来て、ジョンとはもうながいあいだ会っていないような振りをしていたけど――わたし、ジョンの顔を見たのよ。ジョンはあの女と一緒に出ていくし、わたしはベッドに入ったの。そして、本でも読んでいようと思って――ジョンが読んでいた推理小説を。でも、ジョンは帰ってこないの。それで、わたし、外に出ていって……」

彼女の眼は心の内側に向けられ、そのときの情景を見てでもいるようだった。

「月の光が明るかった。わたしは小道を通ってプールのほうへ行ったの。四阿には明かりがついていて、二人はそこにいたわ――ジョンとあの女が」

ヘンリエッタはかすかな声をあげた。

ガーダの顔が変っていた。ふだんのちょっとぼんやりした温和さは影を消していた。無情で冷酷な顔だった。

「わたしはジョンを信頼していたわ。あの人を信じきっていたの――まるで神さまみたいに。この世でいちばん気高い人だと思っていたのよ。ジョンほど立派で気高い人はないと思っていたの。それが、みんな嘘だったのよ！　わたしに残されたものはなんにもなくなった――ジョンを崇拝していたのに！」

ヘンリエッタは魅せられたようにガーダを見つめていた。ここに、自分の眼の前にあるのは、彼女がこうもあろうかと心に思い描き、生命を吹きこみ、木を刻んで作りあげたものにほかならなかった。ここにあるのは《祈る人》だった。幻滅し、危険なほどになって生身の人間にかえった盲目的な献身だった。

ガーダが言った。「わたしには我慢できなかったのよ！　殺さずにはいられなかったのよ！　わたしには――わかってくださるわね、ヘンリエッタ？」

彼女はそれを世間話でもするような、人なつっこい口調で言った。

「警察は油断がならないから注意しなくてはならないことはわかっていた。でも、わたしはみんなが考えているほど、ほんとは頭の鈍い女じゃないのよ！　もしだれかがとても愚図で、ただぽかんと見ているばかりだったら、世間じゃなんにもわかっていないのだと思うわね――でも、ときには、その人がそう見せかけておいて、腹の中では世間の人を笑っていることだってあるものよ！　わたしは犯人がわからないようにジョンを殺す方法を考えていたの。だって、警察は弾丸が発射された拳銃を見わけることができるのを、ちゃんとあの推理小説で読んでいたんですもの。リヴォルヴァの弾丸のこめ方や射ち方は、あの日の午後、ヘンリー卿が教えてくれたわ。わたしはリヴォルヴァを二梃持ち出したのよ。いっぽうのリヴォルヴァでジョンを射つ、そして、それは隠しておいて、もういっぽうを持っているところを見つかるようにする、そうすれば、最初はだれでもわたしが射ったと考えるでしょうけど、そのうちに、そのリヴォルヴァでジョンが射たれたはずはないことがわかって、結局、犯人はわたしじゃないということになるのよ！」

彼女は得意そうにうなずいた。

「ところが、あの革で作ったもののことは、すっかり忘れていたの。寝室の箪笥のなかに入れておいたんだけど。なんていうんでしたっけ、ホルスター？　でも、警察だってもうあんなものはなんとも思ってやしないわ、きっと！」

「そうもいかないわ」とヘンリエッタは言った。「あたしに渡してちょうだい、持って帰るから。いったんあなたの手から離れさえしたら、あなたは安全なんだから」

彼女は腰をおろした。急に言うに言われぬほどの疲れをおぼえた。

「顔色が悪いわ。ちょうどお茶をいれようとしていたところなのよ」とガーダは言った。

彼女は部屋を出ていった。そして、すぐトレイを持ってもどってきた。トレイにはティーポットとミルク入れと、カップが二つのっていた。ミルク入れからは、ミルクをいれすぎたのでこぼれていた。ガーダはトレイを置き、お茶をついでヘンリエッタに渡した。

「あら、まあ」とガーダはうろたえた様子で言った。「お湯があまり熱くないようだけど」

「いえ、これで結構よ」とヘンリエッタは言った。「それより、ホルスターをとってきて、ガーダ」

ガーダはちょっとためらっていたが、すぐに部屋を出ていった。ヘンリエッタはテーブルに肘をつき、頭を抱えこんだ。疲れていた、ひどく疲れていた。だが、これもうすぐ済むのだ。ガーダは安全になる、ジョンが望んでいたとおりに。

彼女はからだを起こし、額にたれた髪をかきあげ、カップを引き寄せた。そのとき、部屋の入口で物音がしたので彼女は顔をあげた。こんなに早くもどってくるとは、ガーダにしてはいままでにないことだ。

だが、入口に立っていたのはエルキュール・ポアロだった。

「表のドアが開いておりましたのでね」と彼はテーブルのほうへ歩きながら言った。

「勝手に入らせていただきましたよ」

「まあ、あなた!」とヘンリエッタは言った。「どうしてここへいらしたんですか?」

「あなたが急にホロー荘を出たとき、当然のことながら、あなたの行先がわたしにはわかったのです。そこで、スピードの出る車を雇って、まっすぐここへ来たのですよ」

「そうですか」とヘンリエッタは溜め息をついて言った。「あなたならそうなさるでしょうね」

「そのお茶は飲んではいけません」とポアロは言って、彼女の手からカップをとりあげ、トレイにもどした。「熱いお湯でいれてないお茶は飲んだっておいしくないものですよ」

「熱いお湯なんていう、そんなつまらないことがそれほど問題なのですか?」

ポアロは静かに言った。「どんなことでも問題でないものはないのですよ」

ポアロの背後で音がして、ガーダが入ってきた。彼女は仕事袋を手にしていた。視線がポアロの顔からヘンリエッタの顔へと移った。

ヘンリエッタは急いで言った。

「どうやら、あたしは容疑者らしいわ、ガーダ。ムシュー・ポアロはここまであたしを尾けていらしたらしいの。あたしがジョンを殺したと思っておいでなんだけど——でも、証明はできやしないわ」

彼女はわざとゆっくり話した。ガーダがまだ告白していない以上、こうするより仕方がなかったのだ。

ガーダはなんとはなしに言った。「それはお気の毒ね。お茶を召しあがりません、ムシュー・ポアロ？」

「いや、結構です、マダム」

ガーダはトレイを前にしてテーブルについた。そして、弁解するような、うちとけた態度で話しはじめた。

「みんな出かけていて申しわけございません。姉と子供たちはピクニックに行きましたの。わたしはすこし気分がわるかったものですから、家に残ったんです」

「それはいけませんな、マダム」

ガーダはお茶のカップをとりあげて飲んだ。

「いろいろと気をつかわなくてはならないことばかりで。気をつかいどおしですわ。だって、なにもかもジョンが始末してくれてたんですもの、それなのに、もうジョンはいなくなって……」声が次第に細くなった。「もうジョンはこの世にいませんわ」

彼女は哀れをもよおすような、とまどった眼で二人をかわるがわる見た。

「ジョンがいなくて、わたし、どうしていいやらわかりませんわ。ジョンが面倒をみてくれたんですもの。よく気をつけてくれました。あの人がいなくなっては、なにもかもおしまいです。それに子供たちが――いろいろとききますし、わたしにはちゃんとした返事ができないんです。テレンスになんと言ったらいいんでしょう。あの子は、『なぜお父さんは殺されたの？』って聞いてばかりいるのです。そりゃ、いつかはあの子もそのわけを知るでしょう。あの子はいつも知らずにはすまさないんです。納得できないのは、あの子、いつもなぜとだけきいて、だれがとはきかないことです」

ガーダは椅子の背にもたれた。唇が土気色をしていた。

彼女はぎごちない調子で言った。

「わたし――気分がわるくて――もしジョンが――ジョンが――」

ポアロがテーブルをまわって彼女のそばに行き、そっと椅子に寝かせた。ガーダの首ががくんと前にたれた。ポアロは屈みこんで瞼を開いた。それから立ちあがって言った。

「安らかな、わりあい苦しみのない死でしたよ」

ヘンリエッタはポアロを見つめた。

「心臓だったのかしら？　ちがいますわね」彼女の考えが一足跳びに先にすすんだ。「お茶になにか入ってたんですね。自分で入れたんですわ。こういう方法で解決する道を選んだんですね？」

ポアロは静かに首を振った。

「いや、そうじゃありません。目当てはあなただったのです。あなたのカップに入っていたのですよ」

「わたしを？」ヘンリエッタは信じられない様子で言った。「でも、わたし、この人を助けようとしたんですよ」

「それは問題ではないのです。罠にかかった犬を見たことはありませんかな——自分に手を触れようとするものには、だれ彼の見さかいなく歯をむくものです。この人もあなたが自分の秘密を知っているとわかったので、殺さないわけにはいかなかったのです」

ヘンリエッタはゆっくりと言った。

「それで、あなたはわたしにカップをトレイにもどさせたんですね——あなたは、はじめから——はじめから、わざとガーダを——」

ポアロは静かに遮った。

「いや、そうじゃありませんよ、マドモアゼル。あなたのカップになにか入っているとは、わたしも知りませんでした。入っているのではないかと思っただけです。それに、あなたがカップをトレイにもどしたとき、この人がそれを飲むか、もういっぽうのほうを飲むかは、五分五分の可能性しかなかったのです——それを可能性と呼ぶならばです。このような終局は、わたし自身は慈悲ぶかいものだと思っています。この人のためにも——なにも知らない二人の子供のためにも」

それからさらに、やさしくヘンリエッタに言った。「あなたはたいへん疲れておいでのようですね？」

彼女はうなずいた。それからたずねた。

「おわかりになったのは、いつですか？」

「正確にはわかりません。あの場面は演出されたものです。最初からそういう気がしていました。しかし、それがガーダ・クリストウによって演出されたものだったとは、ながいこと気がつきませんでした——ガーダの態度が演技だとはね、というのも、彼女は、実際にある役割を演じていたのですからね。わたしはこの犯行の単純さとともに、その複雑さにとまどいました。そして、自分が相手にして闘っているのは、あなたの巧妙さだということ、さらにまた、あなたのご親戚の方たちが、あなたの意図を察するとすぐ、むしろ積極的に手を貸しているということには、かなり早くから気がついていましたよ！」彼はちょっと間を置いてから言葉をつづけた。「あなたはどうしてあんなことをする気になったのですか？」

「ジョンが頼んだからです！　あの人が『ヘンリエッタ』と言ったのは、そういう意味だったのです。あの一言にすべてがこめられていたのです。あの人はわたしにガーダを護ってくれるようにと頼んでいたのです。あの人はガーダを愛していたんですよ。自分で考えている以上にずっと愛していたのだと思いますわ。ヴェロニカ・クレイよりも。わたしよりも。ガーダはあの人だけのものでした、そして、ジョンという人は、自分だけのものが好きだったのです。あの人はガーダがとった行為の結果からガーダを護ることができるものがいるとすれば、わたししかいないことを知っていたのです。そして、自分の頼みなら、わたしがどんなことでもすることを知っていました、だって、わたし、ジョンを愛していたんですもの」

「そこで、あなたはすぐ行動しはじめたのですな」とポアロは厳しい調子で言った。

「ええ、最初に思いついたのは、ガーダからリヴォルヴァをとりあげて、プールに落とすことでした。そうすれば、指紋がわからなくなると考えたのです。あとになって、ジョンが射たれたのはほかの拳銃だとわかると、それを捜しに行き、ガーダが隠しそうな場所はわかっていましたから、もちろん、すぐ見つかりました。グレンジ警部の部下より、わたしのほうがほんのすこし先手をとったのです」

ここで彼女は言葉を切ったが、すぐにまたつづけた。「ロンドンに持って帰るときがくるまで、ショールダー・バッグに入れて、いつも持って歩いていました。そして、ヘンリー卿の書斎に返す機会がくるまで、アトリエに隠し、刑事にも見つかりっこない場所に入れておいたのです」

「粘土の馬ですな」

「どうしておわかりになりましたの？　ええ、スポンジの袋に入れ、針金でしっかり縛り、そのまわりに粘土をくっつけて原型を作りあげたのです。どうころんでも、芸術家の作品をぶちこわすなんて、刑事にできるわけがないでしょう？　どうしてあなたにはわかったのですか？」

「あなたが作品に馬を選んだからです。頭のなかで、あなたは無意識にトロイの馬を連想したのですよ。だが、指紋は——あの指紋はどういう方法をつかったのです？」

「街でマッチを売っている盲目の老人です。わたしがお金をとり出すあいだ、ちょっと持っていてもらったんですけど、老人にはそれがなんのためだかわからなかったでしょう」

ポアロは、しばらくのあいだ、彼女を見つめていた。

「いやはや《セ・フォルミダブル》！」と彼は低い声で言った。「あなたほど手ごわい相手には、マドモアゼル、ついぞお目にかかったことはありませんよ」

「いつもあなたの先手先手といくのには、とても疲れましたわ！」

「そうでしょうな。わたしは、この事件のパターンがいつも特定の一人ではなく、すべての人を――ガーダ・クリストウ以外の人をです――巻きこむように仕組まれていることがわかったとき、すぐ真相がわかりかけてきました。どの指針一つとっても、つねにガーダ・クリストウからそれるようにそれるように向けられているのです。あなたはわたしの注意をひいて、自分に疑いをかけさせるため、わざとイグドラシルを描きました。アンカテル夫人はあなたの目論見がすっかりわかったので、おもしろがって、グレンジ警部の鼻面を、あっちこっちと引っぱりまわしました。デイヴィッド、エドワード、自分自身へと」

「ええ、実際は犯人である人を嫌疑からはずさせようと思えば、方法は一つしかありません。嫌疑をほかに向けておいて、しかも、一点に集中させないことです。すべての手がかりが一見有望そうにみえながら、やがて消えてしまって、最後はなんの役にもたたなくなるのです」

ヘンリエッタは椅子のなかでいたましくもぼろ屑のように丸くなって横たわっている姿を見やった。「ガーダもかわいそうに」と彼女は言った。

「あなたは前からずっとそう思っていたのですか？」

「そんな気がしますわ。ガーダはジョンをとても愛していましたけど、ありのままのジョンを愛してはいなかったのです。あの人のために台座をきずき、あの人をすばらしくて、気高くて、私心のない、あらゆる特性をそなえた人物に祭りあげていたのです。もしその偶像をこわしてしまったら、あとにはなんにも残りません」彼女はそこでちょっと言葉を切ってから、さらにつづけた。「でも、ジョンは台座にのせられた偶像なんかよりも、はるかに立派な人でした。現実に、生きている、精力にみちた人でした。寛容で、心が温かくて、生き生きしている、偉大な医者だったのです——ええ、偉大な医者でした。あの人が死んで、世界は一人の偉大な人物を失ったのです。そしてわたしは、愛するただ一人の男性を失ったのです」

ポアロは彼女の肩にそっと手を置いた。

「でも、あなたは心臓に剣を刺されても生きていける人です——ほほえみながら、生きつづけていける——」

ヘンリエッタは彼を見あげた。唇がゆがんで皮肉な微笑が浮かんだ。

「それはすこしメロドラマティックじゃありませんかしら？」

「それはわたしが外国人で、きれいな言葉を使うのが好きなせいですよ」

だしぬけにヘンリエッタが言った。

「あなたはわたしにとても親切にしてくださいましたわね」

「それは、わたしが前々からあなたのことを尊敬していたからですよ」

「ムシュー・ポアロ、わたしたち、これからどうしたらいいんでしょう？　ガーダのことですけど」

ポアロはラフィア椰子の繊維の仕事袋を引き寄せた。そして、中身をひっくり返すと、茶色のスエードやほかの色の革の切れ端が出てきた。そのなかに厚手の光沢のある茶色の革の切れ端がまざっていた。ポアロはそれをつなぎあわせた。

「ホルスターです。これはわたしが持っていきます。マダム・クリストウは気の毒に、気の張りつめどおしだったのです、ご主人の死に耐えられなかったのです。精神錯乱の状態になって、みずから命を絶ったということになるでしょうな——」

ヘンリエッタがゆっくりと言った。

「そして、真相は闇から闇へ？」

「一人だけは知ることになるでしょうな。クリストゥ博士の息子さんです。いつかはわたしのところに来て、事実をきくでしょう」

「でも、まさかお話しにはならないでしょうね」

「いや、話しますよ」

「まあ、いけませんわ！」

「あなたはわからないでしょうね。あなたにとっては、人の心が傷つけられるのは耐えがたいことです。しかし、ある人々にとっては、それ以上に耐えがたいことがあります――わからない、ということです。ほんのさっき、あの気の毒なご婦人が言ったのを聞きましたね、『テレンスはいつも知らずにはすまさないんです』って。科学的な精神の持主にとっては、真実が第一なのです。どんなに辛かろうと、真実は受けいれることができ、人生の模様に織りこんでいくことができるものなのです」

ヘンリエッタは立ちあがった。

「わたし、ここにいましょうか、それとも、帰ったほうがいいでしょうか？」

「お帰りになったほうがいいと思います」

彼女はうなずいた。それから、ポアロにというより自分に向かって言った。

「わたし、どこへ行けばいいんでしょう？　なにをしたらいいんでしょう——ジョンがいなくなって？」

「ガーダ・クリストウのようなことを言っていますね。どこへ行けばいいか、なにをすればいいか、あなたならわかりますよ」

「そうでしょうか？　わたし、疲れました、ムシュー・ポアロ、とても疲れましたわ」

彼はやさしく言った。

「さあ、お帰りなさい。あなたは生きている人のところへ行くのです。わたしはここで死者と一緒に残っています」

30

ロンドンに向かって車を走らせているヘンリエッタの頭のなかで、二つの言葉がこだまのようにかすめた。「なにをしたらいいのだろう？　どこへ行けばいいのだろう？」

この何週間というもの、彼女は緊張し興奮し、心のやすまる暇もなかった。彼女にははたさなくてはならぬ任務があった——ジョンが彼女に委ねた任務だった。しかし、それもいまでは終った——彼女は失敗した——いや、それとも成功だったのか？　いずれとも、それは考え方次第だ。しかし、なんと考えようと、任務は終ったのだ。彼女はその反動で言いようのない疲れをおぼえた。

彼女の心は、あの夜——ジョンが死んだ日の夜——プールのそばの四阿に入り、マッチの光で鉄のテーブルに、わざとイグドラシルの絵を描いてきた夜、テラスでエドワードに言った言葉を思い返していた。しなければならぬことがあったし、計画もたてねばならないし——坐して、ただ嘆くことはまだできないのだ——死者を嘆き悲しむことは。

「あたしだって」と彼女はエドワードに言ったものだった。「ジョンのために泣きたいのよ」

しかし、あのときは、あえて気をゆるめなかった——悲しみに身を委ねる気にはなれなかったのだ。

だが、いまは泣ける。いまは、いつでも自分の好きなようにできるのだ。

彼女は低い声で言った。「ジョン……ジョン」

痛恨と、暗澹たる人生に対する反抗心がむらむらと起こった。

「あたしがあのお茶を飲んでいればよかったのに」と彼女は思った。

車を運転していると、そのあいだは気持もやわらぎ元気も出た。だが、ロンドンも間もなくだ。もうすぐ車をガレージに入れ、だれもいないアトリエに入っていくのだ。もうジョンがそこにいて、彼女に意地悪を言ったり、怒ったり、自分が求めている以上に彼女を愛したり、熱をこめてリッジウェイ病のことを話したり——成功や絶望や、クラブトリーばあさんや聖クリストファー病院のことを語ることができなくなったいまでは、そこは空洞にも等しいのだ。

突然、心を覆っていた黒い帷《とばり》が霧のように消えた。

「そうだ。わかりきった話じゃないの。あたしの行くところはあそこしかない。聖クリストファー病院へ」

病院の狭いベッドに横たわって、クラブトリーばあさんはうるんだ、きらきら光る眼で訪問者を見あげた。

ばあさんはジョンが話していたとおりの女で、急にヘンリエッタは心が温まり、精神の昂揚をおぼえた。これが現実なのだ――これこそ失われることのないものなのだ！ここに、束の間ではあるが、彼女はふたたびジョンを見い出したのだった。

「お気の毒に、先生もね。ひどい話じゃありませんか！」とクラブトリーばあさんは言った。彼女の声には嘆きと同時に興味の色合いがこもっていた。ばあさんは人生を愛していた。突然の死、とくに人殺しとか、お産のための死は、人生のつづれ織のなかでも、最も色鮮やかな部分であった。「先生もあんな殺され方をなすって！　聞いたときには、はらわたが煮えくりかえるような気がしましたよ、まったく。なにもかも新聞で読みましたよ。婦長さんが手に入るかぎりの新聞を持ってきてくだすったんでね。ほんとに親切にしてくれましたよ。写真やなんかのっていました。プールやなんかもみんな。審廷を出る奥さんだの、プールの持主のアンカテル夫人だの、写真がいっぱい。ほんとに不思議な事件じゃありませんか、ねえ？」

ヘンリエッタはばあさんのおもしろ半分の残酷さにも反発は感じなかった。彼女はそれが気にいった。生きていたらジョン自身おもしろがるにちがいないことがわかっていたからだった。もしジョンがどうしても死ななくてはならなかったのなら、ばあさんが鼻をつまらせ、涙を流したりするよりも、笑いとばしてくれるほうを、はるかに喜んだことであろう。

「あたしとしちゃ、お巡りさんが犯人をつかまえてさ、縛り首にしてくれるのだけがこの世の願いですよ」とクラブトリーばあさんは怨念をこめて言った。「いまじゃもう昔のように人の前じゃ縛り首にはしないそうですね――残念なことですよ。あたしは前から縛り首を見たいと思ってたんですがね。それに、先生を殺した奴が見られるんなら、走ってでもいきますよ。正真正銘の悪党だったにちがいありませんよね。だって、先生は千人に一人って方でしたからね。ほんとに頭のいい方でしたよ！　それにおもしろい方でね！　こっちが笑いたかろうと笑いたくなかろうと、笑わされちまうんですよ。ときには、お腹のよじれそうなことを、よくお話しなすったもんです！　先生のためなら、あたしはどんなことだってやったでしょうね、ええ！」

「そうでしたわ」とヘンリエッタは言った。「とても頭のいい人でしたわ。偉大な人でしたわ」

「病院じゃ先生のことを、みんな神さまみたいに思っていましたよ！　看護婦さんも。患者さんだって！　先生がついていてくださると、いつでも病気がよくなっていくような気がするんですよ」

「それで、あなたもよくなっているんですわね」とヘンリエッタは言った。

小さな、抜け目のなさそうな眼が、一瞬くもった。

「そうも思えないんですよ。いまは眼鏡をかけた、口先のうまい若い先生にかかってるんですけどね。これがクリストウ先生とは大違い。笑ったことがないんですよ！　クリストウ先生はいつも冗談ばかり飛ばして！　先生のなさる手当が、そりゃ苦しいこともありましたよ。『あたしはもう辛抱できませんよ、先生』って言うとね。『いや、できるよ、クラブトリーさん。あんたはタフなんだ。がんばれるさ。医学の歴史に残るようなことをしてるんだよ。あんたとぼくとで』なんて言うんですよ。そうしちゃ、あたしをおだててね。先生のためなら、どんなことだってやりますよ！　ずいぶんといろんなことをやらされましたけどね、先生をがっかりさせたくないって気になるんですよ、あたしの言ってる意味はわかってくださると思いますけど」

「わかりますよ」とヘンリエッタは言った。

小さな、鋭い眼がじっと彼女を見つめた。

「失礼ですけど、もしかすると、あなたは先生の奥さんじゃありませんか？」

「いいえ、ただの友だちですの」

「そうですかねえ」

ヘンリエッタはもうばあさんが見抜いているのだと思った。

「こんなことをきいて気をわるくなさると困るんですけどね、どうしてここへいらしたんですか？」

「先生がしょっちゅうあなたのことを話していましたから、それに、あの方の新しい手当の方法のことも。それで、あなたのお加減を知りたいと思いましてね」

「またぶりかえしてますよ——まあ、そんなとこですかね」

ヘンリエッタは思わず大声で言った。

「ぶりかえすだなんて！ なにがなんでも、よくならなくちゃいけません」

クラブトリーばあさんはにやにや笑った。

「あたしだって、まだ死にたかありませんからね、そんなことを考えないでくださいよ！」

「じゃ、がんばって！ あなたはがんばり屋だって、クリストウ先生も言っていらっしゃいましたわ」

「先生が？」クラブトリーばあさんはしばらく静かにしていたが、やがてゆっくりと言った。

「だれが先生を殺したにしても、ずいぶん恥知らずなことをするじゃありませんか！世間にそうたんといる方じゃないんですからね」

『彼のごとき人にふたたび会うことはないであろう』その言葉がヘンリエッタの心をかすめた。クラブトリーばあさんはじっと彼女を見つめていた。

「元気を出すんですよ、あんた」とばあさんは言ってから、つけ加えた。「りっぱなお葬《とむら》いだったでしょうね」

「ええ、りっぱなお葬式でしたわ」とヘンリエッタは優しく言ってやった。

「ああ！　あたしもいきたかった！」

クラブトリーばあさんは溜め息をついた。

「こんどは自分のお葬いにいくことになるんでしょうね」

「だめよ」とヘンリエッタは大声で言った。「そんなこと言っちゃいけません。たったいま、自分で言ったじゃありませんか、クリストウ先生が、自分とあなたとは医学の歴史に残るようなことをしているのだっておっしゃったって。これからはあなた一人でやっていかなくてはならないんですよ。手当の方法はいままでと同じです。あなたは二人分の勇気を出さなくてはならないんですよ――あなた一人で、医学の歴史に残ることをしなければならないんですよ――先生のために」

クラブトリーばあさんは、しばらくのあいだ彼女を見つめていた。

「ちょっとごたいそうすぎるようですね！　できるだけはやってみますよ。いまはそれだけしか言えません」

ヘンリエッタは立ちあがってばあさんの手をとった。

「では、さようなら。よかったら、また会いにきますよ」

「ええ、どうぞ。先生のことを話していると、病気のほうが逃げていくようですから」ばあさんの眼に、またあのみだらな、いたずらっぽい光が浮かんだ。「なにをさせても、そつのない方でしたね、クリストウ先生は」

「ええ、そうでしたわ」

「くよくよするんじゃありませんよ――過ぎたことは過ぎたんですから。元にもどすことはできやしませんよ」

クラブトリーばあさんとエルキュール・ポアロは、言葉こそちがえ、同じことを言っていた、とヘンリエッタは思った。

彼女はチェルシーまで車を走らせ、車をガレージに入れ、ゆっくりとアトリエに入った。

「さて」と彼女は思った。「とうとうきたわ。おそれていたときが——一人きりになるときが。もうこれ以上のばすことはできない。これで残るのは悲しみだけ」自分はエドワードになんと言ったか？「あたしだってジョンのために泣きたいのよ」

彼女はくずおれるように椅子に腰をおろし、顔にかかった髪をかきあげた。

ひとりぼっち——虚《むな》しさ——なんにもない。このおそろしい虚しさ。

眼がずきずきしたかと思うと、ゆっくりと涙が頬を伝わり落ちた。

涙、ジョンのための涙。ああ、ジョン——ジョン。

いまでも覚えている、はっきり覚えている——苦痛にあふれた鋭い彼の声を。

「もしぼくが死んだら、きみがまずとりかかるのは、涙に頬をぬらしながら、悲しみにくれる女か、嘆きの像を作りはじめることだろう」

彼女は居心地わるそうにからだを動かした。どうしてこんなことを思い出したのだろう？

嘆き——嘆き……ヴェールをした像——輪郭はほとんど見えない——頭には頭巾をかぶっている。

雪花石膏《アラバスター》。

その線が眼の前に浮かんだ——背が高く、その高さが強調され、悲しみの表情は表にあらわれず、ただ衣の襞の、ながい悲しみにみちた線だけに表現されている。きれいな、透きとおるような石膏から浮かび出る、悲しみ。

「もしぼくが死んだら……」

突然、苦い思いがどっと押し寄せてきた。

これがわたしなのだ！　ジョンが言ったとおりだ。わたしという女は愛することも——嘆き悲しむこともできないのだ——自分のすべてをかけては。それができるのはミッジ、地の塩になれるミッジのような人たちなのだ。

エインズウィックでのミッジとエドワード。

それこそ現実であり——強さであり——温かさなのだ。

「でも、わたしは完全な一人の人間ではない。わたしは自分のものではなくて、なにか外部のものに支配されている。死んだ人を悲しむこともできない。しかも、自分の悲しみをとり出して、石膏の像にしないではいられない……」

作品五十八番。《嘆き》。石膏像。ミス・ヘンリエッタ・サヴァナク作……

彼女はささやくように言った。

「ジョン、許して、許してね、だってこうせずにはいられないんですもの」

灰色の脳細胞は、赤い夢を見るか？

はやみねかおる

どうも、児童向け推理小説書きの、はやみねかおるです。

☆

ぼくは、推理小説が好きです。

以前、小学校の先生をしていたとき、授業が早く終わると、子どもたちに推理小説の話をしていました。

一人でも多くの子どもたちに、推理小説の楽しさを伝えたかったのです。

そのとき、よく訊かれたのが、

「今まで読んだ中で、一番おもしろかったのは、なんて推理小説なの？」

という質問でした。

これに対する答えは、いつも決まってました。

「おもしろいというか、好きな推理小説は、クリスティーの『そして誰もいなくなった』。いっぱい読んだ中には、『そして誰もいなくなった』と同じくらいおもしろい推理小説は、何冊もあったよ。でも、『そして誰もいなくなった』を越える作品には、まだ出逢ってない」

そう——。中学生の時に読んだ、アガサ・クリスティーの『そして誰もいなくなった』。これが、四十歳目前になった今も、マイ・ベスト・ミステリーなんです。

☆

同じように、

「一番好きな名探偵は？」

という質問もありました。

この質問には、

「誰が一番好きかなんて、決められないよ。それぐらい好きな名探偵が、いっぱいいるんだ」

って答えてました。

そして、チョークを持つと下手な字で、

「シャーロック・ホームズ、金田一耕助、ブラウン神父――」

次から次へと浮かんでくる名探偵の名前を、黒板へ書きました。

その中に必ず入っていたのが、エルキュール・ポアロとミス・マープルです。説明するまでもなく、クリスティーの生み出した二大名探偵です。

そして、ポアロと言えば、「灰色の脳細胞」。すでに、「灰色の」ってのは、「脳細胞」に係る枕詞になってますね。試しに、身近にいる推理小説ファンに、「灰色の――」って話しかけてみてください。十中八九、「脳細胞」って言葉が返ってくるでしょう。(でも、本当に人間の脳細胞って、灰色なんでしょうか？　本物の脳細胞を見たことないんですが、灰色以外の色をイメージできません)

この「灰色の脳細胞」って言葉は、ポアロが自分の推理力を示すときに、よく口にします。はっきりいって、自慢屋さんです。現実問題、こんな風に自分の能力をひけらかすような奴がいたら、友だちになりたくありません。(ぼくの性格からいって、「うっとうしい！」って殴ってるかもしれません)

でも、ぼくはポアロが好きなんですね。

たぶん、理由は二つ。一つは、ポアロが口先だけでない、本物の名探偵だからだということ。

もう一つは、ポアロのユーモラスな外見が関係してます。卵形の大きな頭に、鼻の下のピンとはねた口髭。こんなポアロが、偉そうに「灰色の脳細胞」って言っても、笑ってしまいます。

☆

本書には、ポアロが探偵役で登場します。正直な話、『ホロー荘の殺人』を初めて読んだとき、あまり楽しめませんでした。それは、ポアロが灰色の脳細胞を披露する場面が、少なかったからです。

でも、解説を書くために読み直して驚きました。

おもしろいんです。

ホロー荘に集まった人々。どの登場人物も、一癖も二癖もあるような人たちです。

(ぼくは、ルーシーの性格が特に好きです)。そして、登場人物たちの心理的葛藤、情景描写、さりげない伏線……。

それに、ポアロの灰色の脳細胞は、目立たなくても、しっかりと働いていました。

登場人物の心の動きを観察し、真相を見抜いていく。それも、ただ単に見抜くだけでなく、名探偵として事件をどのように解決するか――うん、やっぱり、ポアロは名探偵で、ぼくは彼が大好きです。

昔、「わたし、クリスティーの作品では『ホロー荘の殺人』が一番好き」っていう女の子がいました。今なら、彼女が言っていた意味がよくわかります。

そして、クリスティーの描くミステリーの奥深さに、改めてゾッとしました。

☆

「ミステリーの女王」――この言葉の意味することが、『ホロー荘の殺人』を読み返すことで、よくわかりました。

クリスティー文庫の創刊に伴い、ぼくのように、クリスティーの凄さを再認識する人は多いと思います。

しかし、三重県の田舎でクリスティーを読んでいた中学生が、まさかクリスティー文庫の解説を書かせていただけるようになるとは、思ってもみませんでした。

とても光栄です。ありがとうございました。

では！

Good Night, And Have A Nice Dream.

灰色の脳細胞と異名をとる

〈名探偵ポアロ〉シリーズ

本名エルキュール・ポアロ。イギリスの私立探偵。元ベルギー警察の捜査員。卵形の顔とぴんとたった口髭が特徴の小柄なベルギー人で、「灰色の脳細胞」を駆使し、難事件に挑む。『スタイルズ荘の怪事件』（一九二〇）に初登場し、友人のヘイスティングズ大尉とともに事件を追う。フェアかアンフェアかとミステリ・ファンのあいだで議論が巻き起こった『アクロイド殺し』（一九二六）、イニシャルのＡＢＣ順に殺人事件が起きる奇怪なストーリーが話題をよんだ『ＡＢＣ殺人事件』（一九三六）、閉ざされた船上での殺人事件を巧みに描いた『ナイルに死す』（一九三七）など多くの作品で活躍し、最後の登場になる『カーテン』（一九七五）まで活躍した。イギリスだけでなく、イラク、フランス、イタリアなど各地で起きた事件にも挑んだ。

映像化作品では、アルバート・フィニー（映画《オリエント急行殺人事件》）、ピーター・ユスチノフ（映画《ナイル殺人事件》）、デビッド・スーシェ（ＴＶシリーズ）らがポアロを演じ、人気を博している。

1 スタイルズ荘の怪事件
2 ゴルフ場殺人事件
3 アクロイド殺し
4 ビッグ4
5 青列車の秘密
6 邪悪の家
7 エッジウェア卿の死
8 オリエント急行の殺人
9 三幕の殺人
10 雲をつかむ死
11 ABC殺人事件
12 メソポタミヤの殺人
13 ひらいたトランプ
14 もの言えぬ証人
15 ナイルに死す
16 死との約束
17 ポアロのクリスマス
18 杉の柩
19 愛国殺人
20 白昼の悪魔
21 五匹の子豚
22 ホロー荘の殺人
23 満潮に乗って
24 マギンティ夫人は死んだ
25 葬儀を終えて
26 ヒッコリー・ロードの殺人
27 死者のあやまち
28 鳩のなかの猫
29 複数の時計
30 第三の女
31 ハロウィーン・パーティ
32 象は忘れない
33 カーテン
34 ブラック・コーヒー〈小説版〉

好奇心旺盛な老婦人探偵

〈ミス・マープル〉シリーズ

本名ジェーン・マープル。イギリスの素人探偵。ロンドンから一時間ほどのところにあるセント・メアリ・ミードという村に住んでいる、色白で上品な雰囲気を漂わせる編み物好きの老婦人。村の人々を観察するのが好きで、そのうちに直感力と観察力が発達してしまい、警察も手をやくような難事件を解決するまでになった。新聞の情報に目をくばり、村のゴシップに聞き耳をたて、それらを総合して事件の謎を解いてゆく。家にいながら、あるいは椅子に座りながらゆったりと推理を繰り広げることが多いが、敵に襲われるのもいとわず、みずから危険に飛び込んでいく行動的な面ももつ。

長篇初登場は『牧師館の殺人』(一九三〇)。「殺人をお知らせ申し上げます」という衝撃的な文章が新聞にのり、ミス・マープルがその謎に挑む『予告殺人』(一九五〇)や、その他にも、連作短篇形式をとりミステリ・ファンに高い評価を得ている『火曜クラブ』(一九三二)、『カリブ海の秘密』(一九六四）とその続篇『復讐の女神』（一九七一）などに登場し、最終作『スリーピング・マーダー』（一九七六）まで、息長く活躍した。

35 牧師館の殺人
36 書斎の死体
37 動く指
38 予告殺人
39 魔術の殺人
40 ポケットにライ麦を
41 パディントン発4時50分
42 鏡は横にひび割れて
43 カリブ海の秘密
44 バートラム・ホテルにて
45 復讐の女神
46 スリーピング・マーダー

名探偵の宝庫

〈短篇集〉

クリスティーは、処女短篇集『ポアロ登場』（一九二三）を発表以来、長篇だけでなく数々の名短篇も発表し、二十冊もの短篇集を発表した。ここでもエルキュール・ポアロとミス・マープルは名探偵ぶりを発揮する。ギリシャ神話を題材にとり、英雄ヘラクレスのごとく難事件に挑むポアロを描いた『ヘラクレスの冒険』（一九四七）や、毎週火曜日に様々な人が例会に集まり各人が体験した奇怪な事件を語り推理しあうという趣向のマープルものの『火曜クラブ』（一九三二）は有名。トミー&タペンスの『おしどり探偵』（一九二九）も多くのファンから愛されている作品。

また、クリスティー作品には、短篇にしか登場しない名探偵がいる。心の専門医の異名を持ち、大きな体、禿頭、度の強い眼鏡が特徴の身上相談探偵パーカー・パイン（『パーカー・パイン登場』一九三四　など）は、官庁で統計収集の事務を行なっていたため、その優れた分類能力で事件を追う。また同じく、ハーリ・クィンも短篇だけに登場する。心理的・幻想的な探偵譚を収めた『謎のクィン氏』（一九三〇）などで活躍する。その名は「道化役者」の意味で、まさに変幻自在、現われてはいつのまにか消え去る神秘的不可思議的な存在として描かれている。恋愛問題が絡んだ事件を得意とするというユニークな特徴をもっている。

ポアロものとミス・マープルものの両方が収められた『クリスマス・プディングの冒険』（一九六〇）や、いわゆる名探偵が登場しない『リスタデール卿の謎』（一九三四）や『死の猟犬』（一九三三）も高い評価を得ている。

51 ポアロ登場
52 おしどり探偵
53 謎のクィン氏
54 火曜クラブ
55 死の猟犬
56 リスタデール卿の謎
57 パーカー・パイン登場
58 死人の鏡
59 黄色いアイリス
60 ヘラクレスの冒険
61 愛の探偵たち
62 教会で死んだ男
63 クリスマス・プディングの冒険
64 マン島の黄金

訳者略歴　1903年生，英米文学翻訳家
訳書『死者との結婚』アイリッシュ，
『運命の裏木戸』『象は忘れない』ク
リスティー（以上早川書房刊）他多数

ホロー荘《そう》の殺人《さつじん》

〈クリスティー文庫 22〉

二〇〇三年十二月十五日　発行
二〇二一年五月十五日　八刷
（定価はカバーに表示してあります）

著者　アガサ・クリスティー
訳者　中《なか》村《むら》能《よし》三《み》
発行者　早川　浩
発行所　株式会社　早川書房

東京都千代田区神田多町二ノ二
郵便番号一〇一 - 〇〇四六
電話　〇三 - 三二五二 - 三一一一
振替　〇〇一六〇 - 三 - 四七七九九
https://www.hayakawa-online.co.jp

乱丁・落丁本は小社制作部宛お送り下さい。
送料小社負担にてお取りかえいたします。

印刷・三松堂株式会社　製本・株式会社明光社
Printed and bound in Japan
ISBN978-4-15-130022-6 C0197

本書は活字が大きく読みやすい〈トールサイズ〉です。